喜べ、幸いなる魂よ

佐藤亜紀

角川文庫
23983

目次

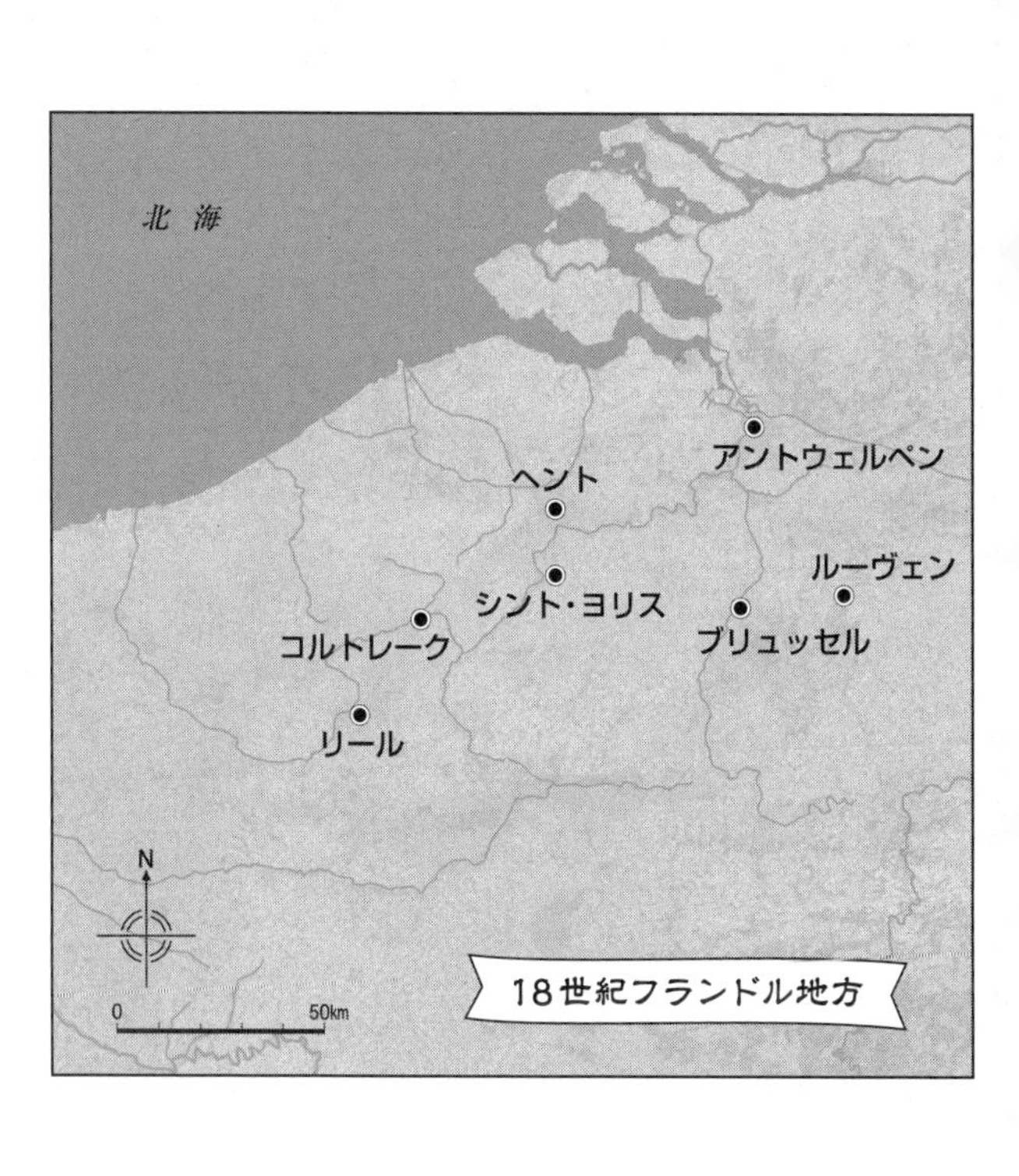
北 海
アントウェルペン
ヘント
ルーヴェン
シント・ヨリス
コルトレーク
ブリュッセル
リール
N
0
50km
18世紀フランドル地方

登場人物

◆ファン・デール家

ファン・デール氏　亜麻糸商。元仲買人。
ファン・デール夫人　その妻。
ヤネケ・ファン・デール　夫妻の子。双子の姉。
テオ・ファン・デール　双子の弟。
ヤン・デ・ブルーク　ファン・デール氏の仲買人時代の相棒の子。父の死亡と母の再婚でファン・デール家に引き取られる。
マリア・アマリア・メルヘリンク　ヤンの後妻。
エリザベート・クレリス　テオの子ルイの妻。

◆マティリス家

マティリス博士　医師。ファン・デール夫人の兄。
若先生　その息子。
コルネリア・マティリス　マティリス博士とファン・デール夫人の叔母。ベギン会に暮らす。

◆クヌーデ家

クヌーデ氏　シント・ヨリス市長。布帛商。ファン・デール家の商いを狙う。
クヌーデ夫人　その妻。
ニコラウス・クヌーデ　クヌーデ氏の息子。テオ・ファン・デールの友人。
カタリーナ・クヌーデ　クヌーデ氏の娘。テオ・ファン・デールの妻。後にヤン・デ・ブルークの妻。

◆子供たち

レオ　ヤン・デ・ブルークとヤネケの息子。
ルイ　テオ・ファン・デールとカタリーナの息子。
テレーズ　テオとカタリーナの娘。
コルネリア　ヤンとカタリーナの娘。アナトール・ダル・ポッツォに嫁ぐ。
ピエトロネラ　ヤンとカタリーナの娘。
テオ　ヤンとアマリアの息子。
カタリーナ　コルネリアとアナトール・ダル・ポッツォの娘。
ジャン　ルイの息子。

◆ベギン会

クリーメルシュ院長　ベギン会の院長。
副院長　ベギン会の副院長。院長館に住む。後に院長。
修練長　ベギン志願者の指導に当たる。神学の知識がある。
アンナ・ブラル　屋根職人の親方の娘。後に修道院長。ベギン会院長代行。

グーテルス　亜麻の晒し職人。テオの友人。
ヨース・ヴェルテ　アンナの父の組の職人。
ダル・ポッツォ氏　総督府枢密院に属する貴族。
アナトール・ダル・ポッツォ　ダル・ポッツォ氏の甥で養子。コルネリア・デ・ブルークを娶る。

第一章

動物たちはヒトが戯れ合うだけで繁殖しないことを案じ、会合を開いて話し合った。ヒトが幼稚で知恵が足りないことが原因であるということで彼らの見解は一致した。代表として蛇が送られた。ヒトに知恵を付けさせる為である。

ヤネケ・ファン・デール

ファン・デールの子供たちはどちらも色の薄い、未晒しの亜麻糸のような髪をしていた。姉のヤネケはそれをお下げにし、弟のテオは短く刈り上げていた——ある日いきなり、一人で剃刀を使って剃り上げてしまってからは。ファン・デール夫人は頭部に一本の毛もない息子の姿を見て幾らか動揺したが、テオ自身はいつものように無表情だった。この無表情も、姉弟共通だった。どちらの目も黒く、視線は無表情なままその時興味のあるものに向けられた。ファン・デール夫人も同じ色の目を息子から逸らすと、同じ無表情に戻った。何故、と訊いた。

「親父は家では頭にハンカチを巻いてる。出掛ける時は仮髪を被る。どうせぼくもそうするんだろ？」

「まだどちらも必要はありません。自分で剃るのはやめなさい」

　以来、テオは髪が伸びると短く刈り上げて貰うようになった。ヤンが引き取られてから二年目、ヤンより一つ歳下のヤネケとテオはまだ十一歳だった。ヤンは姉弟と同じ部屋の大きな寝台で眠り、あらゆる秘密を共有しているつもりでいたが、それでもわからなかった。何かあったっけ、とヤンは考えた。いつ剃ったのかさえ気が付かず、覚えていなかった。生憎おれは頭が悪いんで、と思った——もの覚えも良くないんで、お前ら程には。それでも時々は思い出した。何年も、何十年も、老人になった後も、テオのことを思い出す時浮かぶのは、まだ頼りない首筋の上の綺麗に剃り上げた頭で、その度に、何かあったっけ、と考えた。

　父親のファン・デール氏は、姉弟とはまるで別種の人間だった。大柄で、開けっ広げで、母親の再婚で里子に出されることになったヤンを迎えに来た時も、母親の背中を気安く叩いて、あんたみたいな別嬪がずっと後家さんって訳にはいかないからなと言い、息子は自分の子供と同じように育ててるから安心しろと言って連れて出ると、荷車の御者台の脇に坐らせた。シント・ヨリスの町までの道々、死んだ父親の、普通子供には話さないだろうと思われる武勇伝を明け透けに語って、あれは偉い男だった、あんなに男らしい男は見たことがない、お前もそうなる、と断言した。

「娘と息子がいるがどっちも母親っ子の変り者でな。男の子では困りものだ。お前みたいなのが来てくれたら、ちょっとは鍛えられるだろうさ」

荷車を、ファン・デール氏は大きな納屋のようなところに戻した。倉庫だと言った。出て来た男と親しげに磊落に言葉を交わし、ヤンを、デ・ブルークの倅だ、うちで育てる、と紹介した。男は無言で涙ぐんでヤンを撫でてくれた。それから、同じように大きな納屋が散在する刈り取り後の畑の真ん中を、少し遠くに見える石造りの何かの方に向かって歩いて行った。それがシント・ヨリスの市門だった。門番は警邏隊の古参が名誉職的に務めるだけだ。低い市壁が町と畑とを隔ててはいるが、家並みはその外まで広がり始め、いつしかなし崩しになっている。

俺はこれが嫌いでな、とファン・デール氏は言った。「中に入ると息が詰まる——だがまあ、今日からここがお前の住む町だ」

実際には、鍛えられたのはヤンの方だった。

ファン・デール商会の店舗兼住宅には、子供たちが家庭教師から教わる部屋があった。ヤンも授業を受けた。テオとヤンは並んで坐った——よお兄弟、出来の悪いもん同士よろしくやろうぜ、と言って首に腕を巻き付けられ、引き摺っていかれたのだ。白い仮髪を付け僧服を身に着けてはいるが一目瞭然俗人のまだ若い男はテオとヤンに石板を配った。問題が書かれていた。テオはヤンの石板を覗き込んで、おれもこれやります、と言った。

「駄目だ。自分の問題をやれ」

ちぇ、と言って、テオは自分の問題を解き始めた。ヤンもテオの石板を覗き込み、狼(ろう)狽(ばい)した。教師でさえ気が付くほどの狼狽だった。三角形の角に見たこともない記号が添えられていて、テオは溜息(ためいき)を吐いて、それでも易々と式を自分の石板に書き始めた——

別に難しくも何ともないよ、いいか、このθ(シータ)ってのは。

シータ？　シータって何だよ。

手が止まってるぞ、と教師は言った。「まず自分の問題を解くんだ、ヤン。どのくらい出来るか知る為だ。全部終ったら呼びなさい」

それから、本を開いて読んでいたヤネケの傍(わき)に坐り、挟み込んであった紙を読み始めた。ヤネケが何か言った。質問らしかった。何か恐ろしく複雑なことを言っていた。ちょっと待ってくれ、と教師が止めた。まずこれを読ませてくれ。

Philosophiae Naturalis Principia Mathematica、とテオは言った。自然哲学の数学的諸原理。「あいつは姉ちゃんがあれを読む手助けに雇われてる」

姉ちゃんが男だったらルーヴェンの大学に行って博士様になる、とテオは言った。その間もチョークを石板に走らせ続けた。「おれの名前で何とかいう博士に質問状出したら来いと言われたってさ。ライプニッツの微分法とかなんかそんな話」かぶりを振った。「おれたちはさっさと終らせて独楽(こま)回しに行こう。どうせ並なんだから」

る独楽を面白くもない顔で眺めながらテオは言った。「誰にでもわかる筈なので説明する必要はないと思ってるからな。おれは、人がみんな出来が違うことは知ってる。学校の連中はおれからすれば驢馬だったが、姉ちゃんからしたらおれも驢馬だ。同じところから始めてこうだからな。ただまあ、ちょっとずつ進んじゃいるんで、それで満足するしかないんだよ、よくやったなおれ、って」

万事がそんな具合だった。ファン・デールの双子は恐ろしく頭がいい。頭が良すぎてそれぞれに学校を追い出されたのだ。テオは修道院の学校で、ヤネケはベギン会の学校で、それぞれに退屈のあまり奇行に走り、以後二人は家で家庭教師に教わっていた。ファン・デール商会程度の規模で商売をしている家でならそう珍しいことではない。勉強をしすぎて潰しが効かなくなった人間は幾らでもいるからだ。フランス語と地理と歴史の教師は別に通って来て、ヤンも一緒に教わることになった。村の学校しか知らないヤンには目眩がするようなことだったが、それにもそのうち慣れた。教師たちは揃って、こんな境遇に置かれたヤンに深く同情し、息を切らしながらでも二人に追い付く手助けをしてくれた。ヤネケもテオも異常だと、最初は思ったが、そのうち何が正常なのかも曖昧になり、ヤネケは相当に変り者だがテオはそれよりは普通で、テオが変り者だとしたら自分も相当変り者だと思うようになった。兎も角二、三年でテオに追い付きはしたし、教師たちは口を揃えて努力と達成を褒めてくれたからだ。

　家庭教師たちは月に一回、授業の後で子供たちを連れてファン・デール夫人の仕事部屋に赴き、その月の子供たちの出来不出来を報告した。夫人は家を切り回す他に商会の帳簿を預かっており、家のあちこちで女中や下男に家中を寸分の狂いもなく整える指図をしていなければ、その部屋で帳簿を付け、アムステルダムからパリまで飛び回る夫が留守の店を切り回す指図をしていた。お行儀良く学び、その成果があったことを確認すると、夫人は子供たちにボンボンを、教師には謝礼を渡す。エナメルで絵を描いて金縁を付けたボンボン入れは、ファン・デール夫人のささやかな贅沢として机の引き出しに入っていて、テオは母親の隙を見ては盗みに入り、洗いざらい盗んだりしては叱られるので三つか精々四つを手に入れては三人で分配するので有難みはなかったが、それでも彼らは神妙な顔でボンボンをしゃぶった。小柄で華奢なファン・デール夫人にはある種有無を言わせぬ威厳があり、子供たちはそれを尊重していた。家の中は夫人の采配で塵もくすみもなく磨き上げられ、時計仕掛けのように動いていた。それは店も同様で、この時計仕掛けの中で精確に作動することはある種の快でもあったからだ。

　テオは時々ヤンを連れて遊びに出た。顔が広かった。人気があった。学校の友達はテオがやめた後もテオに声を掛け、連れ立ってどこかの倉庫に潜り込んでは追い出されたり、ぞろぞろと川に石を投げに行ったりした。春が来ると、亜麻を晒す木箱が川に沈められる。前の年に採って冬中充分に乾かした亜麻を束ねて、両端に穴の開いた木箱に入れて沈める。川の流れで濡れた亜麻の皮が剝がれて髄が剝き出しになる。その木箱に対岸から小石を投げて乗せるのだ。見付かると追い払われた。木箱の上には石が置かれて、丁度いい深さに沈めておく為に毎日調整されている。彼らの遊びはそれを台無しにしかねない。職人たちは子供たちをどやし付け、棒で脅し、追い回した。それもまた愉快だった。

　ベギン会の脇の空き地に行ったこともあった。他の子供たちは二の足を踏んだが、テオは平気なもので、ヤンも後に付いて行くしかなかった。十五、六か、時としては二十歳前後の若い職人たちの溜り場は市内のあちこちに転々と発生したが、その頃はベギン会の脇だった。若者たちは酒を回し飲みしては、塀の向こうに石を投げ込んだり、猥褻な歌を大声で歌ったり、卑猥な言葉で野次を飛ばしたりした。女性器の名称が女性を示すのに使われるのを耳にしたのは初めてだった。

　中に誰がいるの、とヤンはテオに訊いた。

「コルネリアおばさんとか」とテオは言った。ファン・デール夫人の叔母だ。「結婚しない女が住んでる」

「尼僧院？」

「いや、そういうんじゃなくて」

　十八ぐらいの若者が、よお、テオ、と言って寄って来て、少し伸びたテオの髪をごつい掌で撫で回した。ヤンは怯えた。当時のヤンの目からは巨大な、柄の悪い、酒臭い男に見えたが、テオは嬉しそうだった。

誰かが、おれたちにもおまんこ分けてくれよ、と叫んだ。余ってんだろ？　何も入れて貰えなくて淋しい淋しいって泣いてんだろ？　男はげらげら笑って、そうだ、おれたちに分けろ、と大声を出した。

「こいつベギンって何なのか知らないんだよ」とテオが言った。「説明してやってよ」

「お高くとまった女どもだ。男なんて大嫌い、結婚なんかしたくありません、独りでお祈りして生きて行きます、って後家や行かず後家どもだ。婆あばっかりだけどな。中見るか」

「見えるの」

「その木に攀じ登れば見える」と言って男は高い塀の脇に生えている立木を指差した。

「登って見てみろ」

そこで、ヤンとテオは木に攀じ登ることになった。大人でも手の届かないところまで枝打ちされていた上、太くて滑りやすい幹の木だったが、男が肩車でテオとヤンを枝まで押し上げ、下の枝で酒を飲んでいる奴が引っ張り上げてくれた。テオはそこからもっと上まで上がった。ヤンは別な枝に跨がった。

塀の中には中庭を囲んで小さな家が並んでいた。小綺麗な空間だった。何もかもを真っ白になるまで洗い立てたようだった。何軒かずつ並んだ玩具のような家と家の間を綺麗に敷石を並べた路地が走り、その向こうには空き地があって洗濯物が翻って、教会が立っていた。洗濯物のところに黒い服を着、糊（のり）を利かせた真っ白い亜麻布で頭を覆った女たちがいた。遠目では全員老婆のように思えたが、男たちが騒ぎ立てるところを見ると、若い女もいるのだろう。

「なんか見えるか」と下から訊く声がした。

「洗濯物干してる」

俺の下穿き（したばき）も洗ってくれよ、と誰かが叫んだ。一斉に笑い声が起った。

テオは太い枝の上に立ち上がり、器用にバランスを取って前屈みになった。ズボンの前を開けようとしていた。いやあ、無理だろ、と誰かが言った。それから、テオは腰を突き出すように身を起こし、放尿を始めた。尿は少なくとも塀の上には掛っていた。それから何とか、ぎりぎり、その中にも。

おい、と空き地に駆け込んで来た男が叫んだ。「婆ぁどもお巡りを呼びやがった」

それでお開きだった。男たちは慌ただしく逃げ出し、樹上のヤンとテオだけが取り残された。市の警邏隊が数人、面倒臭そうに現れて、面倒臭そうに二人を降ろし、ファン・デール氏を知っている一人が彼らを家まで連れて行って夫人に引き渡した。二人はかなり厳しい叱責（しっせき）を受けた。

馬鹿みたい、とヤネケは言った。「中なんか幾らでも見られるじゃない。昼間は門が開いてるんだから」

ヤネケに問題がなかったとは言えない。

血液循環、とヤネケは言った。口調は大人っぽいが、まだ小さな女の子の声で、その声をヤンはやはりずっと覚えていた。寝台の真ん中に仰向けになり、か細いお下げを肩の上に載せている筈だった。ファン・デール夫人は子供たちを寝台に並べて入れ、灯りを消して出て行ってしまった後だ。ヤンもやはり仰向けになって暗い天井を見詰めていた。

「ウィリアム・ハーヴェイ。イギリス人。彼が発見した。一六二八年に。百二十六年前だ。血液は心臓から出て血管の中を流れて心臓に戻る」

肝臓じゃなくて？　とヤンは訊いた。その頃にはそのくらいの知恵は付いていた。でないとヤネケとは付き合えない。肝臓じゃなくて、とヤネケは答えた。

「肝臓には血が一杯流れてるけどね。台所で鵞鳥捌くとこ見せて貰いなよ。びっくりするよ。血の塊だ。だからよく洗って血抜きして食べる。好きでしょ」

「見たら食べられなくなるかも」

「お母さん、鶏の始末させなかった？」

「まだ小さかったから」

ヤネケが頷く気配がする。「でも肝臓には血が流れて行って戻って来るだけ」

「肝臓で何してるの」

「わからない——まだわからないことが一杯ある。ただ血液は心臓から出て、肝臓の中も流れて、また心臓に戻る」

彼らに背を向けて、テオは寝息を立てている。彼の一日は充実し過ぎていて血液循環の話になど付き合っている暇はない。明日実験して見せようか、とヤネケは言う。ええ？　とヤンは答える。

「解剖されるのはやだな。おれ、死んじゃうよ」

「あたし一度やったから大丈夫。指の付け根を糸で縛るんだ」

「痛そう」

「痛いよ。爪が黒くなって指が腫れて来る。血が戻れなくなって指の先に溜まるから。でもこれって、血が指の先まで来て、戻れなくなって溜まってる、ってことだよね」

「血が止まってるなら流れ込まないから腫れないと思うけど」

「そっか。縛り方が弱いのかな」

「入って来る方の血管はもっと奥にあるとか」

「それはあるかも」

同意が得られたことに満足すると眠気が差して来て、ヤンは少しだけヤネケの方に身を寄せる。ヤネケはお姉さんのように優しく、おやすみ、と言う。頭も撫でてくれる。

「明日実験だからね」

おれ、やだな、とヤンはもう一度言う。痛くしちゃ嫌だよ、と付け加えるが、ヤネケは答えない。ただ体だけが温かくて柔らかい。いい匂いもする。

ヤネケがヤンを殊更手荒に扱ったことはない。ヤネケは自分のことも同じくらい手荒く扱った。血液循環の確認の為に指の付け根を糸で縛り上げる程度のことはざらだった。それから、ヤンで試す。自分で確認したことを教えて共有する為だったと言えないこともない。

ヤンは左手でドアノブを握っている。シャツの袖は捲り上げた。ヤネケは肘の少し上に細く裂いた布切れを巻き付け、棒を通してぐいぐい回す。締め上げられた腕は段々痛くなってくる。ドアノブを摑んだ腕が水平になるよう腰を折った姿勢も辛い。ほら、とヤネケは言って、青く膨れ上がった血管を指でつつく。

「溜まってるよね」

「どうだろ」

「緩めるよ」

ヤネケは棒を反対側に回す。血管は皮膚の深いところに潜り込むように薄青い線だけを残して消える。

「ほら、流れていった」また棒を捻って締めようとするので、ヤンはやめてくれるよう頼む。

「痛いよこれ、結構」

「うん、痛いよね。大丈夫？」

ヤンは頷く。ヤネケの紅潮した顔を見ると、まだ痛いとは言えない。

ヤネケは時々、コルネリア叔母のところを訪ねた。上等な糸と針とか店で一番いい亜麻糸とかを持って行くのだが、コルネリア叔母はもう刺繍もしないしレースも作らない。そういうことをしたのは六十までだねえ、と言う。流石に目が悪くなっちゃってね。

空き地の件があった後、ファン・デール夫人に言われて、ヤンとテオも一緒に行かされた。普通の町屋の間の、両側を塀で塞がれた道を入っていく。門は昼間は開いたままだ。潜ったところに女が一人、椅子を出して座り膝の上で繕い物をしていて、おや、ヤネケ、と言う。黒い服の上に白い亜麻布を被っている。顔以外は額も首も覆われている。若いようでもあり、年寄りのようでもある。それが門番だった。「おや、テオ。それから？」

「ヤン・デ・ブルークです」

はい、ヤン・デ・ブルークね、と門番は頷く。三人は中に入る。

「あの人、若いの、年寄りなの」とヤンは言う。

「若くはないと思うけど、わからない。でもずっとあそこにいるね。次もう何も訊かれないよ。一度見た顔は絶対忘れないから」

そこはもう、教会を囲む中庭だ。夥しい数の洗濯物が翻っている。ヤンは確かに男物の下穿きが何枚も並べて干されているのを見る。白い布を被った黒い服の女が次の下穿きを干しながらこちらを見てにやっと笑ったように思う。

「下穿き、儲かるらしい」とヤネケが平然と言う。「おれのも洗ってくれ、って言ったって？」

　おれ言わないよ、とテオは言う。ヤンは黙っている。兎も角何が何だかわからないほど恥ずかしい。この女どもは教会の前に男物の下穿きを干すのか、と思う。何か壊れてないか、こいつら。

「金払えば洗ってくれるんだけどね、普通に」とヤネケは言う。

　それから、中庭の周りを囲む白い塀と緑の木戸のうちの一つを潜る。木戸は今日は開けられたままだ。狭い前庭の向こうにごく小さな家が建っている。隣家の前庭との間にも塀がある。普通の服装の女中が出て来て、中に通される。玄関の左側にある厨房だ。

　その瞬間の居心地の悪さを、ヤンはその後もずっと覚えている。五、六人の女たちがいた。明らかに老婆とわかる女以外の年齢は全くわからない。全員が一筋の髪も見せずに頭を覆っている。それが一斉に彼らを見た。何人かは鼻をひくつかせた。ヤンも曰く言い難い匂いを感じていた。女の匂いというやつだ。

「本当にその子まだ十二になってないの」と窓際にレース枠を広げている女が言った。

「随分育ってるじゃない」

　女たちは笑った。ヤネケはコルネリア叔母に挨拶をし、持って来た亜麻糸を見せた。コルネリア叔母はそれを軽く指で撫で、お母さんにありがとうと伝えておくれ、と言いながら、窓際の二人のうちの一人に渡した。もう一人は脇目も振らずに枠から垂れる無数の小さな糸巻きを動かし続けている。

竈でパンを焼いていた一人が開けて中を確かめる。一つ取ってコルネリア叔母のところに運ぶ。彼女はそれを取って割り、子供たちに一つずつやっておくれ、代金は付けておいて、と言う。はぁい、と答えるベギンの声は驚くほど若い。

三人は焼き立ての小さなパンを貰う。最近はこういう小さいパンが流行だ、とコルネリア叔母は言う。「ブリュッセルにおられるハプスブルク家の総督様が召し上がるからね。ここでもお金持ちは会食の時なんかにこれを頼んでくる」

レースの女たちとパンの女たち以外は、大叔母の周りに坐ってお喋りを続ける。同じくらいの歳の女たちだ。隅の一人は俯いてロザリオを弄り続けている。誰かが膝掛けを直してやる。コルネリア叔母よりも高齢ということがわかる。殆ど生ける骸骨だ。

やっとヤネケが立ち上がって暇乞いをすると、ヤンはほっとする。テオとヤンは坐らされていた戸口の椅子を立って礼儀正しく挨拶し、ヤネケと一緒に外に出る。あれ何やってるんだ、とヤンは訊く。

「仕事」とヤネケは答える。「粉と竈を貸してパンを焼くのが上手い人に焼いて貰う。亜麻糸を渡してレースの上手い人に編んで貰う。パンはパン屋に卸して、レースはうちが買い取る。最高のレースだからね。代金から報酬を渡して残りは全部大叔母さんが取る。それでみんな生計を立ててる。他は、大叔母さんの取り巻き。昼間あそこにいると家では火を焚かなくて済む」

厨房の窓が開く。空気を入れ替えている。中からほっとしたと言わんばかりの声が微かに聞える。ヤネケはくすくす笑う。「あんたたち、臭いって」

そんな訳はない、とヤンは思う。糞婆ぁども、とテオは言う。

翌日、彼らはファン・デール夫人に言われて別々の寝室を与えられた。ヤネケは元の子供部屋に残り、ヤンとテオは表棟の、授業を受けるのに使っていた部屋の上に移った。一緒に寝かせておくには大きくなり過ぎだとコルネリア叔母が言って寄越したからだ。糞婆ぁども、とヤンも思った——おれも小便引っ掛けてやるんだった。


一度、夏になる前に、ファン・デール氏は子供たちを田舎に連れて行った。そういう時には荷車を使い、多少小綺麗とはいえ百姓のような身形をしていた。ヤンを迎えに来た時と同じで、だからヤンはどこかの農家に貰われて行くと思ったのだった。馬を一頭だけ繋いだ荷馬車を転がしながら、ファン・デール氏はヤンと話をした。ウーゲの亜麻を買い取りに行くのだ、と教えてくれた。いい亜麻は畑に生えてるうちに買うんだ、と言った。「もう少しすると、ここらは仲買人で一杯になる。だからその前に押さえちまう」それから、お前の親父とは若い頃、一緒にあちこち回ったもんだよ、と言った。「腕のいい奴だった。思い切りも良かった。お陰で何度も大儲けをした。まあ、損もあったがな」

テオとヤネケは荷台にいる。何をしているのかはわからない。二人とも、部屋を分けて以来口数が減った。テオは声変りが始まると殆ど口を利かなくなった。ヤネケはもう大人の女の服を着ている。絵に描かれた羊飼いの娘のようだ。月のものが始まったことを、ヤンは知っている。ファン・デール氏は続ける。「お前、先々どうしようと思っている。先生方の言うところじゃ随分出来がいいらしいじゃないか。医者とか法律家とかになりたいか。医者の方なら女房の身内が面倒を見てくれるだろう」

何も考えていない、とヤンは答える。

「俺の仕事をするか」

ヤンは困って黙っている。ファン・デール氏は続ける。

「うちの子たちは母親似だ。ヤネケは悪くないんだが、女に出来る仕事じゃない。テオはまるで興味がない。まあ馬鹿じゃないから店に坐って切り回すくらいのことは出来るだろうが、こういうことには向いてない」

ファン・デール氏の仕事のことなんか考えたこともなかったな、とヤンは思う。亜麻糸を卸す店だというのは知っていた。小売りはしない。市長のクヌーデ氏や他の市内のお歴々が買って行く。彼らは女たちを集めてそれを織らせる。

「若い頃な、俺とお前の親父は考えたんだよ——町に店を構えたいもんだな、って。こうやって歩き回っちゃ百姓から買った亜麻を、町の旦那方に難癖付けられて買い叩かれるのはうんざりだったから、町に店を構えて卸をやる御身分になろうじゃないか、って。

お前の父親は早死にしちまったが、俺は店を構えた。店を構えた資金の幾らかはお前の親父の持ち分だった。つまり、お前の持ち分ってことだ。金のことで遠慮することなんかないからな。成人したら分けてやる金だが、その金で大学に行きたいというならそれもいいさ」ファン・デール氏は一人で勝手に頷く。「だがな、俺は思うんだよ、お前ならひょっとしてこういうのも好きかもしれん、とな」

「こういうの？」

「まあ、見てるさ」

ファン・デール氏が荷車を停めるのは、一軒の百姓屋の前だ。扉を叩くと中から開く。御免なさいよ、と言って中に入り、主らしい背の高い男と殆ど戯れるように抱き合う。町にいる時のファン・デール氏とは大変な違いだ。全くの百姓のように見える。おかみさんは子供たちを涼しい奥に坐らせる。食事の支度が出来ている。

「テオは暑気にやられて食べられないって」とヤネケは言い訳をする。テオは無言で頷く。「あたしはご馳走になります。奥さんのお料理はとても美味しいから」

テオが、あんなところで出される飯を食うくらいなら一食抜く、と言っていたことを、ヤンは知っている。贅沢な話だ。貧しくはない百姓だが、それでも鶏一羽潰して供応するのは気軽に出来ることではない。確かにいる筈の子供たちが全員追い払われている理由も知っている。ヤネケとヤンは並んで美味しくいただく。食欲旺盛に。でも量は控えめに。ヤネケもそういうことは心得ているらしい。ファン・デール氏とウーゲ氏は今年の天候と亜麻の出来の話をしている。それから、ちょっと来い、とヤンに言う。

「相棒だったデ・ブルークの息子だよ。今はうちの子だ」

「へえ、仕事させるのかい」

「本人次第だな。まあぼちぼち覚えさせていこうとも思ってるがな」ファン・デール氏は出されたビールを飲み干すと、奥さん、ご馳走になったよ美味かった、と言って立ち上がる。食事は終りだ。ヤネケとヤンもおかみさんにお礼を言って立ち上がる。テオも付いてくる。

　いやああいうのおれ駄目なんだ、とテオは外に出ると漏らす。「田舎の食いもんとか受け付けないんだ」それから、木陰を見付けると父親に手を振って坐り込む。

「半分くらいは思い込みだけどね」とヤネケは言う。「美味しいじゃん」

「母さんの飯思い出した」

　ヤネケはヤンを優しく撫でてくれる。

　二人は大股に歩くファン・デール氏とウーゲ氏に追い付く。一面に青い花の咲く亜麻の茂みをかき分けるようにして男たちは歩いては、立ち止まる。ウーゲ氏は根元から引き抜いた亜麻を見せている。ファン・デール氏は根元から花の付いている先端まで、摘んだ指を走らせると、ヤネケに渡す。男二人は殆ど喧嘩のような口調で遣り取りを始めるが、別に喧嘩ではない。ヤンは口を開けてその遣り取りを見ている。そのうち、二人は握手する。商談成立だ。ヤネケが父親の袖を引いて、小声で耳打ちする。

「刈り入れの心配してるぞ」とファン・デール氏は笑いながら言う。

「嬢ちゃんは相変らず目敏(めざと)いな。今年は急ぐさ」

帰り道、今度は三人とも荷車の中に腰を下ろしている。テオは物も言わない。刈り入れって何の話、とヤンは訊く。

「有機的粒子(モレキュル・オルガニーク)」とヤネケは言う。「生物はどれも発生して、成長して、繁殖して、枯死する。それを引き起こすのが有機的粒子。有機的粒子を吸い上げて成長する。充分に成長すると、余った有機的粒子は生殖器官に向かって、それを成熟させる。人だと、月のものが来る。亜麻だと、蕾(つぼみ)に向かって花を開かせ、種を付けさせる。種が熟すと、有機的粒子の流れは止まって、枯れ始める」

「まだ枯れてなかっただろ」

「亜麻の糸って、中の髄なんだよね。それが、種が熟すと根元の方から硬くなって、中空になって、枯れてくる。先端の方も茶色くなる。そうなると繊維は粗くなるし、中の髄に色が付いて、晒しても抜けない。だから刈り取って成熟を止めるけど、いつにするかの見極めが難しい」

ファン・デール氏は店に帰り着くと、腕のいい仲買人を呼んで、買い付けの分担をする。仲買人たちは翌日すぐに出発する。今年の買い付けは急がなければならない。

ヤネケが有機的粒子という発想を見出(みいだ)したのは、ファン・デール氏がパリから買って帰った『一般的及び個別の自然誌』という四巻の本だった。ファン・デール氏が訳もわからず買って来る本はしばしばヤネケを失望させたが、この場合はそうではなかった。

　ヤネケは、ファン・デール夫人の実家が持っていた地所で様々な植物を育て、動物を飼い始めた。地所に住み着いて管理をして来た老人が手伝ってくれたが、それは既に結構な菜園になっており、収穫はしばしば台所に持ち込まれて食卓に上がっていた。植物の生育歴も、動物の様子も、ヤネケは詳細に記録を取った。ヤンはしばしばヤネケのお供で農園を訪れ、時としては丸一日、老人に遠慮も何もなくこき使われて農作業をさせられた。動物の世話もした。兎どもの奔放さには悩まされた。柵で囲っても穴を掘って逃げ出し、作物を食い散らし、辺り構わず盛んに交尾しては仔兎をごろごろ産み、産んだ仔兎たちがすぐに育ってまた仔を産み始めたからだ。まさに有機的粒子の大饗宴だ。兎たちは作物を貪欲に盗み食いしてふかふかの小さな体にその不可視の力を横溢させ、凄まじい勢いで身体を成長させると人間の目からは控えめに見えるが実態としてはまるでそんなものではない性器に流し込み、同じように充実し切った性器に結合させるとそれを流し込んではごろごろ仔を産ませた。

　いやそれ間違いだから、とヤネケは訂正した。「精虫、って知ってる？」

「知らない」

「精液を顕微鏡で見ると、中に頭でっかちの虫がいっぱいいいて、尻尾使ってうようよ泳いでる。有機的粒子はそれを動かしているんで、別に有機的粒子の交換で仔が生まれる訳じゃない。あたしは見てないけどね。顕微鏡手に入らないから」

ヤンは少し気分が悪くなる。そんなものがあの中にうようよいるって考えたことなかったよ。「百匹くらい？」

「一万匹とか、もっとらしいよ。雌の方には卵がある。これも確認されてる。鶏の卵みたいなもんだけど、殻はない。ひよこが卵から生まれるみたいに兎も人もそこから生まれるんだけど、精虫が何をするのかはわかっていない。ただ、両方が合わさって生物が発生することはわかっている」

「合わさるの？」

「でなきゃどうして驢馬と馬から騾馬が生まれると思う？」

そら、目の前で兎どもが交尾を始めた。ヤンにはうんざりするような光景だ。老人に、捕まえろ、と言われる。絞めろ、と言われる。ローストになりシチューになる。それでも兎は無限に交尾し、無限に仔を産み、畑を跳ね回っては作物を齧り、ヤンはそれを捕まえ、絞め、夕食に食べる。兎を絞めるのが、特に辛かった。どんなに慣れても、こんなに柔らかくて、温かくて、しかも猛然と抵抗するものを殺めるのは辛いことだった。兎たちには人喰い鬼みたいに思われているに違いない。

「それじゃ兵隊にはなれないな」とヤネケは言った。もう兎を飼うのはやめてくれと頼んだ時のことだ。「人はもっと抵抗するもの」

彼女の視線は目の前の兎に向けられている。捕まえて檻に入れたやつだ。でっぷり太った雌は殆ど動かない。後ろにいる若い小さな雄は懸命に腰を使っているが、雌は微動だにしない。ただ、目を細めて、兎にそんな気持ちがあるのかどうかヤンは考えたこともなかったが、満足そうにしている。それから二羽は離れて、何事もなかったかのように、ヤネケが差し入れておいた刻んだ野菜を食べ始める。つまりまた交尾して、また仔を作る為に有機的粒子を補給しているのだ。

ヤネケは兎をじっと観察している。であればヤンも観察せざるを得ない。なんか虚しいな、とヤンは思う。こいつら他のことしないのかよ。

エデンの園で、とヤネケは言い始める。「兎は交尾をしなかったのかな」

「したんじゃないの。増えろって言われていたんだから」

「だったら、アダムとイヴもそれを見ていた筈だ。なのに何故、彼らは園を追われるまで交尾しなかったんだろう」

何故しなかったんだろう、とか言われても、ヤンは困惑するだけだった。神父に訊いて来いとか言うのやだよ、と思った。前にもそれで怒られた。ヤネケは菜園に目を走らせ、老人がいないのを確認すると、何故か声を潜めて、出来るか？　と訊いた。

「出来るって、何が」

「兎がやってただろう」

ヤンは自分の顔が真っ赤になったのを感じた。それはまあ、部屋を分けた後では色々あった。自分でも困惑し、泡を食い、隠すべきなのか公にすべきなのか散々迷い、結局テオに相談して、冷笑と共にファン・デール家の秩序の中にそれを嵌め込んできっちり回す方法を教えて貰う羽目になり、だから下穿きもシーツもいつも清潔で、ただ女中たちの目付きだけが気になった。忌々しいことにコルネリア叔母とその仲間たちは正しかったのだ。だから、出来る、と言うしかなかった。「多分、出来ると思う。やったことないけど」

「よし、じゃあやろう」

ヤネケは手を引いてヤンを道具小屋に連れて入った。中は薄暗かった。ヤネケはスカートの中に手を突っ込んでごそごそやってから、膝まで捲り上げた。ヤンもズボンと下穿きを下げた。ヤネケは近付いて来ると、少し身を屈めて、ヤンの勃起した性器を掴んだ。何故かは知らないが、出来るか、と聞かれた瞬間からそういう状態だった。うん、これならやれそうだ、とヤネケは言った。

いや、どうやって？

「大丈夫、どうなってるかは確認済だ。あとは探索するだけだ」

それから、ヤンに仰向けになるように言い、スカートを広げて上に跨がった。ヤンには何も見えなかった。ヤネケが前屈みになってスカートの中に手を突っ込むのが見え、性器を掴まれて何かに押し付けられるのが感じられただけだった。どうも違う気がする、と思っていると、ヤネケが体を下げた。

「どう？」

「多分入ってる」

それで二人とも口を噤んだ。何か大きな荷物でも二人掛りで運ぼうとして狭い廊下で立ち往生しているような案配だった。ヤネケが先に体を動かそうとした。あ、とヤンは言った。夢精の時と同じような感覚があった。

その後は、それがほぼ日課になった。菜園に行くなら——昼に老人が自分の小屋に戻ってしまうなら、道具小屋で再挑戦した。上になったり下になったりしながら、少しずつうまくいくようになり、ヤネケも兎の雌のように目を細め満足そうに腰を動かすようになった。夜、ヤンの部屋まで来ることもあった。入って来て、さあ、やろう、と言った。

ヤネケはヤンを全裸にした。ヤンもヤネケを全裸にした。お互いの姿をじっくり観察した。性器も観察した。手鏡で挿入の様子も観察した。詳細な報告を求められた。自分も求めた。二人で納得した。ヤンはヤネケの前で自慰を見せ、ヤネケが手を使って射精させた。ヤネケが初めて溜息のようなものを漏らして達した時には、ヤンは感動した。お腹の中がまだひくひくしてる、と言いながら押し付けてきた時には尚更感動した。そのうちにはそれが普通になったが、それでもなかなかに感動的なことではあった。家の中が騒々しかったり、何かの事情で一緒に過ごす時間がなかったりする時は、隙を盗むようにして、例えば戸棚の中で交わった。そんなに必死になる理由もなく、夜にはゆっくり一緒に過ごす時間はあるとしても、その半日が待ち切れないのだった。

まさか書き留めたりはしていないよな、とヤンは訊いた。書いてるよ、とヤネケは言った。「航海日誌だ」狼狽すると、大丈夫、ラテン語だし鏡文字試してる、と言った。

「テオは読めるんじゃないの」

「知ってるから大丈夫」

「知ってるの？」

「知らない訳ないじゃない。色々誤魔化してくれるよ。いい奴だ」

ヤンは満足だった。ヤネケが小さな溜息を漏らして満足そうに顔を擦り寄せて来るだけで、有頂天というのはこういうことだと確信するくらいで、それをこの先、何十回でも、何百回でも、何千回でも倦まず弛まず繰り返すことが出来ると考えるだけで、世界は――それにヤネケも、何ておれを愛してくれているんだと思うくらいだったが、ヤネケはそうはいかなかった。更に先に進む必要がある、と言った。

先って、とヤンは口籠もった。

「それがわからないのが問題だ。あたしたちは無知過ぎる」

食道楽がどのように始まるものか、をヤンは目の当たりにしていた。人が生きていくには一片のパンがあれば充分。焼いた肉の一切れ、一碗のシチュー、胃にもたれるなら一摘みの萵苣があればなおいい。ヤン・デ・ブルークは生涯そういう幸福な人々の一人だったが、ヤネケは違った。たかが食卓を南太平洋や新大陸の荒野ほどの広大な未踏査の領域に変えてしまう者がこの世にはいる。

何とかする、とヤンは約束した。さもないとヤネケは飽きて他に面白いことを探しに行ってしまう。

「グーテルスに訊いたら」

それは、ベギン会の脇の空き地でやけにテオと親しげにしていたあの男だった。至って真面目なよく働く亜麻晒しの職人の一人で、その季節だけで一年分の稼ぎを得た後は特に悪さもせず、適当な請負仕事であちこちに出入りして大人しく暮らしている。浮いた噂もない。物堅い奴、というのが、特に若い娘たちの間では評判であることをヤンも知っていた。

「グーテルスに訊いてどうするんだ」とヤンは言った。声に何か薄暗いものが蹲っているのを自分でも感じた。

ヤネケは笑った。笑いながら額でヤンを小突いた。違う違う、と言った。「あいつテオのそっちの師匠だから」

「師匠？」

「そう、色々教えてくれたらしい。今でも続いてるから師匠って言うか、彼氏かね」

「それやばくないか？」

「やばいよ」と言って、ヤネケはまた笑った。

ヤンの部屋には脇の細い路地に面した小窓があった。その窓に、夜、ヤネケが引き揚げた後で、何かが当たった。窓を開けて覗くとグーテルスがいた。階下に下りて路地に出る扉を使って外に出た。

「何か用だって」とグーテルスは言った。

ヤンは口籠もった。ヤネケなら何と言うだろう、と思った——羞恥心というものが何もないような物言いを時々したからだ。「性交について色々知りたいんだよ」

グーテルスは、そこらの家の女中たちが口を揃えて褒め称える爽やかな微笑を浮かべた。「俺に訊くのはお門違いだろ、お前、違うじゃないか」

「そうだけど、おれよりは詳しいだろ」

「女とどうやってするのか知りたいのか」

「それはもう知ってる。色々試してるよ。ただそれだけじゃ詰まらないから、もっといろんなやり方が知りたい」

「お前幾つだよ」

「十五。もうじき十六になる」

グーテルスは、贅沢だな、と言った。「金は出せるか」

「あんまり出せない。小遣い銭くらいしかないから」

「そっか。まあいいや、任せとけ」

グーテルスが持って来て売り付けたのは怪しい冊子で、最初に買い取ったものを読んでヤンが感じたのは、穢らわしい、という感情だった。ヤネケと交わる時の嬉しさとか、行為の最中の無心さとか、終った後の優しい感謝の念とかとはまるで別の何かで、彼は自分がそうした諸々を、柔らかく温かく気持ちのいい、例えば猫の子か何かのように懐に抱えて離したくないことに気が付いた。それなのに読みながら何かいたたまれず、今すぐ部屋を出てファン・デール夫妻の寝室の前を通り、もうぐっすり寝ているであろうヤネケを起こしに行きたくなり、仕方がないので二回、自慰をした。

ヤネケの反応はまるで違っていた。彼のベッドに寝転がって、まともに読んでるのかと思うような速度で頁を捲ると、うん、と言って本を閉じた。

「中に出てくる行為は十二種類だ。そのうち二つは既にやっている。三つは別に気の利いた女中が、一つは犬が要る。残り六種類を順に試そう」

最初に試したのはお互いの性器を舐め合うことだった。ヤンは気に入ったが、ヤネケは、舐めた後のヤンの顔がべたべたなのは滑稽だと言った。そうなると次にやるのは指で弄ることで、細心の注意を払ってやったつもりでも、ヤネケは痛がり、うまくいかなかった。お互いの尻の穴に指も突っ込んでみた。台所から持ち出したラードを使うと上手く行ったが、臭いがきついので、もう少し上等な何かを調達する必要があることを確認した。ヤネケを四つん這いにして後ろから犯すこともやった。これは非常に具合が良かった。お互いの尿もコップに取って飲んだ。何が面白いのかちっともわからなかった。

ラードかよ、と言ってグーテルスはげらげら笑い、次の時には何だかわからないが半固形の脂の塊みたいなものをくれた。次から次へと変な本を持って来た。後で必ず首尾を訊いた。上手くいったもの、とても気に入ったもの、全く訳がわからなかったもの、どちらかが拒否したので試せないもの、身体的に無理だったもの。グーテルスは慰めてくれた。いやこれ無理だろ書いてるだけだろ、ってのもあるんだよ、気にするな。

気にするも何もない。こんなこと本当はやりたくないんだ、とヤンは打ち明けた。

「おれ普通にやるのが一番好きだよ。変なことしなくたって充分楽しいよ。そう思わない？」

女にそう言ってみろ、とグーテルスは言った。

ヤネケとの実験はあるところから地獄巡りのような有様になった。朝、便器に出して乾涸(ひから)びた大便を食うことは流石に出来ない、とヤンは拒否した。縛り上げて嫌がる芝居をするヤネケを犯すことになっていたが、性器は全く何の反応もしないので諦(あきら)めるしかなかった。逆もやってみた。ヤネケが余りに脅すのでヤンは本気で怯えて危うく大声を出すところだったが、それで終った後、ヤネケは、あんまり面白くなかった、と言った。鞭(むち)の準備もした。房のようになっていて先に金具の付いた凶悪なやつだ。だが、いざやるという段になると、ヤンは怖くなった。ヤネケの意気込みが凄過ぎたからだ。

「絶対嫌だ」

じゃあ、先に叩いていいよ、と言って、ヤネケは小さな丸いお尻を突き出した。

「こんなもんで叩いたら傷だらけになる」兵隊上がりの仲買人が見せてくれた背中の傷跡を思い出した。しかもこんな凶悪そうな鞭で叩かれた訳ではなかったのだ。ヤネケの滑らかな尻にあれより非道(ひど)い傷が残ることを考えただけで耐えられなかった。

「あたしがいいって言っても？」

「駄目だ」

結局、お互いの尻を平手で叩くことで妥協が成立した。折り重なったままヤネケが本気で叩いた時、ヤンは飛び上がったが、その後は手加減してくれた。十回叩いて、今度はヤンが叩く側に回った。できるだけそっと叩いたつもりだったが、ヤネケの尻は薔薇色になり、それはヤンを幾らか満足させた。

ああいうのは、とグーテルスは言った。「やり過ぎてもう何も感じなくなった遊び人だの爺さん婆さんだのがすることだ。お前やお友達に必要なことじゃないのさ」

寝てるのかな、と思うくらいに微動だにせず、ヤネケはヤンの肩に頭を載せ、寝間着も脱いで真っ裸の体をヤンの体に押し当てていた。お互いの体の温かさが快かった。エデンの園では、とヤネケは言った。

「みんな幸せに暮らしていた。鳥も、獣も、蛇や蜥蜴も。川や池の魚たちも。青草や果物しか食べなかったら平和だよね」

うん、とヤンは相槌を打った。

「動物たちはみんな繁殖行為をした。増えろ、って神様に言われていたから。そこら中で幸せに交わって、ころころ子供を産んだ。産むとアダムとイヴのところに連れて行った。小さな可愛い子供たちを見ると二人が喜ぶから」

「蜥蜴も？」

「蜥蜴の子って可愛いじゃない。ちっちゃいのにちゃんと蜥蜴の恰好をしてる。魚たちも川から声を掛けて、子供たちが立派にすいすい泳ぐところを見せた。だけどそのうち、動物たちは疑問を持った——自分たちはどんどん増えてるけど、アダムとイヴは増えない。エデンの園には小さなアダムも小さなイヴもいない。そもそも二人はとても仲良しだけど、裸で戯れ合うだけで何もしない。これは変だ、と思って、動物たちは訊いてみた。どうして交わらないんですか、って。やり方を知らないのかもしれないと思って、目の前でやって見せさえした。随分幸せそうねえ、とイヴが兎に訊くので、兎は目を細めて答えた——幸せですよ、だってとても気持ちがいいし、その後はお互いのことがもっと好きになるし、可愛い子供たちまで生まれるんですから。

だけどアダムとイヴは小さなふかふかの仔兎たちに名前を付けて撫でたり抱いたり遊んでくれたりするだけで、自分たちは交わろうとしなかった。

動物たちは思い悩んだ。悩みはどんどん大きくなり、自分だけで抱え込めなくなると、他の動物たちと集まって話し合った。どうして交わらないんだろう、どうして増えないんだろう。小さなアダムやイヴもいたら、きっともっと楽しいのに。まだ子供だから、と豹が言うので暫く待ってみた。だけど何も変らなかった。二人で戯れ合って、抱き合って、いつも仲良しなのに何もしない。

何度目かの集会の時に、あれは知恵が足りないんだろう、と羊が言った。体ばっかり大きくても子供なんだ。多分いつまでもあのまんまだよ。

すると、それまで黙っていた蛇が、じゃあ知恵を付けてやろうじゃないか、と言った

——おれはどうすればいいか知ってるよ」

ヤンは唸った。彼には穿ち過ぎの話だった。所謂フランス式の機知というやつ。こつを覚えれば幾つでも捻り出せるとヤネケは言うが、自分の頭はそんな風に飛んだり跳ねたりするにはフラマン風に鈍重過ぎる。

「知ってる？　アダムとイヴを園から追い出す時、神様が着せてやった衣が何で出来てたか」

「無花果の葉っぱじゃないの」

「レヴィアタンの皮だってユダヤ人は言ってる。レヴィアタンの雌を釣り上げて、皮を剝いで鞣して、仕立てて着せてやった。身は塩漬けにして、いざという時の為に取ってある、って。神様がレヴィアタンの塩漬けに用のある時、って何だろ。まさか食べないよね？」

ううん、とヤンはさも考えているようなふりをして唸った。実際には、声を聞いているだけだった。すると突然ヤネケは小声で、子供が出来た、と言った。

「え？」

「いや、ほんとに。月のものが来てない」

「そうだっけ？」

「そうだよ」

「医者に見せた？」

「マティリスの伯父貴(おじき)に見せることになると思うけど」ファン・デール夫人の医者の兄のことだ。「それも含めて段取りを考えてる」

「段取り、って、何の」

「多分騒動になる。この騒動を、あんたもあたしも無事に切り抜けなきゃならない」

「切り抜けられるの」

「切り抜けなきゃ。追い出されたくないでしょ。明日、始める。そうしたら当分、こんな風に一緒にはいられなくなる」ヤネケはヤンの頬に唇を触れた。「その後も多分色々ある。でもちょっとの辛抱だからね」

ヤネケが言っていたようなことは、表面上何も起らなかった。ファン・デール氏は不機嫌で、ファン・デール夫人は顔色が悪かったが、それだけだった。テオは知らんぷりで、ヤンも何も知らないふりを続けなければならなかった。ヤネケは姿を消した。体の具合が悪いので田舎にやった、と夫人は説明した。

いやもうすげえ騒ぎ、とテオは面白そうに言った。「親父は怒り狂ってヤネケを叩くし、ヤネケは泣き叫ぶし、泣き叫びながら、こんなことになるって知らなかったもの、って言うし。姉ちゃんが何も知らないなんてある訳ないのにな」

「何て言ったんだ」

「ピカルディから来た蛇っぽい若い男に誘われて教会でやったたって」

ヤンは溜息を吐いた。若い娘が騙(だま)されて、教会の告解室で処女を失う――それはあの忌々しい猥本の一冊にあった話だ。実際に教会で、神父の入る箱の中に潜り込むところまでは行った。もう少しで実際にやるところだった。誰か若い娘が来て、告解をお願いします、と言うまでは。

　あたしたち神父じゃありません、とヤネケは堂々と答えた——それでも良ければ聴きますが。

　若い娘は息を呑んだ。逃げ去る足音がした。ヤネケは扉の金網に顔を押し付けるようにして様子を窺いながら、あれは拙いねえ、と言った。「なんかとんでもないことしたって言ってるようなもんじゃない」

　それから二人で逃げ出した。告げ口でもされたら堪らないからだ。


　あんな顔してる親と一緒にいるのは流石に辛いわ、と言って、テオがルーヴェンに行ってしまうと、ヤンは一人でファン・デール夫妻と向かい合うことになった。まあとんだ誤算だったってことだよ、ともテオは言った。

「ここまで大事になるなんて姉ちゃんも考えなかっただろうさ。頭低くしてやり過ごしてろ。戻って来た時お前がいなかったら、俺はどうすりゃいい」

　出て行く気はない、とヤンは言った。追い出される気もない。テオは頷いて、そうしてくれと言った。

　一見では、ファン・デール商会には何の変化もなかった。ファン・デール氏は市内のお歴々と商談を重ね、時にはアントウェルペンやヘントに出掛けて滅多に家にはいなかった。町にいて帰って来るとしても遅い時間のことだった。ファン・デール夫人は家の中を見て回っているか帳簿を付けているかだった。春に晒した亜麻が梳かれて戻って来ると紡ぎに出し、秋に晒した分の作業が始まり、その間出荷も続いた。ヤンは一日を市壁の外の倉庫とファン・デール夫人の仕事部屋とを行き来して過ごした。仕事部屋にいなければ台所から屋根裏部屋まで、ファン・デール夫人の小さな靴の立てる足音を追い掛けた。捕まえるのは難しかった。避けられているような気さえした。ただし捕まえて出荷簿を見せ、指示を仰げば的確な返答が返って来た。

それでも居心地は良くなかったので、ヤンは専ら倉庫で過ごした。歳をとった倉庫番の他に何人かの雇い人がいて、秋口に晒しが終った後はグーテルスが来て仕切っていた。エロ本の御用命が最近ないじゃないか、と言われた。

「女がいないんだよ、今」

「いいとこに連れて行ってやろうか」

「そういう気分じゃない」

ヤネケは一体どこにいるんだろう、とヤンは考えた。さっさと済ませて帰って来て欲しかった。散々迷った挙句、小出しにグーテルスに訊く羽目になった。若い娘は子供を孕んだらどうするのか。

「そりゃ親次第だな。蹴り出される娘もいる。堕ろすこともある。産むこともある。いい家の娘なら、蹴り出されるってことはまずない。堕ろすこともない。下手すると子供が産めなくなって、高く売り付けられなくなるからな。だからどこかにやってこっそり産ませる」それから言った。「お前孕ませたのか」

「それはないと思う」とヤンは誤魔化した。

「そういうのを仕事にしてる連中がいる。産むまで寝泊まりさせて、産ませる。赤ん坊を連れてって乳離れまで面倒を見る奴はまた別。里子にして育てる奴はまた別だ。そんな具合で親の顔なんて見たこともないって奴も知ってるよ。まあ、俺だが」

ヤンが余程辛そうな顔をしたのだろう、グーテルスは笑い飛ばして、気楽なもんだ、と付け加えた。「女はじきに帰って来るさ。それから生娘みたいな顔で嫁に行く」

別にグーテルスに同情した訳ではなかった。考えたのは、ヤネケのことだった。夜、遅くまで机に向かっているファン・デール夫人のところに行って、全部ぶちまけることにした。こんな重荷を一人で抱えて行くのはとても無理だ。ぶちまけて、許しを乞おう。やったことの。それから、やることの——成人したらヤネケを妻にする、それまでに家族を養えるようになる、だからその為の手助けをして欲しい、何でもする、追い出さないで欲しい。そう言えば、夫に上手に話をしてくれる筈だ、と思った。流石にファン・デール氏に言う勇気はなかった。

扉を叩くとお入りと言われたので中に入った。

夫人は仕事はしていなかった。灯りを点して机に向かってはいたが、見ているのは髪や身形の乱れを見るのに使う小さな手鏡だった。灯りの反映で二十も老け込んで見える。その目だけが素早く向けられた時、ヤンは彼女が恐ろしいくらいヤネケに似ていることに気が付いた。二十年後の、或いは四十年後のヤネケだ。手が痩せて萎み、頬が削げて白髪が交じり始め、自分の帰りを待っているヤネケはきっとこんな風に見える。

ヤンが口を開こうとすると、夫人はその痩せた人差し指を向けて沈黙を命じた。それから顔を背けて目を伏せ――そうするといつものファン・デール夫人に戻ったが、ペンを取って広げたままの帳簿の隅に何か書き込むと、千切って寄越した。ヘントだよ、と言った。

「市壁の外の未亡人の家だ。明日休みを一日やるから、父さんに見付からないようにお行き。泊まるんじゃないよ」

ヤンは紙を手にしたまま口籠もった。まだ言わなければならないことがある。それも沢山。

「私は何も聞かない。何も知らない。いいね」

外の扉を叩く音がした。帰って来た、とファン・デール夫人は言った。ファン・デール氏は外出の時に鍵を持たずに出る。必ず失くすからだ。「部屋に戻りなさい。見付かっちゃいけないよ。いいね」

夫人は机の上の燭台を取り、ヤンを押し出すようにして部屋を出た。その背丈が自分の肩くらいしかないことに気が付いた。か細い体が、手が、意外なくらいの力の強さで自分を押しのける。扉の前に立って見ていると、夫人は片手に燭台を持ったまま店の戸口に行き、錠を外して扉を開けた。蠟燭の灯の中にファン・デール氏の体がよろめきながら現れ、夫人にしな垂れ掛った。

「今日は早かったわね」と夫人が、重さに少し息みながら言った。「ほらちゃんと立って。大して飲んでないでしょう」

ファン・デール氏が何と答えたか、ヤンには聞えなかった。彼は足音を忍ばせて二階に――それから自分の部屋に戻った。

翌朝早く、ヤンは家を出てヘント行きの最初の郵便馬車に乗った。空いていたので中に乗せて貰えた。幸い、知った顔はいない。冷え切った壁に押し付けられて眺める冬の朝は薄暗く、霜と霧が辺りを埋め尽しているように見えた。それから、不意に明るくなった。冬の畑は硝子の粉を撒き散らしたように輝き、幾つかの町の教会の塔が細長い影になって馬車を回り込み、やがてヘントの町が見えて来た。

冷え切った厳しい朝だった。御者は、町を半ば横切って別な城門から外に出、川沿いに行った最初の水車のある集落だと教えてくれた。大きな建物の前を通り、既に賑わっている市場を抜け、城の前を通って川を渡り、緩やかな坂道を上がって行った。玩具のように小さな家の尖った破風が中に並ぶ長い塀に沿って歩いた。ヘントの大ベギン会だ。塀自体は高くもない。精々、中が見えない程度の高さで忍び返しもない。攀じ登れば乗り越えられないこともなさそうな塀が、それでも高く見えた。おかしいよ、とヤンは思った。こんなでかいところにとんでもない数の女たちが、修道女でもないのに男を避けて閉じ籠っているなんてどうかしてるよ。そんなに俺たちが嫌なのか。おまんこと叫ぶから？　そりゃ屑（くず）も沢山いるけど、いいことも沢山してあげられるのに。一緒に幸せに食べて眠る為に働いて、稼いで、出来ることは何でもするのに、男と一緒に暮らしたくないってどういうことだよ。せこせこ自分たちで手内職して小銭を稼いでやり繰りしながら祈って暮らす方がいい、って一体何だよ。

　ヤンは自分が俯いて歩いているのに気が付いて姿勢を正した。こんな女たちに恥じるようなことは一つもない。何も悪いことはしていないし、これからもしない。幾らか手違いはあったがヤネケを妻にして、一緒に仕事をして一緒に子供を育てて、幸せな一生を送らせるんだから、俯く理由は何一つない。

　門を出て、教えられた通りに川筋を辿（たど）った。水車小屋があった。確かに村というより四、五軒の家が疎（まば）らに建っているだけの集落で、一軒の家の扉を叩いて出て来た留守番の老婆に訊くと、それは隣だと教えてくれた。隣家に行って扉を叩き、出て来た中年女に、ヤネケ・ファン・デールに会いに来たと伝えた。あんたどなた、と言われた。

「兄です」

「双子だって言ってたけど似てないね」

「弟は今ルーヴェンです」

中年女は彼を中に入れ、狭苦しい階段の上に向かって、お客さんだよ、と言った。誰、と答える声がした。ヤネケの声だった。

「兄さんだって」

ええ？　と言うのが聞えた。階段の上の扉が開いて、ヤネケが顔を出した。

「何だヤンか。上がっておいでよ」

「扉は開けとくんだよ」と中年女は疑わしそうに言った。

「何にもしないって。こんな腹で」

ヤンは階段を上がって部屋に入った。

中は、混沌、と言うに相応しい有様だった。至るところに本が山を作っている。何か書き散らした紙がそこら中に、一見では、散乱している。シント・ヨリスの家の部屋と同じだ。散乱しているように見えても一枚たりとも動かしてはいけないことをヤンはよく知っていたが、それにしてもこれはちょっと非道くないか。ヤネケは机の上のペンをぼろ切れで軽く拭いてペン立てに戻すと、椅子の背に掛けてあった短い部屋着を羽織った。

「そこら坐って。ベッドにでも」そう言って、ヤネケは笑った。

「何か書いてたのか」

「テオの勉強。代筆してる」自分は机のところの椅子に腰を下ろし、寝間着なのでくっきりと見える腹を擦った。

「おっきくなったでしょ。触る？」

ヤンは身を屈め、手を伸ばして触れた。温かい。ヤネケはヤンの頭を子供にするように軽く撫でた。

「よく教えて貰えたね。母さん？」

「うん」

ヤネケは頷いた。「何にも言ってないけど、知ってるんだな。流石に親だ」

快適そのもの、とヤネケは言った。どうせ裏庭しか散歩させて貰えないけど、だったら寝間着のまんまでいいと言ったら放っておいてくれる。寒ければもっと着込む。気分転換に裏庭ぶらついて戻って来て続きをやる。テオの論文の代筆やって教授に色々訊かれても答えられるよう解説も書いて、自分のも纏めて、頼めばテオが送って来るんで軽いものも結構読むし——ルーヴェンはいいね、何でも手に入る——一日中、朝起きてから夜寝るまで邪魔されないんで何でもやれる。夜遅くまでやってると寝ろって叱られるけどね。伯父貴が月一回来てくれるし、伯父貴の知り合いの医者もヘントから来るからそっちも万全。悪阻も軽かった。もう治ったよ。飯食って行く？

それから二人は下に降りて行って、奥さんとヤネケが呼ぶ女に昼食を出して貰った。奥さんは明らかに困惑していた。別れる時には、ヤネケは『オルレアンの乙女』とかいう怪しげな匿名の小冊子を押し付け、ヴォルテールだよ、と囁いた。

「ご無沙汰でしょ？」

ご無沙汰も何も、ヤネケがいなくなってからフランス語なんか見てもいない。

まだ日の高いうちだった。町まで歩いて戻りながら、ヤンもまた困惑していた。まだ手に残っているヤネケの腹の感触と、床に散らばった夥しい紙が、どうしても結び付かなかった。それから気を引き締めた。あれが俺の女房になる。色々大変だぞ、これは。


春先まで、ファン・デール夫人の黙認の下、ヤンはヤネケのところに通った。月に一回か、時には二回。春から後はもっと楽になった。ファン・デール氏に仲買の仕事を覚えたいと言ったからだ。ウーゲ氏に頼み込んで、彼の息子たちと一緒に無給で種蒔きから手伝った。そこからヤネケのところへ行った。ヘント行きの郵便馬車の走る街道までは畑を突っ切って三十分ほどだ。終いには顔を覚えられて、道の脇に突っ立っているだけで停まってくれるようになった。御者台の脇や馬車の屋根に乗せて貰った。図体がでかいんで丁度いい、と言われた。金に困った兵隊崩れとかが寄り付かないと言うのだ。

「兄貴の方はいいけど、弟がな」とヤンはヤネケに言った。椅子に腰掛けたヤネケの前に坐り込んで、大きくなるというよりは矢鱈前に迫り出して来た腹の頂点に飛び出して見える臍を見上げていた。「俺だったら小麦も何も全部やめて亜麻一本にするのに、とか言うんだよ」

どれどれ、と言って、ヤネケは机の上の石板を取り、雑に寝間着の袖で消して計算を始める。「まあ、いい年にはそうだね。三割増にはなる。だけど不作とか質が悪いとかだと、うちもそんなには出せないから」それから急に腹の脇を手で押さえて、こらこら、と言う。「興奮してるよ。こういうの好きなんだ」それから目で、触るよう促す。ヤンは恐るおそる手で触れる。ヤネケの腹の温かさ以外は何も感じない。あとはその張りだ。こちこちと言っていいくらいだ。でも微動だにしない。

「俺、嫌われてるのかな」

「そんなことないって。顔見たこともないんだから。兎も角、最悪の場合には三割減とかだ。不作の年には小麦の値も上がるし、亜麻がどうにか採れても買い手が付かなくて値は下がるから、下手すると飢えるよ」

「下がるの？」

「不作の年にシャツを新調する奴はいない。だから自分ちが食べられる程度の畑は残しておいた方がいい」

「そう言っとくよ。まだ十五だし、次男だし、上が結婚したら家出されるらしいけどさ」

「拾ってやったら」

拾ってやる、って。

「野心家だよね。いいじゃん。好きだよ、野心家。で、先々そういう仕事をして貰う。いい考えでしょ」

「どうかな。そんなに人置いておけないし」

「仕事を広げれば、雇える」

ヤネケはヤンから亜麻の栽培の詳細を聞き出して書き留める。いい年なんじゃない、と言う。「きっと素晴らしい年になるよ」

亜麻の丈が伸び切ると、仲買人に付いて歩いてあちこちを回った。農家から農家へ、畑から畑へ、宿屋から宿屋へ。付いて歩かせて貰うだけで特に何かを教えられる訳ではないが、話を付ける畑の見定め方、亜麻の質の確かめ方から人との付き合い方あしらい方まで、見て、覚えられるだけ覚えた。ファン・デール氏と一緒の時ほどではなかったが、どの農家でもビール一杯くらいの供応は受けた。お前ならこういうのも好きかもしらん、とファン・デール氏は言ったが、確かにそうだった。買い付けに回る田舎の人々や農家の人々が素朴だとか人がいいとかいうことではない——むしろ正反対だ。ただ、まだ青いうちから畑ごと売り買いするというのは、その後の天候不順や虫害の可能性にも拘（かかわ）らず、その時点での状態で売り買いするということで、人はそういう時思いも寄らないほど真剣になる。生真面目な職人や生真面目な店員や生真面目な書記が知ることがないような真剣さだ。そしてそれは、ヤンには素晴らしく味が良かった。独り立ちして、こういう連中とやりあうのだ、と思うと胸が躍った。ヤン・デ・ブルーク、ありゃ偉い男だ、絶対に損はしないが相手にもさせない——そう言われる仲買人になりたいと思った。

「うん、まあだからそれは確率の勝負というやつだね」とヤネケは言い、確率、とヤンは鸚鵡（おうむ）返（がえ）しした。「骰子（さいころ）を一つ振って一が出る確率は六分の一、二つ振って一のぞろ目が出る確率は三十六分の一、畑買いの亜麻の売買の結果がどう出るかもそうやって計算できる」

「出来るの？」とヤンは訊いた。そんなことが可能ならみんなとっくにそうしているだろう。

「理論上はね。実際には非常に難しい。虫害なんかも含めた自然の条件を計算するのが難しいし、価格を左右するのはその年の取れ高や出来不出来だけじゃない。街の奥様やお嬢様、貴族の奥方や亭主息子の懐加減がどうかにも左右される。ただ、そういうものも全部ひっくるめて計算できれば、当然そういうことになる」

「で？」

「で？」ヤネケは言葉に詰まった。「最終的には均衡する」

「どういうこと」

「仮に、十億回とか百億回とか売買を繰り返すことが出来たとしたら結果は常に同じで損も得もないと見ることが出来る、ってこと。実際にはだからみんな、十億分の一とか百億分の一とかで出る偏りで利益を上げている」ヤネケは一人で力強く頷く。「反対方向に働く偏りもまた存在する。だから、とんでもなく長い目で見れば、偏りはない。つまり利益も損失もない」

巨大な腹を見上げながら、ヤンは困惑する。何かとんでもなく冒瀆(ぼうとく)的なことを聞いたような気がするが、反論は出来ない。

最後にヤネケの隠れ家を訪ねたのは七月の初めだった。ヤネケはもう臨月で、暑さもあって具合は良くなく、寝台に横になっていた。

「もう今日明日ってマティリスの伯父貴は言うし、ヘントの先生もそう言ってくれるんだけどね」と言って、ヤネケは窓の方に顎（あご）をしゃくる。「この天気じゃ無理だと思うよ」

「天気関係あるの」

「雨が降らないと生まれて来ない。そういう気がする」それから、すっげえ日焼け、とヤンの顔を見て笑う。

「春からずっと外にいる気がするよ。屋根のあるところに入るのなんか飯食う時と寝る時だけ。あと刈り入れの手伝いして家に戻るけど、その頃には生まれてるかな」

「そう願いたい。しんど過ぎる」

一向に暮れない西日に焼かれながらヘントまで歩く間、ヤンはぼんやりと物思いに耽（ふけ）る。俺はもう太陽も暑気も平気になったけど、ヤネケは辛いだろう。あの腹だもの。早く厄介払いして帰って来て欲しい。馬車の上に乗っている間も日は暮れない。それからふと思い出す。会っている間は全然気にしなかったが、何故ヤネケは髪を切ったんだろう。それも、耳の辺りまで。枕の上に広がっていた短い髪を思い起こす。未晒しの亜麻の束のように優しい色の髪だ。

数日後、雲が押し寄せて雨になる。雨の幕が海の方から畑を渡ってやって来る。ウーゲ兄弟と軒先に入った頃が一番の大降りで、それでも雨雲の切れ目が薄黄色く見分けられる地平線の辺りに、不意にくっきりと沈む太陽が姿を現す。

「丁度いいお湿りだ」と、兄の方がぶっきらぼうに呟く。

全く、何の理由もなく、ああ、生まれるな、とヤンは感じる。雨雲がヘントまで、あの水車小屋の辺りまで行って、雨が屋根を叩いて音を立てて、ヤネケは切り揃えた短い髪の頭を枕に任せてその音を聞いている。お産がどんなものかは知らないけど、あの雲の切れ間が来る頃には、子供はきっと生まれている。

第二章

独身の男は、どうすれば主に喜ばれるかと、主のことに心を遣いますが、結婚している男は、どうすれば妻に喜ばれるかと世のことに心を遣い、心が分かれてしまいます。独身の女やおとめは、体も霊も聖なる者になろうとして、主のことに心を遣いますが、結婚している女は、どうすれば夫に喜ばれるかと、世のことに心を遣います。

コリントの信徒への手紙Ⅰ　7：32－35

あいつは人でなしだ、というのが、ファン・デール家におけるマティリス博士の評価だった。実を言えばこの評価は専らファン・デール氏のもので、実妹である夫人は口を噤んでいた。ヤネケもテオも、ヤンも、そもそも博士が何かであると考えたことはなかった。人でなしなら人でなしでいいだろう、というのが、特に大病もしたことがない子供たちの見解だった。

そうさな、とマティリス博士は言う。「階段から転げ落ちて肩甲骨を折った、という訳じゃない。馬車に撥（は）ね飛ばされた訳でもない。それで死なずに済んだらひと月は安静にしろと言う。だからまあ」沈黙する。目は眼鏡のレンズの奥で宙を見据えて動かない。それから唐突に言う。「川で溺（おぼ）れた程度、と言うかね。勿論、熱を出して震えていたら拙いが、お前はそうじゃないから、十日で起きていい。重いお産でもなかったし、出血も大したことはなかったようだしな」

「どうもありがとう、伯父様」とヤネケはそっけなく言う。

「告解を聞く神父は手配済みだ。余計なことは訊かずに全免償をくれる。だからお前ももう金輪際この話はしなくて済むって訳だ」

「赤ん坊は」

「成熟した健康な乳母が面倒を見ているよ。はちきれんばかりのおっぱいだ。赤ん坊もお前の乳を吸うより余程満足できる」

「見せて貰えないの」

「育てられないのに見ても仕方ないだろう。やっぱり欲しいと言うなら後で貰いに行けばいい」

　ああ、まあこれだから人でなしと言われるんだよな、とヤネケは思う。赤ん坊は産み落としたらそのまま連れて行かれて、抱くどころか顔も見ていない。産声さえ一瞬聞えただけだ。へばって伸びてる間階下にいたのだとは思うが、そのまま乳母に渡されて連れて行かれたのかもしれない。乳が張るのは堪らなかったが、そのうち収まると言われた。

　十日目に手配された馬車が迎えに来た。本だの紙だのは荷造りした後で、部屋は空っぽだ。行李(こうり)で二つになったが、その殆どが本だった。コルネリア叔母さんに送って貰った薄灰色の地味な服で、麻の白い頭巾に髪を全部突っ込み、埃除け程度の薄い外套を引っ掛けてフードの縁を目まで引っ張り下ろし、おかみさんに丁寧に礼を言って馬車に乗った。最初にヘント市内の小さな教会に行った。神父に、男と性交したら子供が出来た、産んで、育てられないので里子に出した、と言ったら、二度と肉欲に惑わされることがないようにと釘を刺され、ロザリオの祈り一連と引き換えに全免償をくれた。

　いや、肉欲とか、そんな御大層なものじゃないんだよ。

　礼拝堂でロザリオを一頻り手繰ってから、外で待っていた馬車に乗って街道に出た。そんな尼さんみたいな恰好の女を脇に坐らせておくのは外聞が悪いと言われても食い下がって、御者台の横に乗せて貰った。久しぶりの外の空気だった。日差しは暑いが風が流れて行くので車内より快適だ。刈り上げた亜麻が円錐形に束ねられて畑に並んでいた。麦の刈り入れも始まっていた。道の側を歩いている百姓がいた。誰かが迎えに来るのを待っているように突っ立っていることもあった。

　何笑ってるんだ、と御者が言った。

「知ってる人思い出しちゃって」

　シント・ヨリスの町が見えて来る前に、御者は中に入ってくれと言った。わかった、と答えてから、さも思い付いたように、家に行く前にベギン会に寄ってくれと頼んだ。

　御者は困惑したが、大叔母の様子を見に行くと言うと寄ってくれた。そこで行李を下ろさせて、手紙を渡した。

「これを母さんに渡して、お礼を貰って頂戴。ご苦労さん」

重すぎてとても上がらないので、行李は残して中に入った。門番に挨拶した。

「おや、ヤネケ」それからヤネケの恰好を上から下まで見てちょっと驚いた顔をした。

「見習いにでも入るのかい」

「大叔母様のところでね」

「ルドヴィカさんが流石に施療院に移っちゃったからねえ。誰かいた方がいいけど」

「門のところに行李が二つあるんだけど、どうやって運ぼう？」

門番は中庭の向こうの教会を指差した。足場が組まれていて、屋根の葺き替えをしていた。「アンナ・ブラルに頼みなさい。頃合いに男手もあるし」

足場の側まで歩いて行くと、束ねて括った瓦を足場の上まで吊り上げている最中だった。近付き過ぎないよう止められた。ブラルさんに頼みたいことが、と言うと、相変らず前に出ないよう押し止めたまま、男は、おい、アンナ、と言った。

当のアンナは少し向こうで、腕組みして足場を見上げていた。大柄な女だった。男たちと同じくらいの背丈で、肩もがっちりしている。白い布を頭にぐるっと巻き付けて雑に髪を隠し、薄茶のスカートの裾を両脚の間を通して縛っていた。裾から男物のズボンと恐ろしく具合の良さそうな靴が覗いていた。若い男のようなよく通る声で腕を上げて振りながら、右、右、よぉしそこ、と言ってから振り返った。

「あんたに用だって」

「何の用」

「重いもの動かすんで手伝って欲しい」

重いもの？　と彼女は訊いた。

「本だね、専ら」

「本って重いの？」

「纏まるとね」

アンナは別な男を一人呼んでヤネケについて来た。門のところまで行くと放置してあった行李の持ち手に手を掛けて少し持ち上げ、ほんとだ、重いな、と言った。反対側の持ち手を男に持たせた。

「どこまで運ぶ」

「教会の正面、右側三軒目」

「コルネリア・マティリスのところだね」とアンナは言った。「一つずつ運ぶけどいいね。一人でも運べないことはないだろうけど、腰痛められると後の作業が困るんで」

行李は二往復して二つともコルネリア叔母の家の前に着いた。あんたはここまでだ、戻っていいよ、と連れて来た男に言うと、アンナはヤネケに、今金持ってるか、と訊いた。「あたしはここの人間なんでいいけど、一緒に来た奴は仕事で来てるだけなんで、酒手を払ってやって欲しい」

それから、ヤネケが酒手を渡している間に一人で行李を持ち上げて家の中に入れてしまった。どこに入れる、と奥からヤネケに訊いた。

「そこでいい。大き過ぎて階段は上がらない」

　コルネリア叔母が厨房から出て来て、細い廊下に行李を下ろしたアンナに遭遇した。アンナは入口のヤネケに顎をしゃくった。

　でもね、アンナさん、とコルネリア叔母は言った。「その恰好はちょっとあんまりだと思うの」

「忙しいんでまた後で」とアンナは答えた。ヤネケが入って来て、アンナに礼を言ってから大叔母に、荷物はすぐ片付けます、と言った。

「終ったら下りて来て挨拶します」

　コルネリア叔母は中で女たちがアヴェ・マリアを唱えている厨房に戻った。姪の娘が住むことになって、と囁くのが聞えた。まあ、ヤネケちゃん？　良かったじゃない、ねえ？　ルドヴィカさんが施療院に行っちゃったから夜とか一人きりでしょう？　コルネリアさん気難しいし。あら、そんなことないわ。ヤネケちゃん見習いになるの？　まあねえ、院長様はいいって言って下さるんだけど。いいじゃない、ベギンになって貰えば。ヤネケちゃんなら歓迎よ。でもねえ。あの子とても不器用なのよ。お勉強は出来るみたいなんだけど。お勉強出来るなら何でも出来ますよ、レースだって。慣れです、慣れ。

　唱え続けている声が幾らか高くなった。明らかに苛立っていた。全員が唱和した。

　ヤネケは行李を開けて、おかみさんが洗ってくれた寝間着を横に退け、小分けに括ってある本を出した。十冊くらい。ということは全部で百冊くらいかな。本を抱えたまま蓋を足で閉め、鼻先まで来るのを顎で支えて細い階段を上った。上の廊下の左側がコルネリア叔母の寝室、右が、ヤネケの部屋になる前の住人の寝室だ。戸口は低い。膝で本を下から支え扉を開けて入る。中の天井もまた低い。小柄な女が住むことしか考えていない作りだ。

本の上から目だけ出して、これもとても小さな書物机の位置を確認すると、何も敷いていない木の床の上を歩いて辿り着き、本を下ろす。それから部屋を見回す。小さな椅子がある。下から煙突の繋がっている小さな暖炉がある。天蓋を掛けた小さな寝台がある。小さな祈禱台と小さな戸棚がある。小さな枝付燭台が暖炉の上に載っている。それだけが調度の全てで、他はない。さて、と思う。

書棚を持ち込めるかな。あとペンとインクを買わないと。

帰って来て最初の夕食の席で、ヤンはファン・デール氏と顔を合わせた。おお、帰って来たか、と肩を叩かれ、がっちりして来たな、一人前の男だ、と褒められた。ウーゲの家でのことを色々訊かれた。仲買人が褒めていたと言われた。

「すぐに使えるようになりますよ、人当たりはいいが抜け目ない、だとさ。明日は俺と一緒に商売仲間に会いに行こう。町の仕事も覚えんとな」

ファン・デール夫人は終始無言だった。いつもと同じように上品に食べ、食事を終えると静かに席を立った。部屋を出る時に、小声で、後で仕事部屋に、と言われた。

いつもと全く同じ光景だった。ファン・デール夫人は静かに机に向かっている。机の上には帳簿が開かれている。計算に使う石板が幾らか斜めに手許に置いてある以外は、書類はきちんと束ねて積み上げられ、インクとペンも、砂壺も、根が生えたように同じ場所に置かれている。本当を言えば、全てが夫人には少し大きい。椅子も、机も。だから全てが少し——ほんの少しだが、夫人の手許に引き寄せられている。腰を下ろしている位置は椅子の少し前寄りだし、机の下の足は綺麗な布を張った低い足台の上に揃えて置かれている。

彼女は何も言わない。黙り込んでいる。それから少しだけ、辛そうに笑う。何だか別の子みたい、と言う。

息急き切ってヤネケのことを訊こうとしたことを、ヤンは後悔する。それからやはり訊かなければならないと思う。訊こうとした途端に、夫人は言う。

「子供は生まれた。男の子。兄さんが見に行ってくれた。小さいけど元気みたい」

「今どこにいます」

「乳母を雇って、乳離れするまではそこ。その後はまた別に預かってくれる人を探さないと」

ヤンは謝ろうとするが、ファン・デール夫人はかぶりを振る。「あなた、それでいいの？」

「それで、って」

「店の仕事をすること」

「早く一人前になりたいんです。できるだけ早く稼げるようになって、ヤネケと結婚したいんです」

「子供のことがなくても店の仕事がしたいの？」

ヤンは言葉に詰まる。それから言う。「なくてもそうしたいです。やれると思うし、向いていると思うし、これなら辛いことがあっても頑張れると思ったので」

夫人は溜息を吐く。「本当に、あなたには可哀想なことをした。私はあれがあんなに人でなしだとは思わなかった」

人でなし？　ヤネケが？

「兄さんにそっくりなのよ。テオも似てるけど、テオよりもっと似てる。だから、あなたが悪かったとかちっとも思っていない。何か言って無理強いしたんでしょう。違う？」

「無理強いは、されてないです」

「やってみよう、とか言われなかった？」

「――言われました」

ほらやっぱり、と言わんばかりの顔を、夫人はする。

「でも俺はヤネケが好きなんです。女房にしたいんです。子供も引き取りたいです。できるだけ早く。だから早く一人前に稼げるようにならないと」それから付け加える。

「ヤネケも俺を好いてくれていると思います。何回も会いに行ったけど、すごく優しくしてくれました」

「どんな話をしたの」

「数学――です、主に」何だか足許が頼りなくなって来た、とヤンは考える。流砂に攫われるように攫われて行きそうだ。「ヤネケは数学が好きなんです」

「そうね、論文を書くと言ってる」ファン・デール夫人は積んである書類の上に載っている畳んだ手紙を示す。「論文を書いてテオの名前で提出して博士になる、って。だから当分帰って来られない、ヤンによろしく、って」

ああ、攫われた、とヤンは思う。もう立っていられない。だが奇妙なことに、体は倒れない。何てことだ、俺はまるで岩のように立っている。何も起っていないかのように。

「確率論です」

「確率論？」

「骰子を投げたらどの目が出るかを計算するんです。もっと複雑なことも。天候と亜麻の買い入れの価格とか不作の年にはどうなるかとか、そんな話をしていました」

「数字にはかなり強いつもりだけど、何の話だか全然わからない。でもそれは手始めで、それを基にしてもっと書くと言ってる。だから当分じゃなくてずっとかもしれないって」

「どこにいるんです」

「コルネリア叔母様の面倒を見るとか言ってベギン会に」

ああそうだ。あの糞忌々しい女ども。一生独り身で自分のことにだけ係(かかずら)っている我儘(わがまま)女ども。「家で書けばいいのに」

「私も今日行ってそう言ったの。あの子のところで。子供を産んだのにそんなことは出来ません、帰って来て引き取って面倒を見なさい、体裁は幾らでも繕ってやれるから、って。でもね」ファン・デール夫人は蟀谷(こめかみ)を押さえる。「あの部屋を見たら」

紙、とヤンは言う。ファン・デール夫人はヤンの顔を見る。「床一面の紙」

「そう、床一面に紙を広げて。何度も片付けなさいって叱ったのに、今はもう堂々と。コルネリア叔母様はあの子の部屋なんか見ないから。それから本。何十冊も」

何十冊では済まないだろうな。「ヘントでもそうでした」流石にヴォルテールとか持って行っていないよな。

「あの子はベギン会になんか入れる子じゃない。あそこは信心深い身持ちのいい人の入るところなんだから」と言ってから、ヤンの顔を見る。「御免なさい、でも、神様のお許しはもう貰った、とか言うのよ。どこまで罰当たりなんだか」

ファン・デール夫人の憤激を見て、ヤンは、怒らないで下さい、俺も悪いんです、と言う。ファン・デール夫人はまた溜息を吐く。「兎も角あの子はあそこから引っ張り出します。これは約束よ」

小さい窓に付けて置いた小さな机の上で、ヤネケは書いていた手を止める。そろそろ寝ないとな、と思う。朝の七時にミサがある。それまでに起きて身形を整え、コルネリア叔母さんを連れて行かなければならない。燭台を取って、暖炉の上に移す。紙をまたいで机の側に戻って来たところで、窓の外を注視する。

月夜だ。二階なので目の前に教会が聳え立っている。ここのベギン会だけを教区とする立派な教区教会だ。通いの神父もいる。その壁に向かって歩いている人影がある。見ていると立ち止まって体を折り、何かしている。スカートの裾を両脚の間で結んでいるらしい。誰だっけ。アンナ・ブラル？　足場まで行って両手を掛けてぶら下がり、足を引っ張り上げ、その後は器用に屋根と同じ高さの一番上まで登って行く。上まで上がって仁王立ちになり、それから腰を下ろし両脚をぶらぶらさせて月を見ている。

ヤネケは戻って祈禱台に膝を突き、十字を切ってざっくり主の祈りを唱える。ここにいる以上義務は果たさなければならない。軽く良心の究明もしてみるが、主が怒っておられる様子もない。というか、自分がいるだけだ。それから暖炉の上の燭台を吹き消し、寝台に潜り込む。少しだけ、ヤンのことを考える。脇にヤンの体の温かさがあることを想像する。あの野放図で考えなしな図体。ヘントまで来た時には驚いた。あんなにでかかったとは思わなかった。そのでかい体をちっちゃくして坐り込む。十の時と寸法が変っていないかのように。あれは幾らか可愛い。おっかなびっくり腹に手を伸ばし、触るともうそこから離さない。それも可愛い。

赤ん坊のことも考えようとするが、姿も体温も感触も思い浮かばない。少し可哀想になるが、少しだけだ。まあ、成熟して健康なはちきれんばかりのおっぱいがあるというなら、それでいいだろう。赤ん坊におっぱいの区別は付かない。当分はそれで充分だ。

しかしこの乳房の張りは困ったもんだ。暫く様子を見るしかないが。


ウーゲのところからの積み出しに、ファン・デール氏は人をやらず、二台の荷馬車の一方の御者台に自分で陣取り、脇にヤンを乗せて行った。ヤンの手際を見てやりたい。ウーゲとの付き合いも楽しい。田舎の方が本当は好きだ。町と違って風通しがいい。何より、今や最大の悩みの種がある町から一日だけでも離れたい。ただしこれは言えないことだった。一日、町から抜け出して、ウーゲとビールの一杯も飲んで気を晴らすとしても、それだけは言えず、言えないので心の中でずっととぐろを巻いて鎌首(かまくび)を擡(もた)げていた。

手綱を取るファン・デール氏は恐ろしく陰気だった。無口だったというのではない。むしろよく話した。例えば忌わしいコルネリア婆さんを腐した。文字通り、腐れおまんこと言った。腐れおまんこの行かず後家仲間を腐した。行かず後家どもが寄り集まって男も知らん癖に男を馬鹿にしているのだと言った。精々洗濯か手内職くらいでしか稼げん癖に生意気だと言った。何故ヤネケがあんな女どもの仲間になりたがるのかわからん、と言って、そこで暫く口を噤んだ。危ないところに踏み込み掛けているとわかったからだ。わかったが、結局は言った。

「俺はヤネケを、どこの貴族に嫁に出しても恥ずかしくないように育てたつもりだった。別に貴族の奥方にしたいって訳じゃないが。女房が言うから学も付けた。学者と医者の家だからな、女房の家は。それがあんな瑕物、とヤンは考える。俺が瑕物にした。一般にはそう言うことは知っていた。手折ったとか花を散らしたとか言うことも知っていた。事実は全然違うとしても、ばれたらそう言われることも知っていた。罪とか思う？　とヤネケは言ったものだ——でも幸せじゃない？　こんな幸せなことを罪とか言うのはおかしいよ。幸せになっちゃいけないのかな。そんなこと言う方が罪だよ。まあ、ばれたらやばいけど？

俺の子供を厄介払いしてずらかった、とヤンは思った。一人で好き放題をやる為に俺も子供も捨ててずらかった。それもまた心の中でとぐろを巻いて鎌首を擡げている毒蛇で、謂わば荷車の御者台には二匹の毒蛇がとぐろを巻いているも同然であることをヤンは知っていた。だから、それがあんな、は聞かなかったことにした。ファン・デール氏も言わなかったことにした。

俺はさ、とファン・デール氏は続けた。「お前にヤネケをやってもいいと思ってたんだよ。勿論先の話だがな。そうしたらお前も俺の本当の息子だ。それでテオと三人で店を手伝ってくれたらいいなと」

そんなことしなくても俺は息子です、とヤンは言って作り笑いをする。ファン・デール氏も笑いながらヤンの肩を叩く。二匹の毒蛇がお互いの中で毒を吐く。それが辛い。

雲が空を覆い尽して蒸し暑い日だった。ファン・デール氏はウーゲと仲良く罵り合い、ヤンの不器用ながら熱心な働きぶりを褒められて笑い、ビールを飲み、積み込みの指揮を執る。いつも通りだが、何か精彩がない。あんま元気ないな、と言ったのはウーゲ兄弟だった。まあこの一年くらい色々あってさ、とヤンは答える。娘がベギン会に入っちまった、と向こうでファン・デール氏が言っている。ほーお、そりゃ立派なことだ、嬢ちゃんそんなに信心深かったのか。そんな娘に見えたかね、出て来るさ、じきに出て来る。

いや、そういうんじゃなくて、と弟の方が言う。

「なんか調子悪そうだ」

亜麻を満載した荷車二台で町まで戻る間、ファン・デール氏は殆ど口を利かない。空元気を装うこともなく、暑いな、と言う。

「非道く暑い」

汗をだらだらかいている。顔が赤い。暫くするとヤンに手綱を渡して、代ってくれ、と言う。

「休んだ方が良くないですか」

「いや、早く帰りたい」そう言ってから「倉庫に行くんだぞ、日が暮れる前に積み下ろしを終えないとな」と付け加える。

ヤンは荷車を急がせる。行き先は町の外にある倉庫だ。倉庫に入れて仕分けし、秋に晒す分と冬を越してから冷たい水で晒す分に分ける。ウーゲの亜麻は上等なので冬越しの方だ。

倉庫の前に着くと、ヤンは飛び降りて御者台の反対側に回る。ファン・デール氏がずっと唸っていたのを知っていたからだ。ふらふらと立って降りようとするのに手を貸すが、何か言いながら振り払おうとする。大丈夫だ、と言っているように聞えるが、まるで大丈夫ではない。何とか助け降ろすと、そのまま脚を投げ出して尻餅（しりもち）をつく。後ろから来た荷車の連中が駆け寄って来る。グーテルスが出て来て、積み下ろしの為に待機していた男たちを呼ぶ。

「中に運び込め」それからヤンに、医者を呼んで来い、と言う。


あれは利口馬鹿だ、とファン・デール氏は言った。血も涙もない人でなしだ、人間の心がない、頭でっかちの出来損ないだ。

ヤンがマティリス博士を連れて戻って来ると、荷馬車の一方は亜麻を積み下ろして空になっている。ファン・デール氏は脚を投げ出して壁に寄り掛っている。俯いているが意識はあるらしい。博士は脇にしゃがみ込んで、死んだ鼠でもつつくように手を伸ばし、首で脈を取る。荷車まで運ばせる。グーテルスは、積み下ろしはやっておくから一緒に行け、とヤンに言う。ファン・デール氏は荷車の脇の板に寄り掛って唸っている。博士も一緒に乗る。揺するんじゃない、静かに走れ、とヤンは言われる。

　家に着いて、出て来たファン・デール夫人の前で担ぎ降ろし、下男とヤンの二人掛りで二階の寝室まで担ぎ込む。寝台に乗せようとすると、そこじゃない、と言って椅子の方を示される。ファン・デール氏は薄目を開けて荒い息をしている。マティリス博士は瞼(まぶた)を指で開いてその目を覗き込む。頰を左右軽く叩く。だぁいじょうぶですかぁ、と耳元で叫ぶ。腕を取り、脚を取ってぶらぶらさせてみる。ああ、こりゃ駄目だね、と言う。

「駄目って、何なんです」とファン・デール夫人は言う。

「卒中だよ」

　それから瀉血(しゃけつ)をする。

「まあ全然意味はないんだが、一応な」

　ファン・デール氏は怯えたような顔で、ああ、と言う。目に涙が浮かんでいる。ああ、ああ、と繰り返し言う。マティリス博士はまるで気に掛けない。下手すると死ぬまで寝たきりだな、と宣告する。夫人は眉を顰(ひそ)める。ああ、ああ。何を言っても理解できやしないよ。ただほら、優しくしてやればいいんだよ、ちょっと撫でるとかな。

　ファン・デール夫人は瀉血している腕とは反対側に膝を突いて、夫の肩に触れる。ファン・デール氏の体がぶるぶる震え始める。涙が溢(あふ)れ出る。口が大きく開こうとする。夫人はその口に、優しく指を添える。ファン・デール氏は落ち着く。

「そうそう、それでいいんだ、人間なんてそんなものさ。優しくしてやりなさい」

ヤネケのところに報せが来たのは閉門の後で、教会の晩禱から戻って夕食を食べている最中だった。

食堂には細長い扉付の食器棚が二つ、間をおいて置かれている。片開きの扉を開いて板を引っ張り出すと小さな食卓になる。中から深皿を取って厨房で作り置きの質素な煮込みをよそい、食堂まで運ぶ。コルネリア叔母はパンを切って、一切れくれる。二人でそれぞれに食卓に向かう。食前感謝の祈りを唱えて、お互いの顔も見ずに無言で食べる。祝日には小さな錫の器でビールか葡萄酒が出ることもある。

呼鈴が鳴って、台所で食べていた女中が出る。戻って来て食堂の扉を叩き、門番のニードンクさんです、と言う。訊いて来て、と言われてヤネケは玄関に出る。

「お父さんが倒れたって、今報せが来たよ。迎えが門のところで待ってる。すぐに来て欲しい、って」

コルネリア叔母は食堂の戸口から覗いていて、外套を取って来なさい、と言う。それから二人で院長のところに行く。

クリーメルシュ院長の家は二軒隣の二棟を繋いだ大きな家だ。暫く待たされて、奥に通される。院長も食器棚に向かって坐っている。夕食の途中だ。痩せた長い顔の白濁した目をあらぬ方に向けているが、コルネリア叔母とヤネケがいることはわかっているらしい。彫像のようだ、とヤネケは思う。古い教会の入口に彫られた細長い彫像。

「閉門の後ですけれどね」とコルネリア叔母が言う。「この子の父親が倒れた、と報せが来たものですから」

「あなたが一緒に行くの？」

コルネリア叔母は口籠もる。「こんな時間ですし、私は明日にでも」

院長は軽く小首を傾げる。ヤネケの方を向いたらしい。「誰か一緒に行ってくれる人は？」

ヤネケは少し考えて、アンナ・ブラル、と言う。

「閉門後の外出は禁止。見習いの外出も原則許可しない。まして見習い二人でとなると異例ずくめだけれど――アンナ・ブラルね。認めましょう」

有難うございます、とコルネリア叔母とヤネケは言う。

院長は人を修道院の方にやってアンナ・ブラルを呼び出す。家ではなく部屋を借りているベギンたちはそこにいる。門のところで待っていると、フードを被った影が外套の裾を靡かせて大股に歩いて来る。顔を合わせるなり、フード、と言われる。

「出る時は被ってないと叱られる」

ヤネケはフードを被り、外に出る。カンテラを提げて待っているのは昔からの下男だ。倉庫で倒れた、と教えてくれて、暗くなり始めた広場を先に立って横切る。

「でも何であたし？」とアンナは訊く。

「口が堅いと思ったから。家じゃ色々あるんで」

ファン・デール氏は相変らず安楽椅子に坐らされている。動かさない方がいい、とマティリス博士が言ったからだ。本当にこれ親父かよ、とヤネケが思うほど小さく縮んで見える。目を瞑っている。入口で母親が手招きするので、ヤネケはできるだけそっと歩いて廊下に出る。

「顔色良くないね、父さん」とヤネケは母親に囁く。

「だいぶ瀉血したから。それまで顔が真っ赤で怖いくらいだった。伯父さんが明日また来てくれるって言うんだけど、若先生の方が良くないかしら」

いや、伯父貴の方がいいよ、とヤネケは言う。「伯父貴の方が腕はいい」

「でも非道いことばかり言うから」

「言わせておけばいいよ。体の面倒を見て貰うだけだ。ヤンは？」

ファン・デール夫人は一瞬、ヤネケの顔を見据えるが、何の表情もない。「明日、ルーヴェンに行ってくれる人を探しに行った。何て言ったかしら。倉庫の雇い人の」

「グーテルス？　なら良かった。あいつならテオを連れ帰ってくれる。大丈夫」

「泊まるのよね？」

「御免、泊まれない。規則だから」母親の肩を叩く。「なるべく来るようにするから、父さんのところにいてやって」

ファン・デール夫人が寝室に戻ると、ヤネケは自室に本を取りに行く。まだ外套を羽織ったままのアンナが、呆れたような顔で書棚を見ている。

「これ全部あんたの本？」

うん、と言って、ヤネケはビュフォンの四巻本を取る。大きいし、かなり重い。ヤネケがそれを外套の下に隠そうと苦闘していると、二冊を持ってくれる。ほんとだ、重いね、と言う。

二人は階下に下りる。母親の仕事部屋の前で、ヤンに出くわす。もう外はだいぶ冷えてきているのに汗まみれだ。それに非道い恰好をしている——ウーゲさんのところに行った帰りだった、って母さんは言ってたっけ。

ヤンは驚いた顔でアンナを見ている。アンナも無愛想な顔でヤンをじろじろ見る。背丈は大して変らない。見習い仲間のアンナ、とヤネケは言う。

「二人組みじゃないと外出できないんだ。グーテルス捕まった？」

「居酒屋で見付けた。明日、テオを迎えに行ってくれる」

「じゃあ良かった」

またね、と言ってヤネケが出て行こうとすると、ヤンは、おい、と言って呼び止める。

「それだけかよ」

ヤネケはアンナを示す。アンナは付き合いたくないと言わんばかりに宙を見ている。

ヤンは怒った顔で黙り込む。

「こういう時に面倒臭いこと言わないの。後は頼むよ」

下男が二人をベギン会まで送ってくれる。ヤネケとアンナはその後ろを無言で歩く。

不意に、Vade retro me, Satana、とヤネケが呟く。何？　とアンナが訊く。

「サタンよ、退け」

アンナは暫く黙っている。それから、あれ、あれ、あんたの男？　と訊く。

「うん、顔合わせると色々拙いと思ってた」

「何で」

「子供産んだから」

「いつ」

「一箇月くらい前かな——うん、丁度一箇月前だね。里子に出されちゃった。顔も見ていない」

「口が堅い方がいいってそういうこと？」流石にそれは、とアンナは思う。「結構呆れた人だね」

「でも口堅いでしょ」

「べらべら喋り散らす相手がいないもの」アンナは暫く考えている。それから言う。「あれだけ本持ってるってことは、読み書き相当できる、ってことだよね」

「まあね」

「黙ってるから、教えてくれないかな」

「出来ないの？」

「出来ない」
いいよ、夜来なよ、とヤネケは言う。「夕食の後とか」

ベギンたちの朝はそう早くない。修道院住まいの見習いは六時過ぎに集会室に集まり、修練長と一緒に教会に行く。修練長は上から下までひと繋がりの、身体の線の目立たない黒い長袖の服を着て、顔だけを出し頭部を全て覆う白い頭巾の上から、糊の利いた亜麻布を被っている。その顔は穏やかで、幾らか悲しげにも見える。二年目の見習いたちも同じ形の黒い服を着ているが、頭部を覆っているのはただの白い布だ。最初の年のベギンたちはそれぞれ地味な色の普通の服を着て、やはり白い布で頭部を覆っている。総勢十人ほどで修道院と教会の間の草地を横切り、教会まで行く。空はまだ幾らか暗い。日の出の時刻は遅くなり始めている。

教会に入ると通路の左側最後列から順に席に着く。正規のベギンたちは前の方に坐るが、彼女らが教会に着く頃には、席はまだ殆ど埋まっていない。アンナはいつも最後列の通路側で、一際熱心にミサまでの三十分を黙想で過ごす。ふりだけではない。真面目に黙想しないと、面談があった時に答えられないからだ。成果がないと、修練長に報告することがない。だから目を瞑って、自分の心の中に信心の欠片（かけら）を探す。うん、今日はうまくいきそうだ。それにしても毎年、妻子を連れ隣近所と誘い合わせてエルサレム詣（もう）で、って、ヨセフは相当に腕のいい大工だったんだな。どこでも食えるくらい腕が良ければ、そりゃエジプトでも平気で行くだろう。立派な奴だ。イエスは生まれる家を間違えなかった。

それぞれの家から出て来るベギンたちの到着はばらばらだ。とんでもなく早く来る者もいるし、ぎりぎりの者もいる。院長は、アンナが知る限りではいつも最初から右側最前列に坐っている。ヤネケは大叔母に付いて、いつも遅刻気味にやって来る。大叔母を前の方に坐らせると、最後列に戻ってアンナとは通路を隔てた反対側に坐る。そちら側は大抵空いているからだ。殊勝らしく目を閉じ、前日に伝えられた黙想のお題とは関係なしに、数式を思い浮かべて頭の中で弄り回す。ヤネケの部屋に持ち込まれた大きな黒板に書いてあるようなやつだ。それは信心なのか、とアンナが訊いたら、ある種の信心だ、と答えた——全てのことには数学的な根拠がある。つまり神は計算に基づいてこの世を創ったのだと考えることも出来る。万物の数学的法則性について考えることは神の御心について考えることも同じだ、と。アンナはそれも、面談の時には黙っていた。その後に続いた説明がよく理解できない、という理由からだとしても。

それは別にいいけど、この紙はやばい、とアンナは床を指して指摘した——虫が湧くよ。ヤネケは唸って、どのくらいで湧くかな、と言ったので、ぞっとして暖炉側の窓際に棚を作ってやった。揃えて並べておけば床に散らかしておくのと同じだと言ったら、なるほどその通りだと納得した。本の方は扉の脇に書棚を作ってやった。ただじゃないよ、と念を押した。あんたと違って、あたしは働いて食っていかなきゃならないんだからね。

　隣にいる女が洟（はな）を啜（すす）る。マリア・ローザ。一年目の見習い。部屋は廊下を隔てた斜向（はす）かい。薄目を開いて見ると微笑みながら泣いている。なかなか気味が悪い。通路の向かい側ではヤネケが半ば口を開いて薄笑いを浮かべている。泣いてはいない。何か思い付いたらしい。これもまた気味が悪い。

　脇の壁際に置かれた時計が甲高い音で七時を打つ。寄進された品だ。院長の脇に坐っていた堂守が立って、穹窿（きゅうりゅう）の上から下がる紐（ひも）を引き、鐘を鳴らす。重いらしい。殆どぶら下がらんばかりだ。あれは何とかしてやりたいとアンナは考える。足場を解体する前に見てやろう。重いと言っても、あんなに重い訳はないし、重くてはいけない。司祭が祭服を着て現れるのは、からんからん鳴る鐘の最後の音の余韻も消える頃だ。司祭館から支度を調え助祭を連れてやって来るが、門番が門を開ける七時まで中には入れない。

　ミサが終るとベギンも見習いも部屋に戻って一時間祈る。アンナは紙を広げて、De Profundis を書く。アルファベットを一通り教えた後、知っているお祈りを順に書き取るところからヤネケは始めさせた。デ・プロフンディス・クラマーヴィ・アド・テ、ドミネ。今では意味も知っている。深い淵の底から叫びます（ウィト・デ・ディープテ・レープ・イク）、主よ（ヘーレ）。祈りは子供の頃神父に教えられて耳で覚えたから（何箇所か間違えて覚えていて、ヤネケに直された）、アルファベットに置き換えるのは簡単だ。それに書きながら色々考える。面談のいい材料だ。

廊下で鐘が鳴ると、仕事の時間だ。九時。とっくに日は昇っているのに時間を無駄にしてるよな、とアンナは思う。七時から始めていれば一仕事片付いている。一応集会室に顔を出す。洗濯場で洗濯に取り掛っている見習いもいる。施療院の手伝いに出された者もいる。希望者はここでレースを編むことを教わる。既に充分腕のいい見習いは、ほんの二、三人だが、白い綺麗な糸を与えられて小さなレースを編む。正規のベギンたちは大きな枠を囲んで何人かで大作を編んでいる。教戒長が先唱して主の祈りとアヴェ・マリアを唱えてから、故ピーテル・クレリスの魂の為に祈りましょう、と言ってデ・プロフンディスを始める。アンナも立ったまま一回だけ加わる。祈りは修道院の財源でもあることをアンナは知っている。祈ってくれることを条件に寄進する人たちがいるのだ。祈ってやる魂の数が多ければ多いほど、修道院と施療院の予算は増える。これ即ち、アンナたちの負担が軽くなるということだ。客は大事にしなければならない。

それから、漸く仕事だ。門番のところに行って、仕事に掛りますと報告してから教会に行く。見習い期間中のアンナの身分は門番の預かりだ。院長がそう采配した。職人たちはもう着いていて、アンナのことを巫山戯半分に、親方、と呼ぶ。アンナは三角形の布の端をお下げごと中に折り込み、スカートの縁を結ぶ。ズボンで働いていた頃が懐かしい、と思う。

働いてたんだ、とヤネケが感心したように言う。お袋が死んでからは親父と一緒に屋根に上がってたよ、親父は親方だったし、ズボン穿いて髪を纏めていれば、子供のうちは男か女かなんてわからないしさ。七年やってれば古参だから小さい現場を任され何人か連れて仕事することもあった。いずれは自分も親方になる気満々だった。親父が死ぬまではね。

アンナは口の中で父親の霊の為に短く祈って続ける。「まず、屋根の仕事が出来なくなった」

親父の下で働いていた職人は全員、仕事ごと新しい親方のところに移った。アンナも一緒に行った。いや、嬢ちゃんはな、と親方は言った――女っこを屋根に上げるとか危なっかしくて。アンナは猛然と抗議したが、職人たちは誰も庇ってはくれなかった。

「その後が最悪だった」

親父が貯めていた金で食い繋ぎながら、市場の仕事でも探すかと思い始めた頃、元の職人たちが次々に言い寄った。俺と一緒になれば夫婦仲良く屋根に上がれるぞ、と言う者までいた。全部断った。顔見知りの男は軒並み、顔も知らない男まで言い寄った。金をちらつかせる者も、ただもうやろうやろうと言うだけの者もいた。家まで押し掛けられることさえあった。それも全部追い払った。

「何で。好みの奴いなかったの」

「問題はこの背丈だ」とアンナは言った。女としては並外れてでかい上に体格もいい。

「あのでかい女をものにするのは誰だ、って、あいつら金まで賭けてた」溜息を吐く。

「夜中に家の戸をぶち破って入って来た奴もいる」

三人組だった、とアンナが言うと、うわぁ、とヤネケは顔を顰める。

その時は窓から屋根に上がって逃げた。誰も追っては来なかったが、屋根の上を通りの端まで逃げて一晩明かした。夜明かししながら考えた。これはもう娑婆にはいられない、何をされるかわからない。

夜が明けてから怖々家に戻り、着替えてベギン会に駆け込んだ。門番に頼んで院長に会わせて貰った。「おっかなかったけどさ、あの婆さん。でも理由を話したら修道院に泊めてはくれた。最初は暫く泊めるだけだと言われたけど、その間に家も家財道具も全部売り払って金を作った——見習いの間、部屋を借りて飲み食いする金は自弁しなきゃならない。まあ、何年か分にはなったよ。だからそのまま居坐って、ここを出されたら行く先がないと言って見習いにして貰った」

飛び込みは珍しいのかね、とヤネケは訊いた。あんまりいないみたいだよ、とアンナは答えた。「大抵は誰か知り合いがいるからね。いなくても、神父に口を利いて貰うとかする」

だから、親方、と呼ばれても、アンナはにこりともしない。大体、その程度で喜んでいると思われたら示しが付かない。今日の作業の段取りを確認して、足場を上がる。職人たちは軽口一つ叩かずに働く。アンナの言う通りにやっていれば楽で割のいい現場であることは知っているのだ。

テオはルーヴェンからベルリン馬車を仕立てて帰って来た。緞子の上着に上等な外套を羽織り、洒落た帽子を被ってグーテルスと一緒に店の前に降り立った姿もまた派手だった。どこの若様かと思うような恰好だ。ヤンは二人を急いで店の奥に押し込み、下男をやって荷物を下ろさせ、御者に酒手を渡して馬車を追い払った。人目を引きたくはなかったのだ。貸し馬車ではないので代金を払う必要はなかったが、ド・リース様が回されたお馬車でしてとか言う以上はそれなりに渡す必要はあった。

「いや、急いでいたから友人に頼んだんだよ」とテオは言った。「親父、どんな具合だ」

「今お母さんが部屋に行ったところだ」

テオが両親を捜しに行ってしまうと、グーテルスと二人きりになった。何だあれは、とヤンは聞いた。

「いや、見ての通りさ」

「大学ってのは、ああいうことをしに行くところなのか」

「お友達がいたんだよ。リエージュ司教の身内の若様が。そいつと遊び歩いていた。一緒に来ると言うのを引っ剝がして連れて来るのが大変だった。大変な愁嘆場だったよ」

「そんな連中と付き合える金渡してないと思うけど」

「向こうが渡してた。諦めてくれるといいけどな」

テオはなかなか下りて来なかった。下りて来るとふらっとファン・デール夫人の部屋に入るのが見えたので、グーテルスを労ってから様子を見に行った。ファン・デール夫人の椅子にだらしなく体を投げ出していた。拙いな、と言った。さっきまで似合っていた派手な緞子の上着が、今は借りもののように見える。気が付いたのか、面倒臭そうに脱ぎ捨てた。「ものすごく拙い」

ヤンは言葉もない。

「下手打つとうちは潰れる。姉ちゃんは戻って来ないのか」

週に一度は様子を見に来る、とヤンは答えた。コルネリア叔母と来たのが一回で、その後は見知らぬベギンが取っ替え引っ替え付いて来た。あのでかい女はあれきり来ていない。

「しょうがないな。じゃ、母さんと俺とお前でやらなきゃ。お前、親父の商売相手全部知ってるか」

「あらかたは知ってるつもりだけど」

「午後に回ろう。挨拶回りだ。落ちがあっちゃなんないんで、一覧表作って母さんに見せて確認してくれ」テオは立ち上がった。「俺着替えなきゃ。こんな恰好で回る訳には行かないからな」

午後になってから、だいぶ地味な、教授に会いに行く時の服、というのを着たテオと一緒に、ヤンは家を出た。何軒かの家を回った。大抵は、テオが殊勝らしい顔で病状を軽めに伝えて、当面は自分とヤンでやるので問題はない、と言うと同情してくれ、頑張れよとか出来ることがあれば遠慮なく頼んでくれとか返して来た。明らかに、ファン・

デール氏が商いに復帰することは誰も期待していなかった。

　面倒なのはクヌーデ氏だった。ファン・デール氏とクヌーデ氏の関係には、大口の顧客とはいえ幾らか刺々しいものがある。ファン・デール氏は織布にも手を広げたい。クヌーデ氏は糸までの工程も押えたい。どう考えても協力した方が得策だろうとヤンは思っていたが、そうも行かないとファン・デール氏は重々しく言ったものだ。クヌーデ氏は始終ファン・デール氏に市参事会に入って欲しいと頼んでいたが、ファン・デール氏は断っていた――そんなことをしても頭を押さえ付けられるだけだ。

　店にいたのはニコラウス・クヌーデだった。クヌーデ氏の二番目の息子だ。上の息子は父親と大喧嘩の末、家を捨ててどこかの托鉢修道会に入った。ニコラウスは、殆ど毎日どこかしらで顔を合わせるヤンには、いつもと同じように、うう、とか、おお、とか挨拶をしただけだが、後ろにテオがいることに気が付くと大喜びして立ち上がり、熱烈に抱擁しさえした。

「いや、喜んじゃいけないんだけど」とニコラウスは言った。「お父さん、大丈夫？」

「まあね。親父さん、いる？」

「家だよ」

　ニコラウスは傍にいた事務員に、俺ちょっと出るわ、と断って運河沿いの自宅まで付いて来た。ずっと喋っていた。こうやって一緒にたらたら運河んとこ歩いて行くとか懐かしくない？　お前がいないとほんと退屈で。みんな呼ぶよ、呼んで宴会しよう。お前も来るよな、ヤン？　こいつ糞真面目で滅多顔出さないから。引き摺ってでも連れてくよ、とテオは言い、ヤンの腕を引っ張った。ああ、とヤンは困惑しながら答えた。

クヌーデ氏は家にもいなかった。お仕着せを着た使用人がいるのにヤンは面食らったが、その使用人はニコラウスに、旦那様は昼食の後で市庁舎にお戻りになりまして、と言った。そっか、とニコラウスは坊ちゃん然と答え、「でもさ、カタリーナの顔見て行ってくれよ、喜ぶから」と言って、宙に手を泳がせた。「聞えるだろ？」

ニコラウスは二人を窓の大きいフランス風の客間に連れて行った。奥の方にクラヴサンが置かれていて、明るい色のスカートを大きく広げた娘が弾いていた。妹のカタリーナだった。兄たちにぶら下がってどこまでも後を付いて来た頃の面影はない。クヌーデ氏は娘を早々に家にしまい込み、高級品として捌けるようフランス語や音楽やダンスを仕込んだ。

ニコラウスが側に寄ると、カタリーナは弾くのをやめて顔を上げた。暗い色の髪を小さく纏めた栗鼠のように頬の丸い娘だった。テオは素早く身を屈めて、見たこともないようなお辞儀をして見せた。カタリーナの顔には困ったような嬉しいような微笑が浮かんだ。

「あら、私、公爵夫人でも何でもないのに」

「どんな公爵夫人よりお上手ですよ。是非手解きをお願いしないと」

カタリーナは顔を赤らめた。

兎も角その日は、ニコラウス・クヌーデにとっては飛び切り愉快な日であったらしい。店から家へ、家から市庁舎へとずんぐりした体を運ぶ間も絶え間なく喋り続けるので顔は赤くなり、うっすら汗までかく有様だったが、上機嫌は変らなかった。広場に面して傲然と聳える市庁舎の階段は幾らか得意そうに先に立って上り、自分の家のように誰にも止められず二階に上がって、扉を開けたままの部屋の前で二人を手招きした。部屋の奥で下役から何か聞いていたクヌーデ氏は、手を振って遮ると、何だ、と聞いた。

「テオ・ファン・デールが父さんに挨拶したいって」

シント・ヨリス市長の執務室は、ヤンの目にさえ古めかしく見えた。お世辞でなら、重々しい、と言うだろう。肩まで掛る鬘（かつら）を被り、袖口からシャツの極上のレース飾りを覗かせたクヌーデ氏は、その重々しい部屋の中に、一際重々しい、いかつい顔でしっくりと収まっていた。

テオはニコラウスとヤンを残して何歩か前に進み、帽子を脇に挟んだまま、軽く足だけ引いて頭を下げた。

「おや、テオ、大学にいたんじゃなかったのか。親父さんの具合はどうだ」

「二、三箇月は療養が必要だと伯父には言われました」

「それは大変だな」

「この際なので帰って来て仕事を手伝おうと思いまして」

クヌーデ氏はテオの顔を眺め回したが、テオは何でしょうと言わんばかりの無邪気な顔でクヌーデ氏の顔を見詰め返した。クヌーデ氏は、おお、そうか、と言った。

「いい心掛けだ。秋の亜麻もよろしく頼むよ。ニコラウスも手伝うし、私も付いている。君のような教育のある若者が戻って来てくれるのは、町としても心強い」

ニコラウスと別れて家に帰る——と言っても、広場を横切るだけだが——途中も、テオは暫く口を利かなかった。滅多に使わない広場側の玄関を入って漸く、見たか、とヤンに言った。

「食えねえおっさんだ。商売を譲れとか言ったことなんかなかったような顔をしてやがる」

「そんなこと言ってたのか」

「母さんもお前に心配をさせたくなかったんだろう。言っとくよ、お前には隠し事はしだ、って。お互いに話をよく通しておかないと、クヌーデのおっさんがどこから切り崩しに掛るかわからんからな。お前とか、真っ先に口説きに掛る」

「冗談じゃない」

「いやいやいや、断っちゃ駄目だ。上手に使われてやれ。裏口をこじ開けるのにちょっと掛るからな」

「ニコラウス？」

「まあ、ニコラウスもだ。見てろ、吠え面かかせてやる」

　実際、ファン・デール氏の病状は芳しいものとは言えなかった。マティリス博士は毎日様子を見に来て、まあこんなもんだろうと言って帰るのだが、一度、こんなもんだろうとはどういうことかと夫人が聞き質すと、肩を竦めて、麻痺は残るし言葉はもう無理だな、と言った。

「職人に頼んで車椅子を用意させるとしよう。自分で動けるようにはなるまいよ」

　夫人が夫に聞えるという身振りをすると、平然としなさい平然と、と言った。「耳は聞えるが、何を言っても、何を言われているかわからない。口は動くが、言いたいことがあっても、言葉にはならない。ただ、人の顔も様子も見えるし、それが芳しくないというのもわかるだろう。泣くんじゃないぞ。泣くと不安を与える。なるべく普通にしているんだ。本人もそのうち慣れる」

　ファン・デール氏は朝になると椅子に移りたがるようになった。枕元に小さいベルを置いておくと、不自由のない側の手を伸ばして摑み、一心不乱に鳴らす。椅子に移らせると坐ったまま、気難しい顔で動く手を動かし、動く脚を動かし、動く側の目で部屋にいる人間を追い、望む相手ではないとまたベルを鳴らす。ファン・デール夫人はその音を聞くと、家のどこにいても駆け付けた。一番若い女中が部屋にほぼ付きっ切りになった——どう考え付いたのか、身振り手振りで簡単な意思疎通をすることが出来たからだが、それでも病人は癇癪を起こすことがあり、彼女は怯えてファン・デール夫人を呼んだ。夜は、夫人が同じベッドで寝た。そうしないとまた癇癪を起こすからだ。

　彼女は帳簿を寝室に持ち込んで仕事をした。そうしている限り、ファン・デール氏は大人しく妻の姿を見ていた。帳簿を付けながら夫に話し掛けた。大丈夫、何もかもうまくいっている。何の問題もない。そう言いながら優しく微笑み、頷いた。

　実際には、問題がないどころではなかった。

　クヌーデ氏に会った翌日、テオは帳簿を借りてベギン会に行った。いや、母さんと一緒に見たけど、姉ちゃんの意見も聞いておかないとな、とヤンには言った。姉ちゃんは甘いことなんか何も言わないから。

「菜園で土弄ってたけど、門のところで見てくれた。やばくなりそうなところを全部教えてくれた。資金繰りは、当面問題ない。親父は人から金を借りるのが嫌いでね。お前も借りるなと言われた——特にクヌーデ氏からは借りるな、と」テオは舌打ちした。

「面白いかと思ったんだけど」

「そりゃ駄目だろう」

「だよな。あとクヌーデ氏が取引を打ち切ったり、他の取引相手に圧力を掛けたりした場合にはどうするか考えておけと言われた。そんなことになったら一年はもつけど二年は厳しいと。まあ、考えるさ。それから訊いた——出て来てニコラウスのところに嫁に行く気はないか、って」

　ヤンは一瞬狼狽したが、テオは落ち着けと言うように頷いた。「冗談じゃないと言われたよ。ニコラウスの嫁になりたいとかなりたくないとかじゃなくて、あれは当分出て来ないな、無茶苦茶居心地がいいらしい。朝の三時より前に寝たことがないそうだ。後で蠟燭を持って行かせると言っておいた。コルネリア叔母さんが音を上げている」テオは笑った。「まあそのうち飽きて出て来るさ」

「本当にベギンになったらどうするんだ」

「なっても出る時には出て来る。信心に凝り固まった女どもの巣窟ってだけで、イエス様の花嫁って訳じゃない。ただまあそうなると、俺がやらなきゃならんだろうな」

「何を」

「クヌーデとの縁組さ——そう驚くなよ。いつかはどこかから嫁を貰わなきゃ。市長の娘はいい選択だろ」

だってお前、と言ってから、ヤンは言葉を変えた。「グーテルスはどうするんだ」

「グーテルスは友達だよ。そういうことには、俺たちは煩くない」

「カタリーナを騙すのか」

「騙さないだまさない。ちゃんと言って、それでも納得して喜んで嫁に来るようにするさ。ちょっと時間は掛るけどな」

「お母さんに言ったか」

「追々言うよ、これはね。で、悪いけど、グーテルスのところに行って秋の晒しの話をしておいてくれないか。姉ちゃんが、それも揉めさせようと思えば揉めさせられると言ってた。そっちのことはお前に全部任せるから、ごたつかないように頼む」

それだけ言って、テオはクヌーデの家に、カタリーナに会いに飛んで行った。


ファン・デール商会の正面は運河に面している。大きい両開きの扉の両脇に窓が二枚。天井は高い。窓の外には運河の水がちらちらする。昔は、倉庫だった。運河から荷揚げをして運び込むのに丁度いい。ファン・デール氏はその倉庫から商売を始めた。最初はヤンの父親と買い付けた亜麻を町の旦那衆に売り捌いた。小金を稼いだところで、ヤンの父親は結婚して田舎に引っ込み、ファン・デール氏は医者の家の娘を妻にし、広場側の家を買い取って倉庫と繋ぎ、改装して住んだ。何人かの仲買人を使って規模の大きい商いを始めた。ヤネケとテオが三歳くらいまではそんな様子だったという。それから市壁の外に冬中亜麻を置いておける大きな倉庫を買い、川沿いの一階は事務所にした。いつもいるのは、雇い人は古参ばかりで三人。一人は一番の古株で元は仲買人。倉庫の方にはグーテルスのような臨時を含めると一番多い時で十人以上。夫人はすぐに簿記を覚えて資金管理を請け負い、事務所の奥の仕事部屋で帳簿を見るようになった。

仕事部屋の前の廊下を抜けた突き当たりに階段があり、階段の裏に廊下がある。運河側の二階には夫妻と子供たちの部屋があり、広場側の一階は玄関の間と台所、二階には客間と食堂と昔教室に使った部屋、三階にヤンは寝泊まりしている。

ヤンは事務所の机に腰を下ろしている。今は誰もいない。ぼんやりと音を聞いている。

ファン・デール夫人が足音を忍ばせて寝室を出る。二階の廊下を早足に歩いていく。立ち止まる。女中と話をしている。広場側の棟に行く。台所の様子を見ているのだろう。やがて戻って来る。寝室に入る。一日中、絶えず動き回っている。ファン・デール氏が倒れてから、行き来は一層頻繁になった。長時間一人にしてはおけないからだ。

ヤネケは毎週見舞いに来る。夏が終る頃、どこで手に入れたのか、太い、具合の良さそうな杖（つえ）を持って来た。安楽椅子に坐り半分が麻痺した顔で凝視するファン・デール氏の前で、杖で床を、どんどん、と叩いて、わかる？　と言った。鬼だな、とヤンは思った。歩かせる気なのか。杖を父親の手に握らせ、自分の体重を掛けて見せた。ヤネケに目顔で合図されて、ヤンは支えられるように後ろに回った。ファン・デール氏はまだ動く方の手に体重を掛けた。前のめりに、危うい姿勢でまだ動く脚にも体重を掛けた。腰が浮いた。ヤンが支えようとすると、触るな、と言うように唸った。それから、全身を震わせながらゆっくりと立ち上がった。膝が震え出して再び椅子に腰を落とすまで、確かに一瞬、立っていた。

ヤネケは父親の肩を抱いて、片手で背中を叩いた。ファン・デール氏は顔をくしゃくしゃにして泣いた。

「いい、練習するんだよ。立って、三歩とか五歩とかでいいから歩いて」

今、ファン・デール氏は十歩以上歩ける。杖で体を支え、危うい姿勢で、麻痺した脚を振り出して、真剣な顔で、十歩以上歩く。転んだことはない。商売と同じく、手堅いのだ。

ファン・デール夫人の足音が戻って来る。ヤンは夫人の顔色が悪いのが気になっている。彼女が働き者なのはよく知っていた。真ん中で繋いだせいでおかしなことになっている家を完璧に磨き上げ、帳簿を管理し、雇い人を指図し、今はそこに夫の看病まで加わっている。あんなに小さくて、あんなにか細いのに。

帰って来てくれよ、とヤンはヤネケに言った。「お母さん大変なんだからさ」

ヤネケはそれには答えない。親父を歩かせなきゃ、と言うだけだ。「いい感じだと思うでしょ。なるべく歩かせて、なるべく色々させて。一時間しか貰ってないからもう帰るね」付き添いが睨むので、ヤネケは一緒に後も見ずに行ってしまった。

夜、ほんの暫く時間が出来た時、夫人は下りて来て仕事部屋にいることがある。顔は青白い。痩せた両手で温度を見るように顔を覆い、溜息を吐く。それからヤンを見上げて作り笑いをする。

「テオは」

「ニコラウス・クヌーデたちと飲みに行きました。俺もこれから行きます」

「たち？」

ヤンは何人かの名前を挙げる。ニコラウスを始めとして羽振りのいい家の息子たちだ。子供の頃の仲間で、殆どがもう父親のところで働き始めている。新顔もいる。亜麻の晒し職人の若い親方はグーテルスが連れて来た。彼がいなければ、秋の晒しは失敗するところだった。ヤネケが言った通り、クヌーデ氏が圧力を掛けて来たからだ。

「いや、何言われたって俺やりますよ。仕事欲しいもん」

いい度胸だ、とニコラウスが言い、何人かが声を上げて笑う。とっつぁんくたばれ、と言う者さえいる。居酒屋の薄暗い灯の下でテオは上機嫌に微笑みを浮かべている。市長との大喧嘩を楽しんでいるようにさえ見える。負けが込んでいるようにはまるで見えない。実際、クヌーデ氏が思っているほど負けてはいない。

来年の春に晒す亜麻の買い入れを少し控えたい、と切り出された時には、ヤンは殊更驚いた顔をして見せた。

「どうしてまた。いい亜麻ですよ。極上の糸になります。ヘントの最高の品にも負けません。俺、買い付けに行ったんで保証できます」

「買い付けにかね」

「農家に泊まり込んで種蒔きから手伝って、買い付けの季節には仲買人に付いて回りました。仲買人になりたいんで」

息子にも見習わせたいもんだな、とクヌーデ氏は言う。「どうも今時の若い者は浮ついていていかん。ただまあ、そういうことなんだよ。わかってくれるかな」

いや、そういうことじゃ、うちも困るんだけど、とニコラウスは言った。いつものように居酒屋の暖炉の前で、大騒ぎする連中から離れて話をした時のことだ。大騒ぎをする連中と一緒にいるのは火に当たるようなもの、というのがニコラウスの見解だった――

――自分が焼かれる必要はない。

「他に当てがあると思ってたけど」とヤンは訊いた。

「俺は聞いてない。全然。ヘントから買う、って、割り込むの大変だよ。全然見込み立たないよ。下手すると織機が遊ぶ。運ぶ手間賃も馬鹿にならない。お前んちから買った方が全然得じゃん。俺そのつもりでいたし」

おっさんも相当無理してるな、とヤンは考える。

「兎も角、親父が買わないって言った分も俺が引き受けるよ」

「出来んの」

「出来る。糸手当が間に合わないんで緊急で調達したと言う。出所は誤魔化しておく」

それからニコラウスは声を潜めた。「うちの親父も困りもんだけど、ファン・デールのおっさんもむきになってたよな？　俺、そういうの馬鹿馬鹿しいと思うんだよ。親父はお前んとこの商売を譲らせるつもりかもしらんけど、はっきり言って、うち手一杯なんでそっちまで手が回らんよ。お前んとこもだろう。だったら仲良くやった方がいい。亜麻の買い付けから織って出荷するまで一本にする方がいいのは確かだけど、時間掛けてやらないと反発買うしな」

これは驚いた。クヌーデの親父さんよりニコラウスの方がだいぶ賢明だ。外見に騙されるもんじゃないな。

「じゃあ、頼める？」

「勿論さ。俺も点が稼げる。こんなに早く代りの糸を見付けてきたか、って感心させてやりたい。恩に着るのはこっちだ」それから言った。「親父騙せるって最高だよ。舐め腐って腹立つからな。わくわくすんね」

　ファン・デール夫人の足音が、軽く、素早く頭上を横切って行く。ヤンは机の上の帳簿に目を落とす。前の方を捲って見比べる。夫人の筆跡は少し乱れている。何か頼りない。疲れているんだろうと思う。あれは心臓が弱いからな、とマティリス博士は言っていた。

「商家の女房なんか無理だと、私は言ったんだがね」

　光っていた運河の反映が陰る。雲が出て来た。寒くなりそうだ。

　週に一度、金曜日に、見習いたちは修練長に連れられて教会の掃除に行く。掃除の監督指揮も修練長の仕事だが、アンナの見るところ、彼女はこういう仕事に向いていない。夜、夕食の後で、見習いたちは施療院の礼拝堂に集まって、修練長からトマス・ア・ケンピスの「キリストに倣いて」を教わる。そういう時は、修練長は冴(さ)える。勿体(もったい)ぶらない。妙な信心気取りもない。一文一文を読み解いて、思いもかけない解釈を引き出す。神学やってるね、とヤネケは言う。そこらの神父よりだいぶよくやってる。誰に習ったんだろ。

　ただそこには、何と言うか――何と言うんだ？

修練長の体、とヤネケは言う。肉体。生身。それがある。受肉した神学。か細いけどあったかい。中で心臓がしっかり動いてる。ちっちゃい心臓だけど。そしてとても女らしい。こんなもん男に聞かしたらやばいわ、襲っちゃうよ。

アンナはむっとする。だがまあ、その通りだ。ただし修練長は、十人の右往左往する女どもをちゃんとは使えない——え、ああ、アンナさん、祭壇の後ろの高いところを。脚立使っていいですか。え？　ええ、そうね。

「すいません、あたし、仕切らせて貰います」とアンナは小声で言った。修練長が驚いた顔で頷いた。よぉし、まず水汲んでこよう、あんたたち三人、桶で水汲んできてくれる？　脚立登れる奴手を挙げて。よし。あんたらは高いところ。特に窓枠の塵を払う。祭壇の後ろの高いところはあたしがする。他の人たちは祭壇から始めて床を掃く。水が来たら全員で床磨きと椅子拭きに掛る。分担はその時に決める。寒いからさっさと終えちまおう。その間——「修練長はあたしたちが手早く綺麗に掃除できるよう聖母様にお力添えをお願いして下さい」

修練長は困惑しているが、邪魔にならない隅っこで祈り始める。聖母の御加護で掃除に要する時間は十五分短縮され、完全に片付いた後、綺麗に磨いた床の上の綺麗に拭いたベンチに腰を下ろして、修練長の先唱でロザリオを一連やる時間が出来る。全員が満足する。

ヤネケは唸る。才能だね、と言う。

「何で？　こんなの現場と同じだよ」

　他の時は、なるべく目立たないようにしている。仕切り屋と思われたくない。一人でやる仕事の方が、だから好ましい。一日中、全員参加の晩禱が始まるまで、あちこちで家具の修繕を請け負って回る。扉の建て付けや歪んだ窓枠の修繕もやる。寒くなって来ると隙間風の相談も増える。大層喜ばれて、しかもいい実入りになる。なんかこれで食えそうだな、という気がして来る。

　昼になると、修道院に戻って食事を取る。一人ずつ、食堂の壁際にずらっと並んだ自分の食器棚の前に坐る。扉を開けて引っ張り出したテーブルに貰って来た豆のスープの器を載せ、配られたパンを受け取り、無言で食べる。食器棚に向かって。黙々と。

「すげえ光景、とヤネケは言う。「長いテーブルとかで食べてると思ってた」

　向かい合って食べるのは特別な祭日——例えばクリスマスだけだ。その時は長いテーブルも出て、院長以下家住まいのベギンたちも来て、料理の得意な修道院のベギンたちが作ったご馳走の他に、家住まいのベギンたちが持ち寄った料理やお菓子も回して、それなりに賑やかに食べる。施療院担当のベギンたちは翌日病人たちにお裾分けできるようお菓子を少し取っておく。

　食器棚に向かって夕食を済ませた後は一時間、修練長の講話を聞いて、それぞれの部屋に戻る。アンナは講話に来たヤネケと一緒に、教会に祈りに行くと言って出る。それなら戻りが多少遅くても注意されることはない。

ヤネケは甘くない。かなりがっちり扱かれる。ただしお陰で、その年のうちに一通りの読み書きは出来るようになった。いや文法なんて考えたこともなかったよ、そんな難しいこと喋ったことないからさ。

「あとまあ、フランス語。ラテン語」とヤネケは言う。「フランス語やろうか」

「すんの」とアンナは訊く。「いるの」

「あんた偉くなりたいでしょ」

「いや、考えたこともなかった」

「役職に就くと手当が付くの、知ってるよね」

「門番とか、そんなんでいいよ。あれ、家も付くし」

ヤネケはかぶりを振る。「院長も付く」

あー、とアンナは言う。「院長」

「そう、院長。なりたくない?」

「なるとラテン語いるの」

「出来た方がいい。フランス語も。司教は時々フランス人だし、大体ああいう人たちはフランス語しか使いたがらない。下手でもね」

アンナは唸る。面倒臭い、と思う。

「親方だよ、ここの。三百人のベギンの親方だ」

考えとくわ、と言って、アンナはヤネケの部屋を出る。そんなのは二十年も三十年も先の話だ。コルネリア叔母様は家中の火を落として眠ってしまったので階段も廊下も下の階も真っ暗だ。女中さんはとっくに屋根裏の部屋に上がっている。外に出て、家から持って来た肩掛けをきつく巻き付けて修道院まで歩いて行く。寒い。小雪が舞っている。

教会の窓には灯りがある。ヤネケの窓にも。伸び上がってこっちを見ているが、すぐに見えなくなる。仕事を始めたのだろう。夜の二時とか三時とかまでやる。正気の沙汰じゃない。


春になる頃には、ファン・デール氏は家中を歩き回っていた。最初は、ヤンが朝帰りのテオと台所で朝食を食べていたら、いきなり現れた。親父歩けんの、とテオは言った。

「すげえ。よくやるなあ」

ファン・デール氏はそこまで来るだけで疲れ切った様子だったので、椅子に坐らせて、牛乳で割ったコーヒーを飲ませた。器を口に近付けようとすると唸って拒否するので、目の前に置くと、動く右手で取って口許に運び、慎重に傾け、口に含み、その味を楽しんでから、飲み込んだ。パンも欲しがった。手を差し出すので千切って渡すと、口に運んで、暫く咀嚼する。二片目は、また唸るのでバターを付けて渡すと美味しそうに食べる。おおお、とテオが心底感心して言うと、仏頂面をしてはいたが、満更でもなさそうだった。

事務所にも現れた。階段を聞き慣れない足音が下りて来て（後ろ向きに一歩ずつ下りることをヤンは後で知った）、廊下を辿り、ファン・デール氏が姿を現す。ゆっくり、慎重に、一番奥の椅子に腰を下ろす。丁度正面から入って来たグーテルスはその姿を見て帽子を取って軽く挨拶するが、それから、尋常ではないことが起ったのだということに気が付く。

「いつから」とヤンに訊く。

「昨日からかな」

とは言え、相変らず言葉は話せないし、聞いてもわからないらしい。何か言ってもじっと注意深く相手の顔を見ているだけだ。それから重々しく頷く。とても疲れやすくなっているので、一時間もすると寝室に戻さなければならない。ヤンは後ろから、ファン・デール氏が一歩一歩手堅く階段を上るのに付いて行く。途中で何度も一休みし、寝室に入って、安楽椅子に腰を下ろす。とても満足そうだ。

すげえのは確かだ。ただし、心配でもある。ヤンは付きっ切りの女中に兎も角目を離さないように言う。誰もいないところで転んだりしたら大変だ。更に面倒なのは無闇と食道楽になったことで、と言っても食べるには闇雲に時間が掛るので、焼いた鳥を一切れ、煮込んだ牛肉を一欠片、小さく切って貰っては自分でフォークを使って口に運び、この上なく満足そうな顔をする。

奇跡だよ、とマティリス博士は言った。こんなに回復した例は見たことがない。ファン・デール夫人の脈を見ながらの話で、彼女の顔はますます青白く、もう気怠さを隠すことさえ出来なくなっていた。

「休んだ方がいいんだがね」

「そんな訳にはいきません。店が大変なんだから」

いつの間にか中庭が片付けられ、花壇まで作られて生育の早い植物が植えられ、どこで手に入れたのか、葡萄の苗まで現れる。棚まで作られている。ヤネケお嬢様がもう一人見習いの人と来てやって行きました、と女中は言う。随分大柄な人ですけど、本当の職人さんみたいで。ヤンは中庭に出て確認する。支柱もきっちり打ち込まれて、揺すっても揺らぎもしない。何となく腹立たしい。

ファン・デール氏は、昼間時々、棚の下のベンチに腰を下ろすようになった。夫人が肩掛けを持って来ても邪険に断った。中庭を囲む壁で切り取られた空を嬉しそうに見上げて、晴れた日は決まって一、二時間、風に当たっていた。ファン・デール夫人は出て行っては戻って来て、時々は脇に坐って夫に話し掛け、膝や肩に手を置いた。話が通じている様子はなかったが、ファン・デール氏は空を見たまま頷いた。ただもう、訳もわからず、頷いた。

ヤンがベギン会に行くのは二度目だった。二度と足を踏み入れまいと子供の頃に誓ったのだが、こうなってはそうもいかない。前に来た時と同じ門番の女が、少しだけ小さくなったような気がするが、相変らず同じ場所に坐っていて、おや、ヤン、と言った。

ヤンは抱えて来た帳簿を示して、これをヤネケに見て貰いに来た、と言った。門番は興味なさそうに頷いた。まだ朝早い時間で、幸い、洗濯物に顔を赤らめたりはせずに済んだ。聖堂の中から歌が聞えて来た。時々中断されるところを見ると練習らしい。

コルネリア叔母さんの家の木戸は開け放たれていた。それでも、手前で足を止めて、額をぶつけそうに低い門の脇の呼鈴の紐を引いた。からんからんという音がすると、奥から前掛けをつけたヤネケが出て来た。ヤンの顔を見ると当たり前のようにおはようと言って、脇にある木を示した。花はあらかた散って葉が出始めている。

「ここまで持ち込むのは結構大変だった」と言った。「今年は実を付けさせる」

「何の木？」

「林檎（りんご）。花なんかこんなに咲いたことがないって」

いやそういうのはどうでも良くて、とヤンは言って、帳簿を示した。「これ見て欲しいんだよ。入っていいか」

「駄目」と言って門扉を軽く叩いた。「男はここまでってのが規則。帳簿、どうかしたの」

ヤンは開いて見せた。ヤネケは顔を顰めた。文字の震えは一目瞭然だった。ちょっと待ってて、と言って中に入り、鉛筆を持って出て来て、ヤンが両手で開いて差し出している帳簿に印を付け、数字を直し始めた。「まあそう大きな間違いはないけど——母さんらしくない」

「すごく辛そうなんだ。マティリス博士は心臓だと言っている」

「顔合わせても何にも言わないよ、具合悪そうとは思ってたけど、何ともない、って」

頁を辿りながら次々に数字を修正していく。その間も話は続けている。

「テオはどうしてる？　全然顔見ないけど」

「クヌーデのところだ」

「ああ、じゃあ続けてるんだ。行けそう？」

「まあ、多分」

んん、とヤネケは唸る。「クヌーデのおっさんの顔が見たい」

「帰って来てくれないか」

ヤネケは手を止めて、ヤンの顔を見る。いつもの感情のない目ではなく、まるで顔の造作を優しくなぞるような目だ。それから溜息を吐いて、当分無理かなあ、と言う。

「テオが帰って来ちゃったでしょう。あれで計画が狂ったんだよ。ちゃちゃっと片付けて博士にしてざまあ、ってのはなくなった」

「ざまあ、って」

「デーネンス博士に手紙書いたことがあるんだ。ライプニッツの微分法についての評価を先生から聞いて、質問した。あの先生、デーネンス博士の学生だったんだ。でも何も答えてくれなかった。こういうことはあなたのようなお嬢さんが頭を悩ますべきことではありません、お母さんの言うことをよく聞いて、相応しい相手を見付けて結婚して、子供を産みなさい。男の子ならこういうことはあなたより余程しっかり理解できるでしょう、それを誇りなさい、って。覚えててくれたみたいで、テオがあれは姉ですと言ったら、ああ、あの愉快なお嬢さん、って言ったらしいよ。それでいながらテオの質問とか短い論文とかには一々感動してる訳だけど。中身あたしなのにね。まあ得られるだけのものは得たと思うんで、もう少し膨らませて本にして出すことにした。それをデーネンス博士に贈る。もう半分くらい出来てる。博士の説を元にしてるんで、きっと喜んでくれる」

　ヤンは黙っている。ヤネケは帳簿の頁を捲る。

「そんなこと？」とヤンは言う。声が掠（かす）れている。

「それ終わったら次はもっと面白いねたがある。生物が一度、地上から全滅した後で、また新しく生まれて来るなら、それは同じ生物になるか、それとも全く別な生物になるか——これも確率収束として捉（とら）えることが出来る」

　目眩がして来る。腹も立って来る。「わかったよ。やればいいよ。でも家が大変なんだ。お母さんも。もう無理だよ。帰って来て手伝ってやってくれないか」

「帰ってもあんまり助けにはならないと思う。テオは巧くやってるし、あんたもいる。だからまだ沈没していない。女手が一つ増えようと減ろうとあんま関係ないよ」

「これ、どうするんだ」ヤンは帳簿を両手で支えたまま顎で指す。

「あんたがやればいい」帳簿は後ろから始めて最初の方まで行っている。「この辺りは大丈夫。去年の秋くらいから？　具合が悪くなったのは。代ってやってくれないかな。テオにも言って貰って。あんたがやって――」

「俺だって忙しい。春に晒した分を梳きに出さなきゃ」

「うん、わかってる。だからざっと付けて持っておいでよ。あたしが見る。それなら出来る」

「赤ん坊は」

「聞いてない？　母さんと話をした。そろそろ乳離れするんで、ちゃんと育ててくれる人のところにやる、って。すごく慣れていて何人もそういう子供を育ててる人。二、三年して歩けるようになったら引き取る、って、すごい顔で言われた。脅してるね、あれ。考えとくって言ったけど」

「出て来ないつもりだな」

「迷ってるよ。正直言うとね。だからちょっと待ってくれない？」

ヤンは音を立てて帳簿を閉じる。

「怒らないの。兎も角、帳簿は代ってやって。あと家のこともできるだけ他の人にやって貰えるようにしてくれないかな。母さんが嫌がったら、父さんの看病に専念して欲しいって言ったらいいよ。で、時間があるなら毎週来たらいい」

「毎週か」

「うん、毎週。家では話できないようなことも話せるでしょ」

まあいいか、とヤンは思う。実際、今の家に乳離れしたばかりの子供が加わることは考えられない。醜聞も有難くない。クヌーデ氏の件が片付くまで、どのみち子供は引き取れない。

俺は嘘は吐かないんだ、とテオは言う。「それって大事なことだろ」

クヌーデの家で爆弾が炸裂するのは、六月に入ってからのことだ。テオは市庁舎まで行って、クヌーデ氏に、お嬢さんに求婚したい、と切り出す。しかし君は今、妻を迎えることが出来るような状態かね、とクヌーデ氏は勿体を付けて訊く。

「ええ、全て順調です。去年秋の分は予定通り売り切りました。春の分も引き取り手は決まりましたしね。それでこの町で商いをしていく自信が付きました。全て、我らが市長のお陰です。父も回復して来ています。今は母が家のことも仕事のことも見てくれていますが、出来れば看病に専念させてあげたい。とすれば、幾らか早いとしても、身を固めるべきでしょう。幸いお嬢さんと何度か会ってお話しする機会があり、妻に迎えるのはこの人をおいて他にはいない、と考えるようになりました。ニコラウスも賛成してくれています。お宅とうちとの結び付きを深める為にも、是非お許しを得たいのです」

「ニコラウスが」

「一緒の仕事を始められないか、という話もしていますので」

クヌーデ氏は苦り切って、娘はまだ若いので簡単に決められることではない、二、三日時間をくれないか、と言ってテオを追い返した。それから店に行ってニコラウスを家に連れて戻り、カタリーナをファン・デールの息子にくれてやると言ったのは本当か、と問い詰めた。ああ、本当だよ、とニコラウスは答えた。

「だって父さん、ファン・デールの商いが欲しいんだろ。だったら好機じゃないか。カタリーナを嫁にやって、俺とテオとでじっくり話を進めるよ。亜麻の買い付けから布の出荷までを一本にするってすごくない？　興奮するね」

カタリーナも呼ばれた。テオ・ファン・デールが求婚の許可を求めに来たぞ、と言うと頬を染めた。いつ知り合った、と訊くと、クラヴサンを習いにいらしたんです、本当に熱心で、お上手で、教えることなんかないくらいなんですけど、他のことも色々お話をして、とても御立派な方です、他に夫にしたい殿方はおりません、と言う。

クヌーデ夫人も呼ばれた。何故ファン・デールの倅なんかが来るんだ、と問い詰められた。

「だってとても気持ちのいい若者だしねえ。礼儀正しくて、頭が良くて、何くれとなく気の利いたものも持って来てくれるし、うちには丁度いい婿だと思うけど」

クヌーデ氏は怒り狂う。お前らは揃いも揃って、と叫ぶ――誰がこの家の主人だ、絶対に結婚なんか許さん。カタリーナは泣く――父さんの人でなし、大嫌い、許してくれなかったら兄さんみたいに家を出て尼僧になってやる。あんたの言うことなんか聞いていたらカタリーナは行かず後家になっちまうよ、高望みばっかりして、とクヌーデ夫人は言う——ファン・デールの息子のどこが悪いんだい、あんた若造の婿に手綱も付けられないほど情けない父親だって言うのかい。俺も家を出ようかな、とニコラウスは言う。

「ファン・デール商会を潰すなら丁度いい。テオとヤンと三人で他所（よそ）行って別な商売始めるわ。あんたなんかに仕切られるよりよっぽどいい。あんたもどこかで別な息子を探して来るんだな」

　その後、父親と息子の間では摑み合いの喧嘩が始まり、女たちは悲鳴を上げ、夫人は台所まで行ってぶっ掛ける為の水を盥（たらい）に汲んで戻り、実際にぶっ掛け、ずぶ濡れになったニコラウスは本当に家を出るところまでいき掛けた、というのが、使用人から漏れて町中に広まった噂だった。結局、クヌーデ氏は折れた。ニコラウスは、喜べよ、あんたとファン・デールの親父さんが犬みたいにうーうー唸り合いながら考えていた通りになるんだから、と言った。

　だから翌日には、クヌーデ氏は人をやって、午（ひる）に是非我が家までお運びいただき、食事を共にしていただきたい、と告げることになった。ヤンも招待された。嘘は吐かないとテオが言ったのは、その道中のことだ。

「カタリーナに確かめたらいい」

　ニコラウスもクヌーデ氏も顔に痣（あざ）を作って見られた有様ではなかったが、夫人も令嬢も素知らぬ顔をしているので、ヤンもテオも気が付かないふりをするしかなかった。食事の後、共通の知人である弁護士が呼ばれ、結婚の条件を詰めて契約書にする為に、テオはクヌーデ氏と書斎に移った。ニコラウスは店に戻り、ヤンとカタリーナはクヌーデ夫人と客間に取り残された。クヌーデ夫人はそのうち居眠りを始めた。夫人の寝息を聞きながら一つ長椅子に友人の婚約者と隣り合って坐っているのは幾らか気詰まりだった。

　ほんと栗鼠みたいな顔だな、とカタリーナを見ながらヤンは思った。その顔を見ていると悲しくなってきた。俺たちなんて非道いことをしてるんだろう。

「テオから聞いています」と不意に彼女は言った。「あなたがあの人の誠意を疑っておいでだと。だから話して安心させてやって欲しい、と」

「別に疑っているという訳ではないんです。テオはいい奴です。一緒に育ったんでそのことは知っています。ただ――」

「私、全部聞いています。父との関係も、頑張ってはいるけれどお家が大変だったことも、どうしても私の助けが必要なことも、それに、多分あなたが切り出せずに困っておられるであろうことも」

「言ったんですか」

「ええ、ちゃんと聞いています。隠して結婚したりはしたくない、と言って話して、それでも夫の義務は全て果たす、と誓ってくれました。だから私、お受けしますと言ったんです。だってそうでしょう、父さんは私を、どんな人でもいいから貴族かその身内に嫁がせたがっていました。適当な、素町人とでも結婚してくれるような人がいたら有無を言わさずに嫁がせたに決まっています。その人だって欲しいのはお金だけでしょうから、どんな不都合があったって隠すでしょう。でもテオは全部話して、助けて欲しいと言ったんです。私、あなたが考えておられるような小娘じゃありません。両親のことだってずっと見ています。絵空事みたいな結婚があるなんて考えていません。あの方が助けて欲しい、と仰って、私には助けられると思った。それが結婚というものだと考えた。だからお受けしたんです」ヤンに手を差し出した。「納得なさったら、手を握って下さい。殿方がやるように。あなたは私とテオの契約の証人です」

結婚式は九月になる前に行われた。前日には、花婿の大叔母にあたるコルネリア・マティリスと姉のヤネケがクヌーデ家を訪問した。ベギンは結婚式には出ないのが習慣だからだ。身内に一人——いずれは二人もベギンがいることは、クヌーデ夫人を大層満足させた。夜には花婿の友人たちが集まって盛大に飲んだ。全員が酔っ払い始めた隙を盗んでグーテルスとテオは姿を消した。ヤンは誰にも気付かれないよう誤魔化した。まるで酔えなかった。

聖ヨリス教会での式は盛大なものだった。後には盛大な宴が続いた。後々町では語り種になるような結婚だった。クヌーデ氏は吝嗇とだけは言われたくなかったのだ。公の場にファン・デール氏が姿を現したのは一年ぶりのことで、麻痺こそ痛々しいが令夫人に付き添われて立派に歩き、考え深げな重々しい顔で式に列席して人々を驚かせた。

第三章

どんな美徳も場にそぐわなければ役には立たない。平原には羚羊も猿も同じようにいた、と考えてみ給え。羚羊は血に飢えた敵から俊足で逃れることが出来るが、可哀想な猿たちには攀じ登って身を避ける樹木は滅多にない。だから滅びてしまう。森の羚羊と猿はどうだろう。羚羊は駆け出した途端に樹木に前を阻まれ下草に足を取られて、御自慢の俊足も役には立たずに餌食になってしまうが、猿たちは樹木に攀じ登り枝伝いにずっと遠くまで逃げることが出来る。また平原では足の遅い羚羊はそれだけ早く死んでしまうから、足の速いものだけが生き残ってますます俊足を誇り、森では腕の短い猿は仲間たちに後れを取って捕まってしまうから、ますます腕の長い、木登りの得意な猿ばかりになってしまう。そうやって何代もしないうちに平原には足の速い羚羊が、森には木登りに長けた猿が、まるでその場で栄える為に作られたように、栄えることになる。平原の猿や森の羚羊は、いたとしても余程変り者の種族だけだろう。こうやって、全ては行き当たりばったりな偶然から、まるで必然であるかのように生まれて来る訳だ。

ヤン・デ・ブルーク『多様な生物の創造についての対話』

ヤンの上着のポケットには半分齧った林檎が入っている。ヤネケのところで貰った林檎だ。週に一回、晴れた日の朝を選んで半年以上通い続けた。門番はもはや、まるで通いの業者か何かのように、おはよう、ヤン、と言うだけだ。中庭にベギンたちが少ない時間も狙えるようになった。彼女たちが敷地内の建物のあちこちで働き始めていて、まだ洗濯物が翻る前。それでも中庭に出るベギンはいて、最初は、特に日向ぼっこをする老婆たちの視線が気になったが、そのうちに慣れた。おそらく彼女たちも慣れたのだろう、猫か何かが通るかのように無視をしてくれる。

　あの婆さんたちはどうやって暮らしてるんだ、と訊いたことがある。どうやって、って、とヤネケは訊き返した。誰が養ってるんだ？　ヤネケは笑って、普通に稼いだからね、と言った。レース編むとか、仕立てを請け負うとか、手に職付いてる人も多いし、役職に就けば手当も出るし、食費と部屋代払っても金は貯まるから、入って二十年くらいすると、偶々売りに出た家を仲のいいベギンと買うくらいの蓄えは出来る。一代限りの居住権だから市内より安い。それでもまだ働いて、七十過ぎたら隠居して悠々自適だね。コルネリア叔母さんだって結構実入りはいいよ。あたしよりいい。ちっちゃいけどパン焼き竈がいい仕事をしてくれるから。一緒にいたルドヴィカさんはこっそり高利貸ししてたってのが専らの噂。尻尾摑んだ人はいないけど結構持ってて、全部寄付して施療院に入っちゃった。

「七十過ぎ？」

「うん、みんな長生きだもの。男がいないって体にいいんだよ」

特に体にいいようには思えない。ヤネケは目の下にいつも隈(くま)を作っている。ちゃんと寝ろよ、とヤンは言う。

「やることがいっぱいあるからねえ」

「どうやって誤魔化してるんだ」

「お祈りしてる、って言ってる。まあ、半分くらいばれてるかな。叔母さんにはそのうち書いたもの見せるよ」

そんな遣り取りのことは、殆ど覚えていない。おや、お帰りかい、と言われて、また来週、と答える間も考えているのは、ヤネケが着るようになった黒い服や、寝不足でも冴えた目や、目の下の隈の薄ぼんやりした赤さや、爪に詰まったままの土や、頭に被った白い布から覗く髪の端のことだ——修道女じゃないんだから何も切らなくたって、って叔母さんは言うんだけど、この方が簡単だから。

今日は林檎をくれた。狭苦しい前庭に植わった林檎の木は、花が散ったかと思うと枝を伸ばし葉を茂らせ、その葉陰に小さな実をこっそり育て、色付くとそれも隠せなくなって、ヤネケは今日、一つ捥(も)いでヤンにくれた。齧るのを食い入るように見詰めていた。硬くて、酸っぱくて、しかも苦かった。その顔を見て、そうなんだよ、と言った。

「味がね。まあ、今年は実が付いただけでもいいとしよう」

門を出て広場を横切ってから、ヤンは帳簿を抱えたまま林檎を取り出し、残りを齧る。硬くて酸っぱくて苦くて、他にも色々な味が一度にする。毒でも盛られたように胸が苦しい。飲み下してしまっても苦さと苦しさだけが残る。苦しいんだ、助けてくれよ、と言っても、ヤネケは笑うだけだろう――自分で何とかすれば？　きっとそんな風に言う。

　小さな実はほんの二齧りか三齧りだ。不釣り合いに大きい芯だけが残る。その芯を持ったまま、ヤンは店に戻る。

　ファン・デール商会は、今や体制を一新して完璧に切り回されている。若夫婦は広場側の棟を使い、ヤンは店の上に移った。ずっとヤネケが使っていた部屋だ。十二歳で追い出された寝台に、ヤンは再び身を投げた。大きくなった図体に古い寝台が軋む。一人で寝るには大きいが、三人で寝ていたとは信じられないほど小さい。そして、カタリーナが綺麗なシーツを掛けて整えさせた寝台は、清潔な洗い立ての亜麻布の匂い以外、何も残っていない。本棚も机もそのままだ。本は抜けたところを詰めて、自分の僅かばかりの蔵書を――猥本は裏側に――入れた。廊下の向かい側はファン・デール夫妻の寝室で、夜中に変事が起った時には都合がいい。ファン・デール氏のことは、ヤンはもう何の心配もしていなかった。最近は勝手に外に出ては運河沿いに散歩している。問題なのは、ファン・デール夫人の衰弱ぶりだ。

　一日中、寝室の長椅子でぐったりしている。すぐに息が切れる。何だか胃が重くて、と言って、マティリス博士が置いていった薬を水に垂らして飲んでいる。それでも、ファン・デール氏の面倒は自分で見ている。朝晩の着替えも手伝いがなければ一人では出来ないし、おまるを使う世話はやはり夫人がしなければならない。ファン・デール氏と幾らか意思疎通が図れる女中はまだ若いからだ。下男を付けようかという提案を、夫人は断った。庭に出る時には付いて行く。身を起して付いて行くことが出来れば。動けないことも多い。殆ど食べないせいもあるが、痩せ方は怖いくらいだ。

家事を引き継いだのはカタリーナだ。控えめなパニエで膨らませた動きやすそうなスカートでファン・デール夫人のところにやって来て、大きな帳面を開いて部屋毎にどうするかを聞き取って行った。夫人は一部屋一部屋を思い浮かべては、掃除の手順や注意すべきことを並べ、カタリーナはそれを書き取った。五人いる女中や下男の仕事も事情も癖も詳細に聞いた。全部終ると、この通りにやりますから安心して休んでいて下さい、お加減のいい時に一度、見に来て下さると助かります、と言った。母親に相談に行ったら、そうしろと言われたらしい。

「お義母さんが御病気で却って良かったじゃない、元気だと一揉めも二揉めもするからねえ」

そして、テオはと言えば、約束通り、完璧な夫だった。優しく、礼儀正しく、結婚後半年でカタリーナは妊娠して夫婦は平和裡に寝室を分け、テオは夜になると外出した。ニコラウスたちと飲む時にはヤンも行った。そうでない時は、おそらくグーテルスやその仲間と一緒なのだろうと思われたが、ヤンが詮索しないように、カタリーナも詮索しなかった。非の打ちどころのない人、と、台所でヤンと一緒になった時に、若奥様は言った。働き者で、稼ぎが良くて、教養があって粗野なところなんか欠片もない、子供が生まれるのも楽しみにして色々気を遣ってくれる、あれ以上の旦那様なんてどこを探しても見付かりっこない、と。それでいながら小さく溜息を吐いて、お義母様の様子を見て来なくちゃ、と言って席を立った。

カタリーナに出来ないたった一つのことは、帳簿を預かることだった。私数字は全然駄目で、と言った。だからこれはヤンの仕事になった。夜、部屋に入ってから、蠟燭の灯で鉛筆を使って付ける。間違いなんてある訳がないとは思っていたが、ヤネケに、彼女が必要だと、帰って来て貰わなければならないと訴え続けなければ、彼女はあの忌々しい塀の中に門扉を閉じて籠ってしまうと恐れていた。白い布から顔だけが、黒い服からは手だけが覗いている女どもの一人。今だって週に一回の帰宅はおざなりなものだ。来ない週さえある。来ても両親を見舞いカタリーナと仲良く話をして、万事順調、結構結構と言って帰ってしまう。目の下の薄い皮膚が僅かに赤らんだ、滑らかな白い顔。爪に泥が詰まったままでさえ繊細な小さな手。帳簿の隅に鉛筆で点を打つ。それをじっと見詰める。薄く一本、弓形に撓んだ線を引いてみる。色の褪せたような睫毛を思い浮かべる。ヤネケが瞬きをする。何？　と言わんばかりだ。ヤンも溜息を吐く。それから蠟燭を吹き消し、帳簿を店に戻して、路地に面した裏口から女を買いに行く。

子供に会いにも、ヤンは通っている。ヘントの側の別な村だ。二人の寡婦が身を寄せ合って、親に預けられた子供たちを育てている。ファン・デール夫人に教えられて様子を見に行った。彼女はもうヤネケを連れ戻すとは言わない。ただ、子供が可哀想で、と言うだけだ。

レオというのが息子の名前だった。ヤンの知らないところでそう名付けられ、洗礼を受けた。ヤネケに訊くと、うん、七月の末の生まれだからね、と言った。星占いかよ、馬鹿だな。ぽつんと立った大きな農家の戸を叩くと、さっぱりした服装に清潔なエプロンを掛け、清潔な頭巾で頭を覆った女性が出て来る。父親です、レオに会いに来たんです、と名乗ると、表情が和らいだ。

「男の方が来られることは滅多になくて。それにお若いのね」

子供たちは奥の二間にいた。質素だがよく掃除された部屋だ。一方は少し大きな子供たちの部屋で、寝台が二つ隅に寄せられている。子供たちは裏手の草地に出る扉から出たり入ったりしながら何か早口に喋っている。数えるのは難しい。絶えず動き回っているからだ。別な女が一人、軒先で見張っている。子供たちはみんなこざっぱりした服装をしている。一人が、駆け込んで来た途端にヤンの脚にぶつかり、すかさず、御免なさい、と謝ってまた駆け出して行く。

「随分躾（しつけ）がいいんですね」

「躾がいいことが、きちんとした引き取り手を見付けるには大事ですから」

そう言う女も、言葉遣いがいい。おそらく育ちがいい。

隣室が乳離れしたばかりの子供たちの部屋だ。三人が、ちょっと歩いたり、転んだり、這ったり、また立ったりしている。誰もお互いに関心を示していないのが妙といえば妙だ。あら、そんなものですよ、と女が言う。

「仲良くなったり喧嘩したりするのは、もっと先です」

ヤンは答えない。床に坐り込んだ赤ん坊の一人がヤンを見上げる。それだけで胸が一杯になる。レオ、と呼び掛けると両手を元気良くぶんぶん振る。振り過ぎて前のめりになるところに駆け寄って、両脇に手を回して拾い上げる。よく太っている。ただ驚くほど小さい。胸に回した両手の指がくっ付きそうだ。しっかりした肋骨（ろっこつ）の感触が感じられる。赤ん坊はびっくりして、それから笑い出す。女は頷く。

そうか、お前がレオか、と言って、ヤンは胸に抱える。「お父さんだよ。わかるか」

それから、手が空くと通っている。月に一回くらい。レオと遊び、他の子供たちとも遊ぶ。乳離れしたばかりの子供たちもそれぞれに歩き始めて、ヤンは小さな靴を三人分作らせて持って行く。一緒に外に出て、頭を揺らしながら歩く様を怖々見張る。交替で見張る女たちと話をする。二人は絶対自分たちの身許を話さないが、子供を産んで育てたこともあるし、産婆もするらしい。帰る時には必ず、里子には出さないで下さい、俺が引き取ります、と言う。帰って、ファン・デール夫人に報告する。元気です。もう歩いてます。言葉を話します。お襁褓（むつ）が外れました。夫人は気怠そうな青白い顔に微笑みを浮かべて頷く。ヤネケにも話をする——もう歩くんだ、油断も隙もないな、とヤネケは言う。

なんか最近やる気満々じゃないか、とテオに言われる。グーテルスにも言われる。ニコラウスにも言われる。テオには、お前もわかるよ、多分、と言う。子供がいる、ってそんなかい？　ヤンは頷く。稼いで、小さくてもいいから自分の家を買おう。レオとヤネケと一緒に暮らす為の家だ。

二年目の林檎は結構な出来だった。ヤネケは深く満足する。確かに幾らか酸っぱいし、皮の赤いところには微妙な苦味があるが、剝いてしまえば問題はない。香りもいい。コルネリア叔母は、砂糖で煮ればどうにか、と言う。焼き菓子に入れて、まあ、台所に集まる仲間が一口ずつ食べるくらいにはなるだろう。

ヤンが来た時に、門のところで、取っておいた一つを渡した。まるで毒林檎でも渡されたように受け取って、怖々齧る。大きい歯が白い。揉み上げの辺りには赤っぽい縮れた毛が渦を巻いている。手の甲にも。こんなに毛深かったっけ、とヤネケは思う。そりゃまあ、多少は毛深かったけど。うん、と野太い声で言うと喉仏が動く。ここんとこ男なんか碌に見てないからな、どんな生きものか忘れてたよ。匂いもする。ただ、ヤネケはその匂いが嫌いではない。少し尖りはしたが変りのないヤンの匂いで、動物だね、とヤネケは思う。一緒に寝てた頃が懐かしいよ。くっ付いて眠ることを考える。何かしてもいいし、何もしなくてもいい。狭いだろうな、寝台。この図体だもんな。

「ちょっと甘い？」とヤンは訊く。「水気も多い」

「苦労したんだよ。徹底的に摘果した。五つしか残さなかった。来年は木ももっと育つから、もっと良くなる。良くする。容赦なくびしびし行く」

ヤンはきょとんとした顔をする。昔から何か言うとすぐにこんな顔をする。来年、と繰り返す。「来年も、いるの」

「うん、来週、誓願式だ」

「そんなこと聞いてないぞ」

「普通家族とか呼ぶんだけど、うちはああなんで、誰も来ないと言ってある。まあ、コルネリア叔母さんいるから」

「ベギンになるのか」

「そうだね。そういうことになるね」

ヤンは何も言わない。少し怒っているようだ。何故か一口齧った林檎を突き返す。いや、齧ったもん寄越されてもね。受け取ると、そのまま行ってしまう。

ヤネケは残りを自分で齧って顔を顰める。いや、駄目だこんなもんで満足してちゃ。水気はいい。硬さもいい。香りも悪くない。酸味は別にあっていい。ただ、甘さが足りない。どう解決するかな。そう思いながら、自分で全部食べてしまう。

ヤンは広場に面した門を憤然と出てから、足を止めて、ちょっと考える。それから店に戻って、入ったばかりの男に帳簿を渡してしまっておいてくれるよう頼み、出掛ける、と言う。

「夜には戻るから」

運河の側に出ると、テオが追い掛けて来る。

「どこに行くんだ」

「子供を引き取りに行く」

「話通してあるのかい、向こうにも、お袋にも」

「ヤネケはもう出て来ない。引き取って、俺が育てなくちゃ」

非道く思い詰めた顔をしていたのだろう。テオは、じゃあ一緒に行こう、と言う。

「馬車雇って」

「荷車で行くつもりだったけど」

「幾つだ、二歳か」

「二歳二箇月」

「そんなちっちゃいのを荷車で連れて来たりしちゃ駄目だよ。雨でも降られたらどうする。死んじまうぞ。馬車で行こう」

テオは上等な貸馬車を借りる。上等な馬を繋がせる。王子様の御帰還だからな、と言う。

「うちのも生まれるし、丁度いいよ」

道中は軽い明るいことばかり言う。学校とか行くようになってみろ、年嵩（としかさ）の能足りんどもに小突き回される時には一人より二人の方が絶対いいって。ヤンは黙って聞いている。それから言う。

「ヤネケはベギンになる」

知ってる、とテオは答える。

「知ってたら言えよ」

「あのさ――姉ちゃんがお袋みたいになるの、見たい?」

「そんなことはさせないよ。ちっちゃい家買って、女中を雇って全部やらせる。ヤネケは部屋に籠って書きものでも何でも好きなことしてればいい」

「家買うつもりでいたのか」

ヤンは頷く。「仲買人やって身を立てるつもりでいた。店は辞めて」

「そりゃ困るな。ファン・デール商会の大番頭が辞めて仲買人とか何考えてる」

「俺、大番頭なの」

「まあ、事実上な」

「仲買、好きなんだけど」

「それはやればいいさ。そういうこと自分でやるんで、お前は評判がいい。俺は町のお偉方だの何だのと話は付けるし、来月はヘントの組合にも話付けに行くけど、それも糸までの工程全部をお前が見てる、って前提あればこそだ。ニコラウスはお前に機の作業場も頼めないかって言ってる」

「やるよ」

「ありがとう。兎も角、そういう点じゃお前の信用は絶大だ。だからお前には店にいて欲しいし、家にもいて欲しい。姉ちゃんが出て来ても来なくても」

　ヤンは黙り込む。暫くの間、黙り込んでいる。

「俺にはもうよくわからないよ——ヤネケは俺のことどう思ってるんだろ」

　忙しいんだよ、とテオは言う。「兎も角、忙しい」

「あれ、忙しいの。俺が行くと庭仕事ばっかやってるよ」

「頭ん中がね。なんか壮大な計画立ててるから、俺たちや赤ん坊どころじゃない。じきに原稿が来る。清書中だそうだ。そうしたら印刷所探さなきゃいけない。そう言われてる。アムステルダムがいいんだとさ」

「まあ、アムステルダムだろうな、売る気なら。伝(つて)はあるの」

「ない訳じゃないけど。言われて教授から紹介状貰った」

「わかった、俺やっとくわ。後で名前と住所頼む。何なら行ってくる」

　テオは溜息を吐く。「何でお前そういうことやんの。姉ちゃんに骨までしゃぶり尽くされるよ？」

「他の誰かがやるよりいい」言ってから、そう、そうなんだよ、と思う。他の誰かがやるよりはいい——俺のことも子供のことも何も考えていない女でも、他の誰かではなく、俺がやる方がいい。本？　いいじゃないか。

「恩はたっぷり売っておけよ――姉ちゃんに恩なんてもんがわかるならだけど」

農家での交渉はテオが引き受けてくれる。三歳の誕生日までということで金も受け取っていたと言われる。払い戻しは求めないという条件で話を付ける。その間、ヤンはもう一人の女と身の回りのものを纏める。夏に着ていたものはもう小さい。秋口から着ていたものは数もそんなにない。丁寧に洗って繕ってはいるが、お古だ。入った子供から子供へと回すのだと言う。肌着の着替えは一枚だけでいいです、とヤンは言う。お襁褓も貰う。一応自分でおまるは使えるが、夜はお襁褓をした方が無難と言うからだ。女は嫌がるレオにお襁褓を当てる。道中でお漏らしでもしたら大変ですから。滑らかな布地で作って綿を詰めた何だかよくわからない物を女が差し出すと、レオは腕を伸ばしてそれを摑む。綿入れの上着を一枚着せ、頭から首まで毛織の柔らかい布を巻かれる。ぬいぐるみを摑んだ手でその布を押して口許を埋める。

「大好きなんです」と女は説明する。

ヤンが抱いて出て来たレオを見て、テオは感嘆の声を上げる。兎も角矢鱈と小さいものが、袖のあるものを着て靴まで履いているのが最高であるらしい。あちこち摘んだり引っ張ったりされるのを、レオはヤンにしがみ付いてじっと我慢している。馬車の中で、ヤンの膝に乗せられて、おじさん、と言ってみろ、と言われると、レオは小さい嗄(しわが)れた声で、おいしゃん、と言う。大受けする。

「じゃあこれは」とヤンを指す。

「とうしゃん」

すげえ、とテオは言う。「ちゃんとわかってる」

レオは襟巻き（えりま）に顎と口を埋め、とうしゃん、とまた言う。テオが玩具を取ろうとすると嫌がって隠す。

「ちっちゃくてもヒトだな」

不意にヤンの顔を見上げて、ちいちい、とレオは言う。小便だ、とヤンは解説する。そうか、とテオは言って御者台の小さい戸を開け、停めろ、と言う。馬車は停まる。

「おいしゃんとちいちいしよう」

そう言って馬車を降りる。レオは自分でズボンとお襁褓を取り、ヤンに抱えられて外に出る。

日はもう暮れ掛けている。勢いよく流れる分厚い雲の向こうがぼんやりと明るんでいる。ヤンとテオは並んで道の脇に小便をする。間に挟まれたレオは、自分でも同じように、肌着を持ち上げて放尿する。

院長様が呼んでますよ、とコルネリア叔母が階下から呼ぶので、ヤネケは放り出してあった布を被り直し、部屋を出る。髪、と注意されるので押し込む。頑張って、と激励される。

院長は誓願式前に一人ずつを面談している。アンナは昨日だった——うん、小一時間くらい。専ら生計が立つかどうかなんで、あんたに言われて作っておいた明細を説明した。感心されたよ。特に難しいことは言われなかった。修道院の部屋に住んで、今まで通り修繕を請け負って欲しいと言われた。修道院長の相談に乗ってやって欲しいって。あちこちがたが来てるらしいんで、来年修繕を入れるかどうかが問題だ。業者は頼まなくていいが二、三人貸して欲しいとは言った。

「二、三人って、ベギン？」

「見習いにも使えそうなのがいる。道具の扱いを教えれば、かなりのところまで自分たちで出来ると思う。払いは修道院の会計から出て、それを分ける。いい話だ」

それから、マリア・ローザが大変でね、と教えてくれる。それ誰？

「いっつも黙想しながら感極まって泣いてる奴。素晴らしいことですよ、と言われたらしい――でもね、そういう恵みが取り去られて、何の慰めもなく心も動かなくなってもイエス様を信頼し続けることが出来るかしら、と訊かれて、返答まで三日、猶予を貰ったらしい。泣きに泣いて、それから施療院の礼拝堂に籠りっきりだ。祈ってるんだと思うけどよくわからない」

おおう、とヤネケは思う――魂の暗夜というやつだ。いきなり厳しいこと言うな。そんなところまで極める奴がここにいるか？「まあ、修練長がどうにかすると思うけど」

しかし、お前には信仰がないとか言われたらどうしよう。まあ、いざとなったら叔母のところに居候しているだけだと言って居坐ろう。家は一軒丸ごと叔母のもので、住み込みの女中もベギンではない。

　中庭の空はもう暗くなり始めている。肌寒い。院長の家の門を潜り、扉を叩く。副院長が開けてくれる。玄関脇の台所でもなく食堂でもなく、奥の集会室から中庭に出る扉を示される。中庭の周りは小さい回廊になっていて、木のベンチに院長が腰を下ろしている。見えない目は葉が落ちた立木に向けられている。

　ヤネケ・ファン・デールです、と名乗っても動かない。寒くないですか、と訊いても、返事がない。暫くすると、小さく十字を切る。祈っていたらしい。それから漸く、顔も向けずに、コルネリアさんがあなたが書いたものの話をしていたの、と言う。

　いきなりそう来たか。「何か言っていましたか」

「まるでわからない、って。だから私にも聞かせて貰えないかしら」

「どこから話しましょうか——院長、数学に興味は」

　院長は笑う。妙に若々しい笑い声だ。

「ですよね。コルネリア叔母も駄目でした。でも一度やっているので、もう少し巧く説明できると思います。私が今やっているのは、確率論（テオリ・ド・シャンス）、というものです。Ars Conjectandi とも言います」

「推測の術、ね？」

「はい。より精確に推測するにはどうすればいいか、という話です。例えば、人が百人いて、そのうちの何人が女性か当てろと言われた時に」

「場所により、機会によりでしょう？」

「そうです。例えばここなら、百人いれば百人が女性です。男子修道院なら女性はいません。市場なら、女性の方が多いでしょうから七十人くらいですかね。そういうのは、その場所がどういう場所かわかるから、相当確実に推測することが出来ます。でも、例えばそれがどんなところか見当も付かない場所での百人なら」

「男女半々、というのが一番ありそうかしら」

「そうですよね？　じゃあ、実際に観察してみましょうか。いろんな場所五百箇所で、ぱっと見た時目に入る百人のうち女性が何人で男性が何人かを記録していきます。勿論、五百箇所より多ければ多いほどいいです。その方が、偏りのない結果が出せます。そうすると、一人も女性がいないところも、二、三人は女性であるところも、男女が丁度半々のところもあるでしょう。これを女性が少ないところから多いところに向かって、左から右に並べてみたとします。女性が一人もいない場所が一箇所、男子修道院ですね、これを一番左側に、一人はいるところをその右隣に、と。五百箇所なら、或いはそれ以上なら、同じ人数がいる場所も複数あるでしょう。それは同じ場所に積み上げて書きます。一箇所を指一本分の高さで示すなら、二箇所はその倍に積み上がる訳です。院長様が仰る通り、男女半々くらいが、おそらく一番高くなり、それが女性の人数が増えるにつれて、つまり右側に行くに連れてまた低くなっていきます。そうすると、積み上げられた一番上は、ちょっと失礼しますね」ヤネケは院長の手を取って山型の線を描く。

「こんな形になります。そしてこの線が幾何学的に正確なら——それには非常に沢山の場所を調べる必要がありますが」

　院長はくすくす笑っている。

「その線は数式で表すことが出来ます。つまり、計算できます」

「簡単なことを随分難しくするのね」

「難しいことを簡単にしているのかもしれませんよ。未知のことを精確に推測するのは難しいことですから。生まれた子供が何歳まで生きるかを予想するのは大変ですが、それもこうやってある程度は見当を付けることが出来る筈です。とても沢山調べないといけませんけど、それでも、全てを調べ尽す必要は必ずしもない。全てを調べ尽すことは出来ない事柄を精確に推測できれば、これは非常に有益です。ただし、調べた数値にばらつきが出ることもあります。これを修正してより精確な推測を可能にするにはどうすればいいか、というのが、今やっていることです。完全ではありませんが、かなりのところまで理論化することは出来ました」

「面白いことに興味を持つのねえ」院長は立ち上がる。一緒にいらっしゃい、と言って、中庭の向かい側の棟に向かって歩き始める。足許に気を付けて、とヤネケは言う。

「濡れた落ち葉がへばり付いていています」

「あら、それは推測できるわよ、経験からね」

院長は回廊で繋がっている奥の棟の扉を開ける。昔はずっとこっちにいたの、と言う。

「それこそ夜が明けるまで。二階で服を着たままちょっと横になっただけでおミサに出たりね。眠かったわよ」

扉の中は書庫になっている。壁際は天井まで全て本棚だ。窓の下にまで低い棚が作られている。その間にも人一人辛うじて通れるくらいの隙間を空けて本棚が並んでいる。ヤネケは近くに寄って書棚を見る。背表紙の文字からすれば神学書だ。かなり珍しいものもあるんだけど、今はね、と院長は言う。

「修練長は誰から神学を学んだんだろう、と思っていましたが、院長でしたか」

「余りおおっぴらにはやれませんけどね。女には無用だって神父様に叱られるから」

奥には梯子(はしご)があって、二階へと通じている。その手前の小さい空間に置かれた卓子の脇の椅子に、院長は迷いもなく歩いて行って、腰を下ろす。

「壁際に椅子があるでしょう。お坐りなさい」ヤネケが椅子を動かすと、後で戻しておいてね、と言う。「あなたには、見ておいて貰ってもいいかと思って」

辛くありませんか、とヤネケは訊く。目のこと？　と院長は訊き返す。

「まあ、辛い時期もあったわね。神についての全き知識と全き愛、って話はご存じかしら——」

博学を極めた神学の教授が卒中で倒れる。言葉も失いまるで呆(ぼ)けてしまったので、身内の者が引き取って、生まれた村に連れ帰る。何年かしてから、昔の学生がその村を通り掛り、確か先生がおられた筈だと訪ねて行く。教授は放牧地で羊の番をしており、その顔を見た学生は畏敬の念に打たれて声も掛けずに去る――先生は、かつては神についての全き知識を持っておられた。今は神への全き愛に生きておられる。

「――まあそんな感じね。知識も全きとはとても言えるものではなかったから、愛もほどほど。でもああやって祈っていると、それで良かったと思えるのよ。あなた、書いたものを発表するの」

「弟の名前でやります。今は家の仕事を継いでいますが、大学にいた頃の先生からアムステルダムの書店への紹介状を取って貰いました」

「御自分の名前ではないの」

「女の名前で数学の本は出せません。大学にも行けないんですから」

院長は深い溜息を吐く。

「男の方が時々いらっしゃるようだけど」

「一緒に育った里子です。兄のようなものです。店の帳簿を見せに来ます。以前は母がやっていたのですが、体調が良くなくて」

院長は十字を切って小声で短く祈る。それから訊く。

「ここが、福音的生活を送る為の場所だ、ということはわかっておいでよね。働いて身を立てながら祈りと奉仕に生きる為の場所だ、ということは」

「わかっています」

「あなたはここに相応しいかしら」

「他の人たちよりは幾らか懐疑的かもしれませんが、自由思想家という訳でもありません。祈るべき時には口先だけではなく祈りますし、すべきことはしますから仰って下さい。自分の仕事をする時間が作れれば充分です。誓願はさせないと仰っても、叔母のところに居候として残ります」

院長は笑う。「そういうのもねえ――じゃあ、誓願なさい。代りに色々やって貰うから、今までより忙しくはなるでしょうけど。学校で子供たちに教えて貰えないかしら。アンナさんに読み書きを教えたんでしょう、あの人、ラテン語までちょっぴり齧ってる。だからそれと、あと算数を。あなた教え方がとても巧いから」

「わかりました。やります」

それからね、と言って、院長は扉の脇の本棚を示す。「その棚の一番上に、素朴な魂の鏡、という本があると思うの。ちょっと取って貰える？」

ヤネケは踏み台を使って言われた本の並びを調べる。見付けて引っ張り出し、開く。滅却されて愛を望み欲する素朴な魂の鏡。一冊だけ大きさが違う。印刷した本ではない。紙でさえない。羊皮紙に手書きしたものを装丁してある。

「フランス語ですけど、古いですね」

「暇な時でいいから、写しを一部作って下さいな」

わかりました、と言って、ヤネケは椅子を戻し、本を持って外に出る。回廊で開いた頁を立ったまま読む――最初の恩寵として神に触れられ、罪から解放された魂は、更なる恩寵を得て第七の階梯（かいてい）まで昇り——神秘主義だな。まあ、写しはあった方がいいだろう。印刷できればなおいいけど。手書きが一部だけでは、何かの拍子に全てが失われかねない。

暖かくして大事に連れ帰ったつもりだったが、家に着く頃には暗くなり、レオはぐったりして玩具を口に咥（くわ）えている。腹が減ったんだろ、と、テオは言う。

「お袋のとこに連れて行く前に何か食べさせてやったら。台所に行けば軽く食べるものくらいあるだろう。俺はカタリーナに話して来るよ」

ヤンはレオを台所に連れて行く。夕食の支度をしていた女中たちは驚くが、ヤンは簡単に、レオだ、俺の息子だ、と言う。「何か食べさせてやってくれないか。あとビールが一杯あったら嬉しいんだけど」

食卓に坐ってビールを飲むヤンの膝の上で、レオはあちこち見回している。女中たちが代わるがわる、顔を覗き込んで、お名前は、と訊いたり、お幾つ、と訊いたりする。レオは指を三本立てて、ふたつ、と答えてから、相手の顔を見て慌てて指を一本折る。女中頭がスープの残りを温めて器に注ぎ、別な器に移して冷ましてから、小さな匙（さじ）を添えて出す。旦那様に出す分だから、全部細かくなってるよ、と言う。ありがとう、と言ってから、ヤンはレオに、ありがとう、と言うよう促す。

「あいがとう」

何かして貰ったら必ずそう言うんだ、とヤンは教える。レオは大きく頷く。頷き過ぎて転げ落ちそうになる。それから匙を使って食べ始める。脇目も振らずに黙々と食べる。

「その子、どうするの」と女中頭が訊く。

「俺が育てる」

女中頭はかぶりを振る。出来るもんか、と言わんばかりだ。

食事の後、ヤンはレオをファン・デール夫妻のところに連れて行く。レオは満腹して元気を取り戻しており、自分で歩くと言って聞かない。手も繋ぎたがらない。結構速い。テオがやって来て、おお、根性あるな、と声を掛ける。

「おいしゃん」とレオが見上げて言う。

「そうだ、おいしゃんだ」それからヤンに、カタリーナにはヘントの女に産ませた子だと言ってある、と教える。「親が反対して女はベギンになったと言ったら不憫がって泣いてるよ」

「ヘントの女？」

「その方が姉ちゃんもお前も信用落とさずに済む。だからそういうことにしとけ。俺は母さんたちに知らせておくよ。驚いて心臓止まったら困るからな」それから屈み込んで、また後でな、とレオに言い、歩いて行ってしまう。レオは後を追う。ヤンはその後に付いて行く。夫妻の寝室の前まで行くと、扉が中から開く。テオが手招きする。レオは駆け出して中に飛び込む。

レオです、って言ってみな、とテオが言うと、大きな声で、レオです、と名乗る。名乗ってから部屋を見回す。長椅子に身を起こしているファン・デール夫人をじっと見て、歩いて近付いて行き、手を差し出されると攀じ登る。おばあちゃんよ、と言われると、ばあたん、と繰り返す。

「あれがおじいちゃん」

「じいたん」

安楽椅子に腰を下ろしたファン・デール氏はヤンを憐れむような目で見ている。


俺が育てます、とヤンは言いはしたが、実際にはレオは家中の至るところに出没し、存分に好奇心を満たし、誰からともなく可愛がられていた。事務所の事務員の膝に這い上がっていることもあったし、中庭で弱くなり始めた日差しを浴びているファン・デール氏に例の布の玩具を差し出したり、台所で煮込みに使う牛乳を分けて貰って飲みながら気難しい顔で女中たちの仕事ぶりを監督して、ついでにちょっと構って貰ったり、大きなお腹のカタリーナのところに現れて猫可愛がりされたりし、疲れるとファン・デール夫人の長椅子でお昼寝をした。つまり、家中がレオを育てているようなものだった。

レオを引き取った翌週、ヤンは何事もないかのように帳簿を持ってベギン会に行った。ヤネケは既に顔の周囲を全て覆う頭巾の上から白い布を被っていた。

「誓願したのか」

「日曜日にミサの後でね。先週、急に帰ったよね、帳簿も見せずに」

「レオを連れに行った」

え、とヤネケは訊き返した。

「あの後、テオと行って家に連れて来た」

一瞬、ヤネケが自分に抱き付くのではないかと思った。そのくらい嬉しそうな顔をした。よかったあ、と言った。

「お前が誓願するなら、預けておけないだろ」

ヤネケは頷いている。「じゃあもう大丈夫だ」

大丈夫じゃないよ、とヤンは思う。全然大丈夫じゃない。「みんなに可愛がられてる。テオが面白がって構うし、カタリーナは人形みたいに服を作っちゃ着せ替えるし、お母さんも嬉しそうだし、お父さんとも何やらやってる。一緒に散歩にまで行く」

「歩くの」

「言ったよな、二歳だから歩くし喋る。一言か二言で、口が回らないけどな」

「そんなに歩けると思わなかったな。でも、父親似だね」

「俺？」

「そう。うちに来た時、そんなだった。誰でも好きになる感じのいい奴」

ヤンは憮然として帳簿を開く。ヤネケは黒服の前掛けのポケットから鉛筆を出して帳簿を見る。

「依然順調だね。君らよくやってるよ」

「少し経費が嵩んでる。人を増やしたんで」

うん、と言って、ヤネケはヤンの顔を見る。「あんまりケチりなさんな。買い入れ量増やしたんでしょ」

「ヘントに食い込めそうなんだ」

やるな、とヤネケは言う。相変らず嬉しそうな顔をしている。「町で捌ける量は上限まで行っちゃってるからね。どこか潰すんでもなきゃそうするしかない。もう一人パパになる人によろしく言っといて。来週、原稿を渡す」

「俺がやることになった。アムステルダムと話をして、もしかすると持って行く」

「アムステルダムはいいねえ」と言って、ヤネケは鉛筆を仕舞い、ヤンは帳簿を閉じる。来週、会いに行くからね、とヤネケは言う。「今週は結構ばたばたしてる。学校で教えることになったんで、様子見に行って戦略練らないと」

ヤネケは実際に翌週やって来る。赤ん坊でも入りそうな籠(かご)をぶら下げている。アンナ・ブラルが一緒だ。店を入って、ただいま、と言いながら突っ切る後を、アンナが愛想良く事務員に挨拶して付いて行く。階段を上がって、両親の寝室に入る。様子見に来たよ、と言う後ろに立って、アンナは、こんにちは、と言う。

ファン・デール氏はいない。調子がいいのか長椅子に身を起しているファン・デール夫人の傍に、レオは坐り込んでいる。頭に被った白いヴェールを母親が凝視しているのもお構いなしに、ヤネケは籠を脇に下ろし、あ、この子か、と言う。

「親にも言わずにベギンになるなんて」

「全然大丈夫だった。コルネリア叔母さんいるから。まあ大して変りはない」ヤネケは少し身を屈めて、レオだよね、と訊く。レオは身をこわばらせている。目だけがヤネケを見詰め返す。それから、手が触れそうになると素早く椅子を滑り降りて、寝台の下に這い込む。

「ヤネケおばさんに顔を見せて」

いやっ、とレオが叫ぶ。ヤネケは床に腹這いになって覗き込む。レオも腹這いになって、枕の下辺りからこっちを見ている。出ておいでよ、埃っぽいよ、と言うとまた、いやっ、と叫ぶ。ヤネケは、箒持って来ようか、と呟き、犬や猫じゃあるまいし、とアンナが言う。ヤンが入って来ると、ヤネケは床に腹這ったまま上体を起して、下入っちゃった、と言う。ヤンがしゃがんで覗き込み、ヤネケおばさんだよ、と言うと、レオがいやいやをするのが見える。ヤンは立ち上がる。

「嫌だって言ってるから、放っておいてやってくれないかな」

ファン・デール夫人はうんざりした顔で額を押さえる。「何だか目眩がして来た。もう帰って」

ヤネケは立ち上がって籠を拾い上げ、母親の頬にキスをする。「大事にしなよ」

「お前が心配ばっかり掛けるから」

「娘がベギンになってそういうこと言う人もあんまりいないよね。普通は、もう心配ない、って思うもんじゃない？」

　三人は廊下に出る。行っちゃったから大丈夫よ、とファン・デール夫人が優しく言い聞かせるのが聞える。あとは何の声もしない。暫く耳を澄ましてから、安心した、とヤネケが言う。

「安心、って、何」とヤンは訊く。

「うまく行ってるみたいじゃない」そう言って、ヤネケはヤンに籠を突き出す。「これ、原稿ね。梗概(こうがい)付けておいた。よろしく」

　階段を下りる間も、アンナは、流石に箒はないよ、と言う。通り過ぎながら事務員に愛想良く、それではまた、と挨拶する。ヤネケは何も言わない。運河の側を歩く間も黙ったままだ。

「人間の子供なんだからさ。箒で掃き出すなんて言ったら、このおばさんは人でなしだ、って思われちゃうよ」

「そんなもんかね」

「あんたの人でなしにはもう慣れたつもりだったけど、それでもあれは、あたしが知っている中では一、二を争う人でなしぶりだよ」

「もっとよく顔とか見たかったんだけど」

「産み捨てでそれはないな」

ないか、そっか、とヤネケは言う。「まあ、情とか移ったら面倒だからね。いいことにしておこう」

アンナは溜息を吐く。

レオはいつも先に寝台に入る。一人で寝台に這い上がって横になる。貰ってきた柔らかい布と変な玩具は離さない。女中が一度洗ってくれて、少し色が褪めた。布も洗われた。丁寧に洗ってくれたが、少しごわっとした。それを両手に持って横になったまま、とうしゃん、と言う。おう、とヤンは答えて、机の上の蠟燭を吹き消し、部屋着を脱いで横に入る。ヤネケおばさんにもう少し愛想良くしてやれよ、と言おうと思うが、やめておく。思い出して怯えてうなされでもしたら可哀想だ。レオの息だけが聞える。寝息なのかどうかはわからないが、一日を一杯いっぱいに生きて、ことんと寝るのは知っている。自分は、そうはいかない。

机の上にはヤネケの原稿が置いてある。分厚い。暫く目を通そうと努力をしたが、ラテン語もこんな高度な数学も何年も見ていないので骨が折れた。おそらく理解するにはヤネケに付き合って学んだ以上の知識が必要で、これはテオに一度見せて訊くしかない。梗概の方は大体わかった。ああ、まあ、すごいんだろうな、ということは。観測された数値のばらつきを確率の概念を使ってどうするって？　ちょっと頭おかしくないか。

床に腹這っていたヤネケを思い出してヤンは声を殺して笑う。床にべったり腹這ったベギン。よくやったぞ、レオ。真っ黒い服を着て白い布被って、人類が未来永劫行き着けない場所にある星の見掛け上精確な位置を割り出すくらいにしか使えない方法を考え付いた半分尼さんを、着るものがどうなろうとお構いなしに床に腹這わせるのはお前くらいのもんだよ。どうだい、お前の母さんは。いやいやするか。あんなの母さんじゃない、ってか。ばあたんもじいたんもとうしゃんもいるから、母さんなんかいらない、ってか。いい度胸だ。一生教えてやる気はないが、それでもお前、自慢にしていいぞ。立派なもんだ。

もう暫く起きていなければならない。それからこっそり、レオを起こさないように、お襁褓を当てなければならない。目を覚ましたら嫌がるだろうが、レオはまだ時々おねしょをする。

テオ・ファン・デールの第一子の誕生は盛大な祝意を以て迎えられた。父親の子供だからではなく、母親の父クヌーデ市長にとっては孫息子だからだ。クヌーデ氏はまるでかつての諍いなどなかったかの如くファン・デール家を訪れ、ファン・デール氏と令夫人を見舞って孫の誕生の喜びを分かち合い、娘を褒め称え、孫に相好を崩した。孫の顔を見る為だけに日参した。シント・ヨリス教会で行われた洗礼式に、町の主だった人々は、市参事会員たちも含めて、軒並み列席し、クヌーデ氏の家での祝宴がそれに続いた。選りすぐりの乳母がファン・デール家に派遣された。貴族の奥方って訳じゃあるまいし、自分でお乳をあげればいいんですよ、ニコラウスだってカタリーナだってそうしたのに、とクヌーデ夫人が窘めても、聞く耳は持たなかった。

「大体ルイなんて、どうしてそんな名前を」

ファン・デール夫人が死んでいるのを発見したのはレオだった。

朝早く目を覚まして鼾をかいている父親の脇を抜け出し、夜のうちに当てられていたお襁褓をかなぐり捨て、寝台の下のおまるを一人で引っ張り出してちいちいをする。少し考えてから、おまるをそっと戻す。一度、起き抜けにとうしゃんが足を突っ込んで、恐ろしい唸り声をあげたのを覚えているからだ。

がたの来ている扉を開けて廊下を横切る。じいたんとばあたんの部屋の扉は、配慮の足りないとうしゃんの部屋とは違って、早く目の覚めたレオを迎え入れられるように、いつも少し開けてある。冷たい床を走って寝台に行き着き、攀じ登ってばあたんにくっ付くと、ばあたんは、いつもはそれで目を覚まして、おはようレオ、と言ってくれる。だが今日は少し様子が違う。何だか硬い。温かくない。優しくもない。ばあたん、とレオは言う。返事はない。何度も言ってみる。だんだん声は大きくなり、横に寝ていたじいたんも目を覚ます。

レオは寝台を飛び降りてとうしゃんのところに行く。まだ寝ている。寝台に攀じ登って、袖を摑んでぐいぐい引っ張る。やっと目を開いてレオの顔を見ると、一緒に付いて来てくれる。寝台をレオよりずっと高いところから覗き込んで、ばあたんにちょっと触れて、じいたんを見て、それからレオに、叔父（おじ）さんを呼んで来るんだ、と言う。

長い廊下を走って、おばしゃんとあかたんの部屋に行く。ここは扉がぴっしり閉まっていて大変だ。レバー型のドアノブにぶら下がって動かすことは出来るが開けられない。何度も試して、試しながら、おばしゃん、と呼んでみると、中から開けて貰える。おばしゃんの顔を見ても何を言っていいかわからない。ただ、指差して、ばあたん、と言うと、素早く抱え上げられる。うば、が後ろから、そんな大きい子を抱えちゃ駄目ですよ、と言ってもお構いなしに、小走りに廊下の反対側まで連れて行ってくれる。部屋に入ると、何故かレオの目を塞ぐ。それから、下ろして、優しい声で、赤ちゃんと一緒にいてくれる？　と言う。

じいたんを椅子に坐らせて何か言っていたとうしゃんが、おばしゃんと話を始める。テオはまだ帰っていないから、と言うのが聞える。レオは一目散にうばのところに行く。その日はずっと、あかたんと一緒にいる。ごはんは台所で食べる。ばあたんがどうなったのかは誰も教えてくれない。おばしゃんは戻って来て、着替えて、あかたんとレオにキスをして、また行ってしまう。お昼を食べてから、やっととうしゃんが迎えに来て、ばあたんのところに連れて行って貰える。

部屋の中にはおいしゃんもいる。おばしゃんもいる。おいしゃんは立ったまま、おばしゃんは跪（ひざまず）いて手を合わせている。おいしゃんのおいしゃんもいる。じいたんもいる。じいたんの前に知らない人たちがいる。真っ黒い服を着て、真っ白い布を被った人たちが大勢跪いていて、声を合わせて何か言っている。時々、他のみんなが声を合わせる。いつか見た女の人もいる。寝台の下に蛇みたいに入って来ようとした人だ。ばあたんは寝台の上で寝ていて動かない。

それだけでもう怖くてたまらない。レオはとうしゃんの手をすり抜けて逃げ出す。

人が死んでも案外何も変らないものだ、とヤンは考える。ヤネケは泣いた。コルネリア叔母と一緒に来て、母さん、と言って泣いては洟をかんでいた。ベギンたちが来て部屋からファン・デール氏まで追い出し、遺体に身仕舞いをさせて弔問を受けられるよう整え、神父が来て皆で祈りを捧げる間もずっと鼻を赤くして、母さん、と言って泣いていた。葬儀の時もまだ泣いていた。テオも泣いた。朝帰りして母親の遺体を見た時に。乳飲児を抱えたカタリーナも泣いた。ファン・デール氏は泣くには狼狽し過ぎていて落ち着かせるのが大変だった。ヤンが泣いたのは葬儀も何も全部終ってから、ファン・デール夫人の仕事部屋に入った時で、様々なことが次々に思い浮かび、気が付くと泣いていた。ファン・デール氏が妻を求めて家中を捜し回るのに根気良く付き合ったこともある。最後には氏も、何だかわからないが兎も角妻は二度と見付からない、ということを理解して泣き崩れ、ヤンはその肩を抱いて自分も一緒に泣いた。

レオはカタリーナの部屋で寝起きするようになった。怯えて戻って来ようとしないからだ。レオくんはもう私の子だものね、と彼女は言った。レオはスカートを握ったまま頷き、ヤンは何だか子供を騙し取られたような気がしたが、本人がそう言うなら仕方がない。そうやって、全てはまた同じように回り始めた。カタリーナはひと月もせずに家事に復帰し、朝にはファン・デール氏の部屋に入って用を済まさせた上身形を整えさせ、乳母と手分けしてルイとレオの世話をし、一番年嵩の女中に家事の取り仕切りを任せ報告を受けては指図をし、ファン・デール夫人ほど神経質ではなかったので以前の時計仕掛けのような精密さは幾らか失われたものの、誰もが概ね満足できる精度で家を回し始め、だから全ては全く元の通りとは言わないまでも、ほぼ旧に復したも同然だった。

　冬の間に、ヤンはアムステルダムの書店と何度か遣り取りをした。梗概と目次の写し、それに一部の抜書きを紹介状と一緒に送ると、すぐに返信があったので、二月に原稿を持って訪ねることになった。驚いたことに、学者の本を専門に出版して売るという書店で彼を迎えたのは女だった。五十近い未亡人で、まだ結構綺麗で、ヤンを見ると一瞬、婀娜っぽい笑みまで浮かべて見せたが、眼鏡を掛けると謹厳そのもの、原稿の何箇所かを捲って眺めてから、梗概も付けて出させて貰いますよ、と言った。

　はあ。梗概も。

「あのね――世の中には数式で証明されてもまるでわからないのに、前の方にわかりやすい説明が載っているとそれだけ読んである程度理解する、って人が結構いるんですよ。だからこれはとても大事。よく書けてるし。原稿の方はうちの下読みに確認させてから印刷に回して、四月に三百部で出します。丁度いい折りだから、少し多めに捌けると思うのよ」

「いい折り？」

「概ねハレー博士が師匠のニュートンの方法論で計算した通りに彗星が戻って来たのでね。ただ誤差は結構あったんで、これを修正するのにみんな四苦八苦してる」

「彗星なんて見た覚えがないんですが」

女は艶やかに笑うと、嫌ねえ、望遠鏡を使わないと見えやしないわ、と言った。「今はもう太陽と一緒に沈むんで見えない。じきに近日点を回って、四月か五月には肉眼でも見えるでしょう。大きく見えたら大変な見ものよ。一生にいっぺん、って感じかしら」

あとは契約について話し合った。経費を負担しろと言わないだけでも喜べと言われた──こういう本は専門家と愛好家には確実に売れるので見通しは立てやすいらしい。まあ、全文ラテン語で数式まみれではね。

いいでしょう、とヤンは言う。「俺は仲介で来ただけで、別に学者じゃないですが、商売としてはそんなものだ、ってことはわかります。だから三百部についてはそれでいいですよ。ただ──」

「ただ？」女の目は食い付かんばかりで、ヤンは少し怖くなる。

「──その三百部を売り切った後で刷り増しをするなら、印刷と製本に掛る費用を差引いた利益は折半しませんか」

「しない」

「六四では？　こっちが六であなたが四」

そんな値切り方は聞いたことがない、図々しい、と女は驚いて見せる。

「じゃあ七三では？」

女は笑い出す。「はいはい、何てお茶目さんだろう、四六ね。あんたが四、私が六」

その晩、ヤンは教えられた所番地にこっそり訪ねて行く。女は灯を落として、大年増相手であることを気に掛けずに済むよう配慮してくれる。慣れているらしい。終ると、どうもありがとう、と礼まで言われる。

「偶にこういうことがないと女ってことを忘れちゃいそうでね。それはそれで別にいいんだけど」

女は暗がりの中で身形を整えて、灯りを点ける。目に入るのは、さっきまであんな行為に興じていたとは思えないきっちりした姿で、二人は彼女が準備していた契約書を事務的に確認し、署名する。顔が綺麗とか身形が綺麗とか作法が宮廷仕込みとか末は学部長とか、そんなのはどうでもいいのよ、と彼女は言う。

「私が男に期待するのは、樫の木みたいに真っ直ぐでしっかりしてること。地道に根を張って、枝を広げて生きてること。色っぽくない、ってみんな言うんだけど、そういうのは、私はいらないね」紙を渡される。「お望みのニュートン式望遠鏡を扱ってるところ。今人気だから頼んでも持ち帰りは難しいと思うけど、ニュートン式ってのが気に入った」

「その方が構造が単純で彼女には扱いがいいと思うんで」

言ってから、ヤンは狼狽する。女が笑い出したからだ。

「彼女なの、あれ書いたのは」

「ベギンです」

「ベギン！　ベギンってあの、尼さんみたいな恰好で塀立てて閉じ籠って内職とかしてるあれ？　ベギンになっちゃったの？」やれやれカトリックはこれだから、と彼女は言う。弟を大学にやって手紙の遣り取りで授業を受けたのだとヤンは説明する。ああ、そりゃね、と彼女は言う。「そうか、女だったか。しかもベギンか。しょうがないな」

それから肩を叩いて追い出される。また何か書いたなら引き受けるって伝えて、と言われる。「もっと俗っぽいもの書いても、そういう業者を紹介するから」

敬意措く能わざる我らが素晴らしいニコル

心の籠ったお悔やみをどうも有難う。お悔やみもさりながら、貴女の心の優しさが私には何よりの慰めでした。貴女の驚嘆すべき頭脳に変ることのない優しい心が寄り添っている様ほど、「自然」の全能と善性の雄弁な証言はありません。

こちらの生活は全て旧に復しました。昼は店の仕事を捌き、夕餉の席で妻を労い、生まれたばかりの息子と随分達者に話すようになった甥にこちらも労われ、家族におやすみを言って書斎に引き籠って、それから！　こうやってあなたの見事なお仕事を拝見し、称賛の念に打たれ、筆を執るという訳です。御同僚がアカデミーで発表した彗星の軌道計算と近日点の割り出しに貴女の貢献が挙げられることがなかったのは、実に業腹な話ですが、私も含め貴女を知る者は皆、貴女こそがこの仕事の頭脳であり心でもあることをよく知っております。私は少々複雑に考え過ぎていたようです。土星軌道の外側に、他にも影響を及ぼすであろう天体が存在するなど、今のところは仮説に過ぎない訳ですから。

拙著の方は漸く出版の目処が立ちました。おそらくは彗星が貴女の近日点を回って姿を表す頃、世に出ることになるでしょう。一部をお送りするお許しをいただければ、これに勝る栄誉はありません。

心からのあなたの友、テオ・ファン・デール

ニコル＝レーヌ・ルポート——ハレーの予測した彗星の軌道確認をやっている三人組の一人と、ヤネケは文通している。だが、名義はテオだ。面倒臭いの嫌なんだよね、と

ヤネケは言う。

「何が面倒臭い？」

「女の名前だと色々言われるじゃない。ニコルだってアカデミーでの発表の時名前外されたし。ものすごく怒ってるよ。意味のない苦労だ、そういうの」

「シャトレ夫人は自分の名前でやってた」

「侯爵夫人ってのはまた違う立場だよ。それでも色々言われたんだろうし。面倒はないのが一番」

「これはなりすましだろ」

「それらしく見せることは必要だよ。女房持ち子持ちのフランドルの若い商人で数学好き。好感度高い」

　手紙は封をしないままヤンに渡され、ヤンがテオに渡す。テオは読んで笑い、ヤネケが畳んで寄越した通りに畳み直して封をし、翌日出す郵便の箱に放り込む。

「面倒なことにならないか」

「その時はその時だ。大丈夫、充分誤魔化せるさ」

　注文した望遠鏡は、五月の初めに届く。高い金を払っただけのことはあって、丁稚が包みを腕で抱えて運んで来た。殆ど同時に届いた『確率論』の見本と一緒に、ヤンはそれを持って行く。ヤネケは大喜びで、ちょっと待ってて、と言って、本と一緒に持ち去り、中で梱包を解くと筒だけ抱えて戻って来る。すごいよぉ、本当のニュートン式だ、精度高そう。ヤンが覗き込もうとすると、息掛けないで、と言う。凹面鏡と小さい鏡を仕込んだだけのでかい木筒にあんな金を払う値打ちがあったのかどうか、ヤンは疑わしく思い始めているが黙っている。

「これは親も買ってくれなかったからね。ありがとう」

そんなに喜ぶなら五本でも六本でも買ってやる、とヤンは思う。——十本は無理だけど。

夕食が終ってから、ヤンは小さいレオと散歩に出る。もう眠そうだ。途中までは一緒に歩き、疲れると肩車してやる。どこに行くの、と訊くので、星が見えるところ、と言う。レオは答えない。

市門を出て、運河に沿って下って行く。空は青黒く、地平線にはまだ細く黄色い色が残り、星が瞬き始めている。ヤンは足を止める。暗くなり始めた南西の空にうっすらと何かが浮かんでいる。あれかな。ただの雲のようにも見える。いや、あれがそうだ。尾を引いている。見えるか、と肩の上のレオに指差して見せる。「彗星だよ」

「しゅいしぇい」

「太陽から遠く離れた場所まで行って、また戻って来た。七十六年掛けて。父さんは子供の頃から待ってたんだ。おいしゃんも。ヤネケおばしゃんも。人間が初めて、戻って来ると予測できた彗星だ」レオはちょっとぐらぐらするが、ヤンはしっかり押さえている。「お前が次にあれを見る時は、七十八歳だ。おじいさんだな。じいたんよりもっと年寄りになった頃、また戻って来る」

ヤネケは屋根裏部屋の天窓に望遠鏡を据え付けている。アンナが小さい足場を組んでくれた。横っちょから覗くって変じゃない、とアンナは訊いたが、この方が明るく見えるんだよ、とヤネケは答えた。

ヤネケはアンナと交替する。アンナは筒先の脇に取り付けた出っ張りに片目を当てる。うわぁお、と言う。「尻尾の中まで見えるよ。なんか芯がある」

足場の下のヤネケは答えない。腕組みして何か考えている。盛り上がってないね、とアンナは言う。

「いや、ちょっと自分でも驚いてる——何と言うかね、気が乗らない」

「飽きたんじゃないの」

「飽きたって言うかさ、ニコルみたいなことはあたしには出来ないんだよ。ひたすらに計算し続ける。歯車式計算機の途轍(とてつ)もなく複雑なやつみたいに、こちこち計算し続ける。そのうち機械が代ってくれるような仕事だ。気が乗らない。出来ないことはないけど、嫌になって死んじゃうと思う」

「修道院の帳簿は見てよ。なんか惨憺(さんたん)たることになってるから」

「いや、それは見るけどさ」それから、潮時かな、と言う。「他の方向に応用する。動物とか。人間とか」

「人間って、動物なの？」

「そう思うよ」ヤンのことをちらっと考える。うん、動物だよね。自分も動物であるように。もぐもぐ食べて幸せに交接する。心があるのは知っている。動物にも、もしかすると植物にもあるように。でも魂はどうだろう？　そもそも自分に魂があるのかどうかも怪しい。世界は広大で、複雑で、魂と呼ばれるものが何なのかさえ、人間はまだ精確には突き止めていない。単なる仮説だ。さんざっぱらいろんな理屈を捏ね回して来たけど、それでも仮説に過ぎない。

「不信心だねえ」

「そうかな。特に不信心ってこともないと思うけど」

院長から預かった本の写しはまだ作っていない。時々ぱらぱら見るだけだ。三行くらい書き写すこともある。辟易する。この単純な魂って、一体何なんだろうね。真っ裸にされて昇って行く。善悪の概念さえ引っ剝がされて、昇って行く。催促もされないし返せとも言われないんで置いてあって、偶にぱらぱら見る。辟易する。それでまた脇に退けて、仕事をする。今度はちょっと別な仕事を。

学校で教え始めて暫くすると、ヤネケは町のあちこちに現れるようになる。もう一人のベギンを伴い、小さな女の子たちを連れている。市場に来ては、おかみさんたちの仕事を説明する。野菜やチーズの値段を計算させる。市壁の外まで連れて行って亜麻を晒す様子を見せる。口から先に生まれて来たような女の子たちがてんでに何か囀っている。ヤネケ先生、とあちこちで声を掛けられるようになるまではあっという間だ。三年目には、ヤネケの生徒たちは兎も角出来がいい、と評判になる。広場で聖マルチン教会の塔の高さを測量した時には人集りが出来た。女の子が——一番年嵩の子たちだとヤネケは言ったが、それでも十歳かそこらの女の子たちが、簡単な台の上に手製の四分儀を据え、交替で片目を瞑って覗いては上辺を教会の塔の天辺に合わせ、その足許から教会までの距離を測り、ごそごそ相談し、石板に生真面目な顔で何かを走り書きする。女の子たちは至るところであらゆるものを測りまくった。面白くて仕方がないらしい。一人はその後すぐに奉公に出たが、複式簿記が出来るというのが噂になった。

「いや、みんながみんな、って訳じゃないから」とヤネケはヤンに言った。「出来のいい子だけね。九九を覚えて割り算が出来るくらいでやめちゃう子が多い。でも帳簿の付け方を教えると食い付きがいいよ。だからそこまでは全員必ず仕込む」

ヤネケ先生の生徒たちは教会でも評判がいい。どんなお祈りもきちんと覚えていて、書けて、訊くと意味まで知っている。堅信前に指導をした修道女が感心するほどだ。一度、ヤンはヤネケが数人の子供に囲まれて、ベギン会の中庭の草地に真面目腐った顔で坐っているのを見た。修道院から女の子に手を引かれて、少し年嵩の、背の高い線の細い女がやって来た。流石に修練長はヤネケのように坐り込みはしなかったが、膝を屈めて真面目に聞き、真面目に話している。女の子の一人が頷く。別の子が質問し、修練長が答えるのを、子供たちは食らい付くように聞いている。終ると、子供たちは解散し、ヤネケは二人を連れて家まで戻って来る。門のところでヤンに、ちょっと待ってて、と言う足許を、女の子たちは走って中に駆け込む。何か食べさせてあげて、とヤネケは奥に叫ぶ。

「飯まで食わせてるのか」とヤンは訊く。

「あの二人は昼、親が家にいないんだよ」

ヤンは帳簿を開き、ヤネケは鉛筆を持って覗き込む。台所の煮炊きの匂いが漏れて来ると、やったね、今日は鳥のシチューだ、と言う。終ると中に引っ込んで、林檎を持って来る。もう一つではない。三つもくれる。林檎の木は塀越しに見えるほど大きくなり、実の味も確実に良くなっている。

「レオは」

「元気一杯だ。来年、修道院学校にやる」

「ちょっと早くない？」

「柄が大きいから大丈夫だろう」

家に帰ると、ヤンは中庭を覗く。ファン・デール氏は腰掛けに坐っており、レオとルイは屈み込んで地面に何かを書いている。二階の開け放った窓からは、カタリーナが歌うように話し掛ける声が微かに聞える。揺り籠を揺すっている。小さなテレーズ。テオの二番目の子供だ。クヌーデ氏は始終来る。お姫様、と呼ぶ。クヌーデ夫人は呆れている。カタリーナは、通える歳になったらすぐにもヤネケ伯母さんのところにやる、と決めている。

「ベギンになったりはしないだろうな」とクヌーデ氏は言う。

「あんたまだ貴族の婿が欲しいのかい」とクヌーデ夫人は呆れたように答える。

「お前にはわからんだろうが、世の中はそういう風に出来ているんだ」

クヌーデ夫人はかぶりを振る。「ベギンならベギンでいいじゃない。家の誉れだ」

今日は、二人はいない。カタリーナの声は優しい。ファン・デール氏は目を伏せてそれを聞いている。


一七六四年の四月一日、日蝕が起る。まだそういうの興味ある、と父親の様子を見に来たヤネケが訊くので、ヤンは、あるよ、と答える。ないと言ってもどうせ話すからだ。ヤネケは持ってきた紙を広げて、これニコルが計算したんだけど、と言って見せてくれる。ヨーロッパの地図の上に、太い灰色の弧が描かれている。スペインからブルターニュ半島と英仏海峡を通り、デンマークまで延びる弧が、フランドルにも掛っている。

「皆既日蝕だ。厳密に言えば、殆ど、だけど。だから例の望遠鏡を使って投影を試そうと思ってる。中庭でやるから、子供たち連れて見においでよ。あれがどれくらいの優れ物か、自分の目で見たいでしょ」

「投影?」

「接眼鏡から紙に太陽の影を映す。事前に試すけど、うまくいくと思う。どう？」

台所で一緒になった時に、ルイとレオに言ってみる。カタリーナがどれだけ小綺麗にしてやっても必ず悪餓鬼然とした様子になっている二人は捗々しい返事をしない。ルイは口籠もる。レオの様子を窺っている。レオは口をへの字に結んで黙っている。小さいテレーズは、日蝕って何、と訊く。

「お日様にお月様が重なって、遮られて夜みたいに暗くなる」

「見られるの？」

「目では見られないな。ヤネケ伯母さんがそれを望遠鏡を使って影絵みたいに映してくれる」

レオは睨んでいるが、お構いなしにテレーズは、行きたい、と言う。「お兄ちゃんたちも行くよね？　ね？」

「ベギン学校の生徒たちも一緒だ」

「行く！　絶対に行く！」

主日のミサは八時に前倒しになる。十時に始めるとミサの最中に夜のようになって信徒が動揺するかもしれないのが理由らしい。説教壇の上から司祭が、恐れてはなりません、と説教をする——父なる神はこの四旬節第四主日に日蝕が起るようお定めになりました、司教様からも、これは星辰の運行の一部であり、いかなる天変地異をも引き起すものではないというお言葉をいただいています。主の受難と復活を思い、敬虔の心でこの驚異を迎えましょう。

　教会を出るなり、最近の神父はやわだな、とテオは言う。「もっと恐ろしげなことを言って信徒を脅さないのかよ」

　カタリーナは溜息を吐く。御聖体をいただいたばかりなのに、罰当たり、と思っている。テオはポケットから黒く塗って紙で縁を付けた硝子片を取り出して翳（かざ）し、もう始まってるぞ、と言って、ルイとレオに渡す。そこらで買った玩具だ。片目を瞑り、片目に硝子片を当ててあちこち見回すルイを真っ直ぐ歩かせるのは大変だ。渡されるとレオも足を止めて硝子片越しに空を見る。余り興味は示していない。ファン・デール氏が女中に連れ帰られることを渋るので、皆でゆっくり歩いて行く。教会から飛び出した女の子たちが次々に彼らを追い越して行く。母親に連れられている子もいる。門を潜ると、中庭の草地に台が置かれ望遠鏡が設置されている。脇にヤネケがいる。衝立（ついたて）に貼り付けた紙に、両手の間に収まりそうな大きさの光の玉がぼんやり映っている。確かに、縁が齧り取られたように欠け始めている。

　女の子たちは次々にヤネケの側に行く。大人はほんの数人で遠巻きにしている。ヤンたちに気付いてヤネケが手招きすると、小さいテレーズは飛んで行って交じる。ルイが後を追う。お前は行かないのか、とヤンが言うと、レオはかぶりを振る。

　違う違う、とヤネケが言うのが聞える。紙の方に向かって指をくるりと回して見せる。

「これが月。今、地球と太陽の間に入って来たところ。黒いのは影になってるからで、太陽の光が向こう側から月に当たって出来た影に、これからここはすっぽり入る。運が良ければ影が来るのが見えるよ。塀に映る筈だ」

　ルイが女の子に黒い硝子片を渡す。女の子は片目を瞑ってそれを翳し、おおう、と感嘆の声を上げる。硝子片は女の子の手から手へと渡される。ルイは当たり前のように女の子たちに受け入れられる。

　辺りは薄暗くなりまさる。紙に映った太陽は太った三日月形で、それが見ている間に痩せていく。空も次第に暗くなる。ヤネケが後ろを見るように言う。子供たちと一緒にヤンも振り返る。白い塀に落ちた影の領域が淡く、素早く広がって行く。

　何人かのベギンが外に出て来る。その数は次第に増える。

　カタリーナがコルネリア叔母の家から椅子を持って来て、腰を下ろしたファン・デール氏は仰け反るような恰好で空を見上げている。後ろで椅子を支えて立っているテオも空を見上げている。日没ほどの明るさの中に星が現れる。太陽の脇に一際明るく輝き始めるのは金星だ。少し離れた横に木星がある。太陽はもっと細くなる。二つの星の間に土星が現れる。ヤンの目には、太陽を挟んだ反対側に微かな光点も見える。水星だ。四つの惑星が太陽を挟んで殆ど一直線に並んでいる。四月のまだ暖かくはない空気がひんやりとする。戦慄のようなものをヤンは感じる。空は更に暗くなる。反転した投影を見なくても、今は直接に見ることが出来る。月が動いているのを感じる。大地も動いている。太陽は姿を隠し、その輝きだけが月の影から漏れている。女の子たちは言葉少なになる。レオでさえ口を開けて空を見上げている。何人かのベギンが教会に入る。見物に来ていた大人たちの数人も、空を見上げながら教会へと入って行く。顔には畏怖とも恐怖とも付かない表情が浮かんでいる。まあ、黙示録級だな、とヤンは思う。それよりもこの足許の頼りなさが怖い。太陽と地球と月との、とっくの昔に知っていた位置関係を体で理解して怖くなっている。レオが自分の手を強く握る。ヤンは握り返す。

ただヤネケと女の子たちだけが、不動の中心のように落ち着いて見える。いつの間にか蠟燭を灯していて、ヤネケはその光で、借りると言って持って行ったファン・デール氏の懐中時計に目を落とすと、軽く指を上げて注意を促す。「月の影から出るよ、見てご覧」

黒い月の縁が一際強く輝く。その光は消えることがなく大きさを増し、くっきりと太陽の輪郭が現れる。星々は薄れる。空は明るくなり始める。人々がほっとするのが感じられる。女の子たちはまた口々に囀り始め、その中にはルイの声も交じっている。レオは動かない。爪を噛(か)んでいるので、ヤンはその手を軽く摑んで口許から離す。

何かを叩く音が聞える。木材。木材と拳。ヤンは寝床の中でぼんやりと、これは店の扉だな、と考える。目が覚める。起きて窓を開けると、人影が見える。窓に石を投げようとしているので、手を振って止めさせ、部屋着を引っ掛け、灯した燭台を持って階下に下りて行く。扉を開ける。グーテルスだが、狼狽し切った顔をしている。

「テオが運河に落ちた」

　ちょっと待ってろ、と言って、ヤンは二階に戻り、服を着て来る。鍵を掛けて一緒に出る。運河の先の、柄の悪い界隈の名前をグーテルスは挙げる。そこで飲んでいたのだと言う。

「橋の上で突き倒されたら、そのまま運河に落ちた」

「いつ」

「三十分くらい前だ。上がって来ない。今捜しているところだ」

　対岸に渡る橋を四つ、通り過ぎる。グーテルスは川面を覗きながら歩いて行くが、何も見えないらしい。その先の対岸は飲み屋や売春宿のある、所謂いかがわしい界隈だ。何人かがうろうろしている。水量は多い。艀がかなり高いところに浮いているのが、カンテラの光で見える。

「下流まで流されたんじゃないか」

「順に捜す」とグーテルスが答える。「問題なのは」

　突き倒した男が市庁舎に逃げ込んだことだ、とグーテルスは言う。

「仲間か」

「役者崩れだ。派手な奴だ。旅回りの劇団に付いて来て居坐ったのが寄って来て、ここ暫く連んでいた。娼婦だ、と言ったらわかるか？　ヌール・クレリスと時々どこかにしけ込んでいた」

「あいつもか。女房持ちじゃないか」

「結婚前からだ。今日はいなかった。店を閉めると言って追い出されて、飲み足りないから誰かの家に行こうとぞろぞろ歩いている最中に、テオと揉め始めた。テオが奴をどついて、奴がどつき返したら、酔っ払って足許が怪しかったんで、欄干を越えてそのまま落ちた」


ヤンはカンテラで橋の上や河原から捜している連中に小声で声を掛ける。向こうも小声で、まだ見付からない、と答える。ヤンはグーテルスに言う。「何で捕まえなかった」

「追い掛けたが兎も角逃げ足が速い。逃げ込んだのを確認してお前のところに行った」


二人は町を斜めに横切って市庁舎まで行く。正面階段下の入口から入る。警邏隊の詰め所と、専ら泥棒や酔っ払いを放り込んでおく牢がある。ヤンも一度、羽目を外して放り込まれた。夜番はよく見掛ける男で、知り合いを迎えに来た、と言うと入れてくれる。


薄汚れた若い男が坐らされている。ルーヴェンから帰って来た時のテオを思わせる派手な身形をしているが、何もかもが擦り切れて、安い。化粧までしている。頰紅と白粉（おしろい）が擦ったせいで混ざり合い、半分剝げて、黄ばんだ肌が覗いている。目が落ち着かない。ヤンとグーテルスを見ると露骨に怯える。

「誰か殺したと言ってるんですが」

「運河に突き落としたんだよ」ヤンは微妙な嫌悪感を押し殺して笑う。「とっくに泳いで上がって来た。何やってんだ、行くぞ」夜番に言う。「こいつは貰ってくよ。骨牌（カルタ）遊びの面子が足りないんでテオがぶち切れてる。着る物が乾くまでひと勝負するから早く連れて来い、身ぐるみ剝いでやる、とさ」

　夜番は、デ・ブルークさんがそう仰るなら、と言って男を釈放してくれる。ヤンは男の襟首を摑んで立たせ、外に引き摺り出す。小柄だ。無事だったのか、大丈夫だったのか、と男はしきりに言っては、グーテルスに小突かれている。橋の様子を見に行こう、とグーテルスに言うと、男はまた怯える。

「嘘なのか、あれは」

「ああ、嘘だよ、糞野郎」とグーテルスが言うと男は逃げようとして暴れるが、ヤンは離さない。

　橋まで戻るが、そこにはもうカンテラの光はない。次の橋の袂に集まっているのが見える。側まで行くと、テオが引き上げられている。全く動かない。橋脚に引っ掛っていた、と誰かが言う。じゃあさっき通り過ぎた時にはそこにいたのか、とヤンは思う。男の体から力が抜ける。手を離しても、逃げようとはしない。

「悪いが店まで運んでやってくれないか。それから誰か、マティリス博士を呼びに行って欲しい」

　男たちが二人掛りでテオの遺体を運ぶ。こいつら口は堅いか、と小声でグーテルスに訊くと、鉄壁だよ、と言う。「やってることがやってることだからな。ばれたら全員お終いだ」

「何とかするよ」

遺体を店の中に運び込んで床に下ろさせ、済まなかった、これでどこかに行って飲んでてくれ、と言ってヤンは金を渡すが、誰も動かない。グーテルスが、ちょっと外してくれ、頼む、と言うと、渋々外に出る。扉を閉ざす。ヤンは屈み込んでテオの遺体を見る。誰かが目を閉じさせていて、眠っているように見える。怯えている男に、名前は、と訊く。

「なあ、殺す気はなかったんだよ」

名前、とヤンは言う。

「グスト・ブロンデル」

ヤンは事務所に行って金庫から金を出して戻って来る。オーストリアの金で百ターレル。真新しい綺麗な銀貨を無理矢理握らせる。「いいか、これでお前は泥棒だ。街を出て二度と戻って来るな。他所でも喋り散らすな。金欲しさに盗んで殺したと言って訴え出られたくなければな。捕まったら縛り首だ」

「俺が証人になってやるよ」とグーテルスは言う。「外の奴らも全員証言するだろうさ、この糞蔭間(かげま)が」

ヤンはグーテルスの顔を見るが、押し殺した怒り以外、何も窺えない。ヤンは男を椅子から引き起こし、廊下まで引き摺って行って、裏口から外に放り出す。男は走って逃げ去る。

戻ると、グーテルスがテオの遺体の脇に屈み込んで顔を覆っている。泣いているらしい。獣のような嗚咽だ。ヤンは椅子に腰を下ろす。マティリス博士が来たら何で死んだのか適当な理由をでっち上げさせる。それからカタリーナに知らせに行かなければならない。それを考えると恐ろしくて体が震える。彼女が泣くのが恐ろしいのだ。何だって俺はこんなことばっかり考えなきゃならない？　何故グーテルスみたいに泣けない？　畜生、と言葉が漏れる。立って、戸を開けて、外の連中に説明してから中に入れる。

それにしても、テオ、十一の時に頭を剃り上げた、あれは一体何だったんだ。こんな死に方をする為か。

翌晩、テオの葬儀を出す支度を全部整えて、ヤンはニコラウスのところに転がり込む。未亡人と独身男が一つ屋根の下にいるのは具合が悪い。ファン・デール氏のことは一番古株の女中に頼んだ。カタリーナには、兎も角夜以外は店にいるから、と言った。レオは置いていくことにした。テオが急死したことに非道く動揺しているからだ。

ニコラウスは屋敷の二階の半分くらいを、自分用のアパルトマンに仕立てて暮らしていた。その一室を、ヤンに貸してくれた。まあ無料下宿屋みたいなものだから、と言った。

「いたけりゃずっといればいい」

贅沢な下宿屋もあったものだ。壁紙も窓掛けも家具も、ニコラウスが自分で丹念に選んだものばかりで、全く当世風ではないが異様なまでに居心地が良かった。そこに、テオと組むようになってからの稼ぎの殆どを注ぎ込んだ蒐集品を置いていた。部屋の壁には大小様々な絵が掛けられている。統一性は殆どない。町の絵、鳥の絵、犬の絵、海の絵、でかい花卉の絵――共通点は、まるで当世風ではないことだけだ。羊飼いの娘も裸の女神もいない。中には結構な大きさの何百年も前の板絵もある。

　救出してやったのさ、とニコラウスは言った。

「古道具屋とか、流行遅れだとか言って雑な扱いしやがるからな。わかるか、窓の隅っこが描いてあるだろう、この続きがどこかにある筈なんだ。多分これが扉の内側で、蝶番で留めて、開くと三幅対になっていた筈だ。螺子の跡がある。馬鹿が外して売りやがった。もう可哀想で可哀想で」

　可哀想なのは古道具屋の方だな、とヤンは思う。ニコラウスは全てを周到に値切り倒す奴だ。

　窓の隅っこが、とニコラウスが言った板絵には、妙な具合に腰を捻った痩せっぽちの小娘が描かれている。小さな壺を持って目を伏せ、波打った髪が胸まで垂れている。マグダラのマリアだ。テオが剃り上げる前の髪を思い出す。今は白い頭巾に隠されてしまったヤネケの髪も思い出す。夜が明けるのを待って知らせに行き、テオが死んだと告げた時の顔を思い出す。今頃は家で、コルネリア叔母や他のベギンと一緒に夜通し祈っている筈だ。

　上等な葡萄酒を出して貰い、暫くテオの思い出話をしながら一緒に飲んでいるうちに、ニコラウスは耐えられなくなって部屋に泣きに行った。ヤンが酔いの回った目でマグダラのマリアの髪を睨んでいると、クヌーデ氏が来た。話がある、と言う。

「息子は」

「部屋にいますよ。呼びましょうか」

「いや、これは君と私だけの話だ。上手に始末してくれた礼を言いたい」

　市長にはまるばれか、とヤンは思う。

「耳に入った話はあるんだよ。金で口は塞いだがね。下手人はどうした」

「他所者の役者崩れです。町からは追い払いました」

「他に誰が一緒だった」

「俺は言いません。あなたも聞かない方がいい。ただ、全員、信用できることは保証します。一切、話が漏れることはありません。彼らも色々あるんで」

　クヌーデ氏は頷く。「娘には何と言った」

「酔って橋から落ちた、外聞が悪いので心臓ということにしよう、と。実際、マティリス博士によれば心臓だそうです。酔って冷たい水に落ちればそういうこともあると言っていました――テオを責めるようなことは、俺は一言も聞きませんよ。まだ棺(ひつぎ)は家にあるんですから」

　クヌーデ氏は葡萄酒を指差し、御相伴に与(あずか)っていいかな、と訊く。

「御自由に」とヤンは答える。「こんな遣り取りはやめにしましょう。俺に何をお望みです」

クヌーデ氏は女中を呼んで杯を持って来させる。それから葡萄酒を注いで口を付ける。

「ラインラントだ。全く、贅沢ばかり覚えおって。見たかね、この部屋。そこのがらくた」

「ニコラウスは頼りになります。手堅い、いい商売人です。それにこの商売には趣味が必要です。何が上物か理解できなければ、雑に織らせた安物を二束三文で商って一生終ります」ヤンはまた板絵の小娘の髪を見る。ファン・デール家の姉弟の髪を思い出す。姉はベギンになり、弟はもうこの世にはいない。「ファン・デール氏があゝいう状態である以上、店は事実上あなたのものだ。彼は俺が引き取ります。後は御随意に」

「随分喧嘩腰だな」

「俺は悲しいんです」とヤンは言う。「悲しいけど、泣けないんです。泣いてる暇がないから」

クヌーデ氏は笑い出す。笑いながらヤンの肩を叩く。何が起ったのか、ヤンには見当が付かない。おっさん何を企んでる、と思っただけだ。

「それでこそ一人前だ。君は幾つだ」

「テオより一つ上です」

「婿殿の歳なんか一々覚えてはおらんよ」

「二十七です」

そうか、とクヌーデ氏は言って立ち上がる。「働き盛りじゃないか。決めていいというなら、では私が決めよう。仕事は続けて貰う。ニコラウス一人じゃ手が回らんからな。儲けさせてくれよ」そのまま部屋を出て行ってしまう。

ヤンは暫く眉根を寄せて考えているが、それ以上考えるのはやめにする。眠くなって来た。昨日は殆ど寝ていない。残っている葡萄酒を全部飲んで、部屋に行って寝てしまう。

そうしてまた全ては回り出す。ヤンは朝、ニコラウスの家を出て店に行き、台所に行ってファン・デール氏と朝食を食べる。一時は床に就いたままになったファン・デール氏も、女中に付き添われて起きて来るようになった。時には朝早いうちから寝間着のまま一人で来る。ヤンは自分の代りに泊まり込んでくれている女中に前夜の様子を聞き、氏に今日の予定を報告する。何の返答もない以上全くの形式だが、頭を整理する役にも立つ。それから店に出て仕事に掛る。ファン・デール夫人の——その次にはテオのものだった部屋がヤンの仕事場になる。昼は学校から帰って来たルイとレオ、小さなテレーズとカタリーナ、ファン・デール氏と食べる。また仕事をする。倉庫に行ってグーテルスに仕事の話だけをし、グーテルスも仕事の話だけをする。辛いのはお互いわかっているので、他の話は二人ともしない。戻って来てまた仕事をする。店を閉めて揃って夕食を食べる。カタリーナと話をすることもある。寝室に戻ったファン・デール氏に一日の報告をする。レオが一緒にいることもある。いつ帰って来るのと訊かれて誤魔化す。クヌーデ氏の家に戻ってニコラウスの話を聞きながら酒を飲むか、一緒に出掛けて酒を飲む。女を買うこともあるが、これは滅多にない。週に一回ヤネケのところに行く。ヤネケも十日に一回くらい来る。お互い当たり障りのない話だけをする。

全ては順調なのに何かが崩壊寸前であることを、ヤンは感じている。

ヤネケはまた原稿の束を運んで来る。

「何だこれ」

「『パミラ』の訳。英語しなきゃいけないんで、勉強ついでに訳した」

夜、部屋に籠って読む。面白いが、気恥ずかしい。夜明かししたことがまた気恥ずかしい。大体さ、とヤネケに言う。

「貴族の奥様とか読み書きフランス語だろ」

「だから面白いんじゃない。誰もこの辺の言葉でこんなの書かないから、書いたらどうなるだろう、って面白さ、ない？　あたしは楽しかったよ。アンナにも見せて言い回しとかかなり直して貰った」

仕事でアムステルダムに行ったついでに、例の書店に持ち込む。確実に老け込み始めた女主人には、あら、なんか随分立派になって、と言われる。原稿も大いに受ける。

「こんなの初めて見たわ。あんたたち訛（なま）ってんのねえ、微妙に。そこが生々しくて面白い」

それから、引き受ける、と言われる。うちでは出せないけど、うまくやれそうなところはあるから、そこに回す。信用できるところだから任せて。「ところでこれ――訳者の名前がないんだけど、どうしよう」

ヤンは原稿の表書きを見直す。気が付かなかった。確かに名前がない。「前の本の名義人は死んだんで。匿名でお願いします」

「義理の弟さんだっけ」

「一緒に育てられたことをそう言えるなら」

「それは残念だったわね。尼さん、最近は真面目な仕事の方はしてないの」

「やる気は満々ですよ。それは英語の勉強の為にやったそうです」

へえ、と面白そうに女主人は言う。「何やる気なんだろ」


ヤネケは相変らず市場に現れる。小さな女の子たちを連れ、その日はアンナ・ブラルを伴っている。違ったのは、レオとルイ、それに修道院学校の男の子たち二、三人に遭遇したことだ。彼らはアンナが怖いので、見付からないようこっそり寄って行く。ヤネケは青物屋のおかみさんと話をしている。女の子たちは気が付いてもそっぽを向く。誰かが女の子のお下げを引っ張る。女の子は虫にでも集られたように手で払う。男の子がなおもお下げを引っ張ろうとすると、いい加減にして、と声を荒らげる。他の女の子たちが向き直り、修道院学校の馬鹿ども、独楽回すくらいしか能がない、と囃し始める。

やめなさい、とヤネケが言う。

「人を馬鹿にするのは良くないね」とアンナは言う。「教われば誰だって出来るようになる」

「一緒に来る?」とヤネケは言う。男の子たちはてんでにかぶりを振る。残念、と言ってヤネケは歩き出し、女の子たちは後に従う。

「葱(ねぎ)買って来いって言われたんだけどね。買物に行く訳じゃないんだから、ああいうことは頼まないで欲しい」

「後で買いに来ればいいよ。あんたそれで色々指して話しかねないから。笑え過ぎる」

男の子たちは立ち尽している。釈然としない、という顔をしている。いきなりレオが彼女らに向かって大声で叫ぶ。

「おまんこ!」

ヤネケは足を止めて向き直る。歩いて来る。男の子たちは誰も動けない。何だか訳がわからないほど恐ろしい。「レオ・デ・ブルーク」とヤネケは低い声で言う。言った時にはもうレオの肩を摑んでいる。他の男子は蜘蛛(くも)の子を散らすように逃げる。「一緒に来なさい」

女の子たちに囲まれて、レオはベギン会まで連行される。殆ど泣きそうだ。囃し立てようとする女の子たちをアンナは黙らせる。

ルイはそのまま店まで走って行く。まだヤンおじさんがいる筈だと思ったのだ。仕事部屋まで駆け込んで、レオが捕まった、と言う。

「誰に」

「ヤネケおばさん」

ヤンは溜息を吐き、ルイを連れて外に出る。「何やったんだ」

「女の子たちに、おまんこ、って言った」

「それは言っちゃ駄目だ。女の子たちが気を悪くする。お姉さんたちもおばさんたちも気を悪くする。嫌われたくないだろ」

「嫌われたくない」

ヤンが門を潜ると、門番が、おや、ヤン・デ・ブルーク、と言う。名前を言って挨拶するんだ、と言うとルイは名乗って、こんにちは、と言う。

コルネリア叔母の家の前には女の子たちがいる。ルイに、中に入ってヤネケ伯母さんを呼んで来るように言う。

「おじさんは来ないの」

「大人の男は家の中には入れないんだよ。子供と、女だけだ」

暫くすると、ヤネケがルイとレオを連れて出て来る。戸口で止まって、レオの顔を拭いてやろうとすると頭を振って嫌がるので、前掛けの隅っこを握らせるとそれで顔を拭く。女の子たちのところまで連れて来て、何て言うの、と促す。

「御免なさい」

女の子たちは頷く。ルイも何故か一緒に頷いている。レオは睨む。

「じゃあみんな帰って。先生はデ・ブルークさんと話があるから」

女の子たちはいなくなる。ルイも一緒に行く。御免ね御免ねと言って何か頻りと説明しているのが聞える。女の子たちは気にもしていない。レオは父親の脇に立って動かない。

「非道く叱ったのか」とヤンはレオを撫でながら言う。

「全然。子供がどうやってどこから生まれて来るのか説明しただけだよ」ね、とレオに言うと、レオは顔をこわばらせる。

「言うなよ、そういうこと。怖がるだろ」

「でも誰か教えないとね。兎でも飼って、子供を産むとこ見せなよ」それから、話ってのはね、とヤネケは言う。「昨日カタリーナが来た。来月喪が明けるんで求婚して貰えないか、って」

いやそれは、とヤンは言う。「いつの間にそんなことになってた」

「ずっと考えてたみたい。縁組の打診も何件か来てるらしい。後家さんだけどクヌーデの娘だからねえ。ずっと頑張って断り続けて、でも、いつまでもそんな風にしている訳にはいかないぞと言われたんで、だったらデ・ブルークさんがいいと言ったら、親も同意したらしい」

クヌーデの糞親父、とヤンは思う。そんなこと企んでいやがったか。

「どう?」

「そんな相談事聞くなよ。冗談じゃない」

「冗談じゃないよ、真面目な話、どう?」

ヤンは溜息を吐く。「いや、俺ずっと言おうと思ってたんだけど」

「言っちゃ駄目」

「何で」

「話が面倒になる」

「面倒、なの?」

「うん、それ言われると、あたしも考えなきゃならなくなる。今それはしたくない」

「したくない、って」

ヤネケは考え込む。「何と言うかね、二人して思い切り馬鹿をやってみようと決めていたら、話は全然別だったかもしれない。今でも、一度全部ばらして組み立て直したら、結論は全然別かもしれない。言いたいのはそういうことでしょ? ただ、今、それは言って欲しくない。やってる暇はないから。状況はあんたが考えているより切羽詰まってるかも」

「どの状況」

「店」

「どう」

「上り調子過ぎる。いいことなんだけど、だからテオが死んで色々厄介なことになった、というのが、カタリーナから色々聞いて思ったこと。兎も角いい話が来てるんだ。願ってもない、てやつ。ヘントの糸問屋の跡取り息子とか心当たり、ない？　いっぺん断ったのにまだ言って来るって。クヌーデの娘ってだけじゃない、彼女を射止めると、横から上り調子の商売を丸ごと手に入れられるからね」

「いいよ、持ってけよ。俺は仲買でも何でもするから」

「まだそんなこと言ってる。これだけばりばりやっといて、今更仲買とか、何が起ったんだろう、って話になるよ。それにカタリーナが再婚して息子が生まれたら、父親はその息子に全部譲りたいと考えるだろうね。そうしたらルイはどうなるの。クヌーデのおっさんだって、そうなればそれはそれでいいと思うかもね。孫はおんなじだし元々うちが嫌いだもの」

「俺がいるだろ」

「あんたはルイの父親じゃない。伯父でさえない。今はね」

なあ、とヤンは言う。「俺、金貯めてるんだ。家買って出直せるくらいの金だ。仲買はやめろと言うんなら、それで別の商売を始めるよ。伝はある。アムステルダムともパリとも繋がりは作った。ルイもレオも引き取れる。お義父さんも引き取る。だから出て来て一緒になってくれないか」

言っちゃったか、とヤネケは言う。「無理。今忙しい」

「他の女なんかいらないんだよ」

　ヤネケはヤンの肩を軽く叩く。家族の肩を叩くような叩き方だ。その手を捕まえようと思うが、捕まえられない。「ルイの父親になってやる、って考えて。何が一番いいか考えて。どうしても嫌だと言うなら、あたしも一度全部ばらして組み立て直すところから考えるけど、でも答えは同じだと思う。多分あんたもだよ。よく考えて」そのまま、家に入ってしまう。追い掛けようにも足が動かない。木戸の先は立ち入り禁止だ。

　ヤンはレオを連れて広場に出る。歩いて行く。レオが小走りにならなければ付いて行けない勢いだ。呼んでも答えない。運河の側に出て店の前に差し掛る。ルイが中から窓を叩いたのにレオは気が付くが、ヤンは素通りする。どんどん歩いて行く。レオも付いて行く。市門を出て、運河に沿って歩いて行く。

　人でなし、と思う。人でなしの女に人生滅茶苦茶にされる、と思う。あの店はヤネケの店でもある、それを手放したくないってか、と思う。利用されている、と思う。弄んで子供ごと捨てた、お人好しにつけ込んでいいように働かせてる、と思う。身勝手な人でなし、と思う。思いながら、方程式を解くように考えている。こうやって、ああやって、駄目だ、出口がない。一度ばらして考える。もう一回。更にもう一回。何度も最初から考え直してみる。引っ張ってこられる限りのものを引っ張って来て組み立て直して考える。繰り返し考える。やっぱり駄目だ、全ての条件を満たす解は他にはない。人でなし。

やっとの思いで追い縋っていたレオが、疲れ果てて立ち止まり、お父さん、と叫ぶ。ヤンは漸く足を止める。そのままそこにへたり込む。レオが疲れた足を引き摺って走って来て、お父さん大丈夫、と訊いても答えない。顔を覆って泣いている。終いには号泣し始める。

翌週、ヤンはまたヤネケのところに行く。彼女にも流石に家に顔を出す勇気はなかったらしい。『パミラ』の見本が届いたのを持って行く。他に数通の手紙がある。最近はテオではなくヤンの名前で来る。区別が付かないので封は切ってしまったが、中身は学者の戯言と社交辞令のごった煮だ。あとは雑誌と本。これも闇雲に来る。全部纏めて籠に放り込んで覆いを掛けて持って行く。ヤネケが出て来ると仏頂面で帳簿を開く。ヤネケも無言で確認する。鉛筆を持っているが、指摘が入る箇所はない。

カタリーナに求婚した、とぶっきらぼうに投げ出す。「カタリーナは喜んでる。子供たちも喜んでる。ルイには、お前が大人になるまでの後ろ盾だと言った。クヌーデのおっさんも喜んでる。扱いがいいと思われてるんだよ。クヌーデ夫人も喜んでる。娘が喜んでいればそれでいいんだ。お義父さんも喜んでる、多分」俺は喜んでない、と心の中で付け加える。「満足か」

「うん。ありがとう。御免ね」

「六月に結婚する。婚約は知れ渡ってるんで家に戻った」

「その方がいいよ。あんたの家なんだから」とヤネケは言う。

六月に、ヤンとカタリーナは式を挙げる。式自体は再婚なので身内だけだったが、その後の会食には、クヌーデ氏の希望で、派手に人を呼んだ。準備は全部カタリーナがやった。結構な物入りだった。

二人きりになるとカタリーナは涙ぐんだ。テオは優しい人だった、隠し事もしなかったし、夫婦の務めも必要な時はちゃんと果たしてくれた、けれどやはりまともではなかった、と言うのだった。まともな夫が持てて嬉しい、あなたは立派なちゃんとした人だとずっと思っていた、あなたのような人が夫だったらどんなにいいだろう――どんなに安心だろうと前から思っていた、と。

縋り付いて泣くカタリーナを慰めた。慰めついでに抱いた。まだ若いし、不器量という訳でもないし、相変らず栗鼠のような顔は頬が少し痩せて、何より可哀想ではあるので、寝間着を捲り上げるともう準備は万端で、その後のことはつつがなく済ませることが出来た――出来たが、その間もずっと考えていた。

なあ、まともって、何だよ？　全部あの人でなしの女のせいだが、それでも唯々諾々とこんなことやってる俺が、まともか？

第四章

加えて、名誉や尊敬に値する人間になろうという欲求と、名誉や尊敬に対する欲求との間には、つまり、徳への愛と本当の栄光への愛との間には、似たところがある。両者は、名誉があって高貴である真の存在をめざす点だけでなく、本当の栄光への愛は、固有に虚栄心——他人の感情に対する何らかの配慮——と呼ばれるものに似ているという点でも、互いに類似点をもっている。

アダム・スミス『道徳感情論』（高哲男訳）

目を覚まし、それよりも少し早く起きた女中が灯りを点し火を入れた家から出ると、外はまだ暗く寒い。ベギンたちの影が足早に草地を横切って行く。ヤネケはコルネリア叔母を庇うようにしてゆっくり歩く。秋口から体は弱り気味で、ミサと晩禱以外は外には出ない。昼間も時々横になるので、台所の隅には小さい寝椅子を入れた。尤も、お喋りもするし軽口も叩く。お祈りもする。女中が料理を小皿に盛って持って行くと仕上がりを確認しもする。味覚もおかしくはなっていないらしい。

窓際でいつもレースを編んでいるヨアンナは不安そうにヤネケに相談する——コルネリアさんが亡くなられたら、私、どうすればいいのかしら。

「どうすれば、って？」

「うちは暗くて、レースの目が見えないから」

それに冬の昼間の燃料代だ。本当にぎりぎりでやっていることを、ヤネケは知っている。目も悪くなり始めている。老いるにつれて実入りが悪くなって行くのはレース職人の宿命だ。目がいいうちに稼いで溜め込んでいればいいが、人によっては窮乏状態に陥る。

「その時は、うちに来ればいい」とヤネケは答える。「大叔母に何かあったら代りに住んでくれると、とても助かる。台所の仲間の面倒と家事は見てね。あと、弟子を取って欲しい。あんたの技術は一代で消えるには惜し過ぎる」

ヨアンナは同意する。感謝しようとするのをヤネケは遮る。「感謝するのはあたしの方。下宿人を一人置いている、くらいの感じでやってくれると助かる。うちのことはあたしよりよく知ってると思う」

実は、アンナにも声は掛けた。修繕でだいぶ稼いでいる。アンナの徒弟たちも選りすぐりで、小規模な屋根の葺き替えくらいは自分たちでする。市内での仕事も請け負い始めた。未亡人や未婚女性は大工仕事が必要でも、悪い噂が立つのを恐れて家に男を入れたがらないから、一件一件は小さいとしても、積み重ねるといい稼ぎになった。

でもさ、とアンナは言った。「窓枠くらい自分で直せって感じ？　教えようかな。そんなに難しいことじゃないんだから」

そして、修道院を離れる気はないのだった。「戸建てなんて住んだことないからねえ。部屋だけで充分——でも何で今からそんな心配してるの、まだ元気なのに」

「コルネリア叔母さんが心配してるんだよ。私がいなくなったらあなたどうするの、って。だから、別にどうにもならないけど、ただ御許に行くのはもう少し待って欲しい、淋しくなるから、とは言った。礼儀として」

相変らず人でなしだねえ、とアンナは笑う。「別にわざわざ礼儀と断る必要はないんだよ」

「実を言うと、人が死ぬってどういうことかまだわからないんだよ。母さんとか、弟とか、暫く顔見てないだけみたいに思える。すぐまた会える、って言うか。叔母さんもそうなるのか、みたいな」

教会に入って、コルネリア叔母を最後列の席に坐らせる。最前列まで歩くのを嫌がるからだ。大きい肩掛けを掛けさせる。ヤンに頼んだら矢鱈上等なものを手に入れて来て、薄く軽いが滑らかな感触に包まれるとコルネリア叔母はにこにこする。柔らかいのねえ、暖かいのねえ、なのに軽いのねえ。必ずそう言って、それからヤンとその家族の為に祈る。働き者で親切なヤン・デ・ブルークとクヌーデさんの娘のカタリーナ、子供たち——レオ、ルイ、テレーズ、名付け子のコルネリアが今日も一日、元気に過ごせますように。ヤネケは中に手を突っ込んで、合わせている手を握る。冷たいね、と言うと、あら大丈夫よ、と答える。

見習いたちは落ち着かない様子でミサが始まるのを待っている。背中を見ればわかるが、必ず一人か二人は宗教的感動に打たれている。長続きする奴は滅多にいない。大抵は小さい暗夜と感動の間を行ったり来たりしながら修練期間を終える。その後は——さあ、どうなることやら。前には白いヴェールがずらりと並ぶ。一番前にいるのは院長だ。

ある種の奇妙な錯覚を、ヤネケは覚える。雌ばかり。白い布を被った雌ばかり。頭だけ白い雌兎たち。雄はいない。雄が一匹しかいない群れを作る動物はいるが、その雄さえいない。司祭は来るが、歴代、殆ど尊敬されておらず、ミサやら告解やらの用が終るとさっさと追い出される。一番非道いのは院長で、どんなお馬鹿さんでも叙階されれば秘蹟（ひせき）は有効、と言って笑った。ここで暮らしていると男だとか女だとかの意味がどんどん薄れて行って、偶に会った男が男であることを誇ったりすると完全無欠な馬鹿に見えるということを、今やヤネケは知っている。有難い秘蹟で神と人とを繋いでくれるお馬鹿さん。ただの木偶（でく）。だからこの雌たちは繁殖しない。繁殖の為の群れではない。きょときょとしている見習いから初々しいベギンになって、少しずつ成熟して大きくなって、それから痩せて縮み始める。何十年も掛けて。院長の肩はすっかり痩せて小さい。真後ろから見ると、中庭で祈っている時よりなお小さく見える。

ひと月くらい前、アンナのところに客があった。貧相で、白髪頭で、でも妙に剽悍（ひょうかん）な男だった。顔は渋紙のように日焼けして、片足が幾らか悪いがまるで苦にもせず徒歩でやって来ると、門番に、ブラル親方の嬢ちゃんに会いたい、と言った。施療院で寝台の点検と修繕をしていたアンナが来るまで中庭をぶらぶらしていた。顔を見ると晴々した顔で笑って、流石に手入れがいいな、と中庭を囲む建物をぐるりと指差した——大したもんだ、シント・ヨリス中探したって、こんなに手入れのいい屋敷はないよ。

「ヨース・ヴェルテ。親父のところで働いてた。一緒に屋根に上がってたこともある。事故で足を痛めて辞めて、それからはちっちゃい請負仕事で暮らしてるって聞いてたけど」真面目な奴、とアンナは言った。「昔から真面目一筋。仕事ぶりもね。無駄口も叩かずにこつこつやる。でも他の職人がどこで何をやってるかはちゃんと見てる。無愛想だけど、若い連中からも一目置かれてた。飛び切りいい仕事を見た時だけ嬉しそうな顔をして、自分とこの若い奴なら、よし、と言って褒めた。あたしも褒められた。よし、って。嬉しかったよ」

「何の用だったの」

「仕事奪っちゃったんだね、結果的に」

二人で話しながら中庭周りの家を外から見て回った。ヴェルテはアンナの組の仕事ぶりに喜んでいた。中庭に面した木戸の建て付けを試しながら、困っちゃったな、と言った。こんな仕事見たら言いにくいよ、いい仕事だ。

足が悪くなって以来、小さい修繕を引き受けてきた。二、三人で塀や垣根を直したり扉や窓を直したりしてきた。そういうのは男のいる家では男がするから専ら後家さんとか行かず後家とかの家だ。だけどあんたらが仕事を請け負うようになって以来、めっきりそういうのも減っちゃってね。

ぐるっと回って修道院の前まで戻って来て、アンナは、修道院の外回りの仕事の一部を頼む約束をした。「いい奴なんだよ、ほんと。何も変っていなかった」外の仕事も、もっと技術が必要な仕事と判断したら声を掛ける約束もした。「いや、腕はいいから仕事はさせたげないと」それから少し世間話もした。町の職人衆に話を通しておく必要があるとも考えた。同業者組合にも。一方的に仕事を奪っては、反感を買って先細りだ。いいえ、哀れな女たちの手間賃稼ぎでございますから、決してお邪魔は致しません。共存共栄。町からもっと仕事を絞り出して、皆で分ける。「問題はそこじゃなくて」アンナは溜息を吐く。「ほんと久しぶりだよ。初めてかもね。心の底から、男っていいもんだと思った。こういう男と世帯持って、二人して請負仕事してたらどんなだっただろう、って」

ヤネケは唸った。「あるんだ、そういう気持ち」

「あたしも驚いたよ。ただまあ、ベギンだからね。気の迷いだ。告解する必要、あるかな」

「神の被造物の何と素晴らしいことか——そう言っておけばいい。別に罪じゃない」

ヤネケはヤンの子供たちのことを考える。ますます無愛想になったレオと、すかさずカタリーナに生ませた赤ん坊。結構な繁殖力だ。無駄に図体がでかい訳じゃない。産めよ、増えよ、地に満てよ。本人は小綺麗にして貰って、ちょっと太って、それも可愛い。

よく面倒を見て貰って元気一杯の動物の可愛さだ。ただ、一緒に暮らしたいと思ったことは――ないな。想像したこともない。言われた時には驚いた。そんなに望むならそれも別に悪くはないけど、特にそうしたいとは思わないし、必要でもない。だってほら、カタリーナがちゃんと面倒を見てくれるから。あの腹、胴着と肌着捲って指でつつかせてくれないかな。頼めばつつかせてくれると思うんだ。

目の前には雌兎たちが三百匹。太かったり細かったり大きかったり小さかったり。何を考えているのかはわからない。お揃いの白い伏せ耳。ないのは裏が真っ白な小さい尻尾だけ。それが集まって、同じ方向を向いて、目を伏せて、修練長の先唱で声を合わせて祈る――こんにちは、マリア、恩寵に満ちた方、主はあなたと共においでです。あなたは女たちの中から選ばれて祝福され、お腹の御子イエスも祝福されています。

そこで決まって、ヤネケは小さな喜びを感じる。おはよう、恩寵に満ちた兎たち。仲間のマリアが身籠ったよ。私たちの大事な子供が生まれるよ。仔を産む母親たちの為に祈るのは素晴らしいことだと思う。何と言うかね――誇らしい？　他人のことなんだけどね。もう一人二人産んでおけば良かったかな。

七時を告げる置き時計が鳴り、堂守が大儀そうに立ち上がって鐘を鳴らす。司祭が助祭を連れて駆け込んで来る。必ずしも完全ではないいつもの朝、世界は愛に満ちている。

何年か前のことですけど、とヤネケは言う。「日蝕があった時、空気が、僅かですけど、冷たくなったことを覚えていませんか」

「そうねえ、何か様子が変なのは感じましたよ。鳥たちが囀るのをやめて、急に雲が出たみたいに肌寒くなったかしら。これがヤネケさんの言う日蝕ね、と思っていたら、暫くするとまた暖かくなって、鳥が鳴き始めて——あれは四旬節の第四日曜日だったと思うけど、主の過越そのものね」

二人は院長の家の中庭に並んで腰掛けている。真冬の本当に寒い時期以外はそこにいる。時々呼ばれて、お喋りをする。院長は、ちょっとしたお散歩、と呼んでいる——お散歩がしたくなったの、付き合ってくれないかしら。

「この世の終りが来ると言ってる人までいましたからね。空に大穴が空いて空気が全部吸い出されてしまう、って」

「まさかそんな」

「空気は引力で地球の周りに留まってるんで、そういうことはないです」

院長は薄く笑って小声で神に感謝し、ヤネケも唱和する。

「ただ、万が一そうなったら、植物も動物も、勿論人間も死に絶えます。それからまた太陽が戻って来て、再び植物が生え、動物が繁殖するようになったとしましょう——謂わば、世界の再創造です。生えて来る植物、繁殖を始める動物は、私たちが今知っているものと同じだと思いますか」

難しい問題ねえ、と院長は言う。「もし神が同じ世界をお造りになりたいと望むなら、同じでしょう。違う世界をお造りになりたければ、違うでしょう」

「神ではなく自然だと考えるとしたら。つまり、完全に無作為で無目的な力だけが作用していると仮定したら——これはあくまで仮定に過ぎませんけど、まるで罰当たりが考えるように考えてみて下さい、どうでしょう」

「完全に無作為で無目的な力だけが作用していたとしても、同じよね。だって無作為で無目的なら、何かを選ったように造ることも何も選ばなかったように造ることも全く同じでしょう？　ということは同じでもあり得るし、違うこともあり得る。ヤネケさん、今日は私たち、どこに行くの」

「同じでもあれば違うこともあり得る世界がいかに善にして全能な神の存在と調和するか、です」

「大きく出たわね」院長は笑う。「聞かせて頂戴」

「つまりこんな風に考えるんです——植物も動物も滅びた、でも山の形が変った訳でも川が別なところを流れるようになった訳でもなく、大陸が別な形になって別の場所にある訳でもない、日当たりも同じ、吹く風も同じ、暑いところは暑く、寒いところは寒い今と同じ世界に、今と同じ太陽が戻って来て、無作為かつ無目的な自然が息を吹き返し、全く無作為かつ無目的に無数の植物を生い茂らせ、無数の動物を地上にばら撒き、動物たちは繁殖を繰り返し、そうして何千年か、或いはそれよりももっと経ったとしましょう——地上の動物や植物は、今とほぼ同じである可能性が非常に高い、と思うんですよ」

「完全に違う可能性は？」

「ありません。この場合、砂漠は砂漠で、草原は草原ですから」

「でも自然は完全に無作為で無目的、というのが前提だった筈よね。それなら私たちに想像も出来ないような生きものが、想像も出来ないような場所にも生まれる筈でしょう？」

「勿論。でも滅びてしまうでしょうね。蛙は砂漠に生まれても乾涸びて死んでしまいます。いるとしたら何年も穴を掘って隠れて飲みも食いもせずにじっと、大雨が川になって流れるのを待つような変り者だけでしょう。自然が完全に無作為で無目的だとしたら、そんな変り者もいるかもしれない。きっとすごいですよ、何年かに一度、大雨が降ると蛙たちが一斉に息を吹き返し、穴から出て来て、鳴いて跳ね回って、湿った砂地で溺れ掛けている蠍に舌を伸ばして貪り食うとしたら。でも普段の砂漠は私たちの知っている砂漠の生きものによく似た生きものがいる砂漠のままでしょうよ。暑くて雨の多い南の島では植物が繁茂して、しかも大きく育ちます。木の実も沢山なるでしょう。だからそういうところでは素早く木に登って木の実をお腹いっぱい食べる猿たちと、物陰からこっそり忍び寄って、木に攀じ登り損ねた猿を捕まえる獰猛な生きものの住処になります。のろまな猿はどんどん減って、木登りの得意な素早い猿だけが残ります。草原には足の速い生きものと、それらを捕えて食べるなお足の速い生きものが、急な岩山では勢いよく崖を駆け上がれる生きものが、氷原では分厚い毛皮で体を覆った生きものが、それぞれ栄えるでしょう。そうではない生きものが沢山いても、みんな死に絶えてしまいますから。そのようにして、世界は殆ど元通り、という訳です」

「あなたの想像する世界は何だか残酷ね。それが本当に、実にいい、と神様が仰った世界なのかしら」

「無作為で無目的な自然は、被造物に自由を与えるんです。平原の羚羊が平原の羚羊として造られたら、羚羊を捕えて食べるライオンとして造られたライオンに食べられてしまうのはただの宿命で、結果はいつも同じです。無作為で無目的な自然は、どんな羚羊もどんなライオンも、幾らかは羚羊でなかったりライオンでなかったりするように造ります。足の速さも、機敏さも、残忍さも、それぞれに僅かずつ違う訳です。ライオンが羚羊を追う時、それは羚羊である羚羊をライオンであるライオンが追うのではなく、機敏さや足の速さでそれぞれに異なる羚羊を、執拗さや残忍さにおいてそれぞれに異なるライオンが追うことになり、羚羊が生き延びられるかどうかの結果にはばらつきが出ます。羚羊が逃げるのは、そのばらつきがあればこそです。もしかすると、がなければ、逃げても無駄ですから。その時、神は逃げる羚羊を祝福し、追うライオンも祝福するだろうとは思いませんか。とんでもない逃げ延び方を思い付く羚羊だっているかもしれないし、群れ全体が真似を始めるかもしれません。概ねにおいてライオンは羚羊を捕え、羚羊はライオンに捕えられるでしょうが、無作為で無目的な自然はそこにばらつきを与え、偶然を与え、機会を与える訳です」

「摂理と自由を偶然で均衡を取って両立させようという訳ね」院長は暫く考え込む。

「それは人間の話？」

「人間の話でもあります。こういう話は大抵そうですね」ヤネケは傍に置いていた本を取って、院長の膝に載せる。「お預かりしていた本です。写しを取って製本させました。印刷に出そうとも思ったんですが」院長は幾らか動揺する。なんだ、知ってたのか。

「人を介してオランダの、神学や信仰に関する書籍に詳しい古書店に問い合わせて断念しました」

「何と言っていました」

「マルグリット・ポレート『滅却されて愛を望み欲する素朴な魂の鏡』。一三一〇年にパリで火刑に処されたそうです。主たる理由は、俗語で書いたことと、ベギンだったことです。偽修道女、と言われたようですね」ヤネケはにやっとする。「内容的に問題になるような箇所は、私が見る限りではありません。十字架の聖ヨハネの方が余程危ない。もう暗黒の中世という訳ではありませんから出版させてもいいと思いましたが、禁書の出所を追及されるのはあまり都合の良いことではないでしょう。是非売って欲しいとも持ち掛けられましたが、私のものではないと言って断りました」

「お見事」と院長は言った。


ヤンとカタリーナの結婚生活は平穏そのものだった。何しろ家は、ファン・デール夫人が体調を崩して以来、彼女のやり方を維持する形でカタリーナが仕切って来たし、死後もカタリーナは何も変えようとはせず、結婚後もそのままだった。子供たちもカタリーナが面倒を見ていた。だからヤンは、ただカタリーナの寝室に移っただけ、とも言えた。

　今までの寝室はそのままにした。書斎に使うと言ったらカタリーナは家具を入れ替えて全部綺麗にしたがったが、古い部屋着みたいなもんだよ、替えると落ち着かない、と言ったら受け入れられた。着る物はそうはいかなかった。別にいいよと言っても無駄だった。それこそ部屋着から順に入れ替えられた。もうこんなの着てる人は誰もいません、と言われて、ずっと着ていたお気に入りの上着を売り払われたのは痛手だった。まあ、糸や布地の商いをするには問題があったよ、とニコラウスは言った。

「俺も言おうと思ってた。この規模の商いを回してるにしちゃ倹(つま)し過ぎる。まるでどけちみたいだ、って」地味に、小ざっぱりと、ただし質に妥協はなく、見た目は二の次、俺たちはどうせ美男じゃない、がニコラウスの方針だった。ヤンはその方針に倣った。

　見違えたね、とヤネケは言った。「見慣れていたから何とも思ってなかったけど、この方がずっといい」

「そうか？」

　ヤネケは無造作にシャツの首の辺りを摘んで軽く揉む。ヤンは身を竦める。「上物だね」

「つるつるして気持ち悪い」

「二、三度洗うと落ち着くよ。カタリーナに任せるといい——やっぱ独身者とは違うな、野良犬と飼い犬くらいの違いがある。良かったじゃない」

心臓を差し貫かれたような気持ちで、ヤンはよろよろと帰る。違うんだよ、と思う。俺はお前にそうして欲しかったんだ。お前に着せ替えて貰いたかった、お前に上等過ぎるシャツは収まりが悪いと言いたかった、お前に何とかして欲しかったんだ。いや、お前なら放ったらかしで、何着たってヤンはヤンだからね、と言うだろうけど、でも繕いくらいはしてくれるだろ。

ヤンはファン・デール氏の畑を買って、隅っこに小さな居心地のいい家を建てた。引っ越しはしなかったが、時間が出来ると一人で、時々はカタリーナと子供たちを連れて行って、管理人と話をし、自分でも農作業をやった。子供たちも手伝った。カタリーナは呆れていたが、日陰でその様を眺めるのは好きだったようだ。小さい台所で食事を作り、管理人を交えて食事をした。兎をひとつがい飼った。交尾を見せる為だ。兎が交尾するのを子供たちが見ている間に、家の二階でカタリーナと立ったまま交わった。見る見る大きくなるお腹を、子供たちは口を開けて見守った。レオがルイとテレーズにぶっきらぼうに説明した。仔兎たちが生まれ、何箇月目かにコルネリアが生まれた。ヤンは雄を取り除けて他人にやった。果てしなく繁殖が続く悪夢の再現は避けたかったからだ。

これは一体何の為だろう、とヤンは思い悩んだ。繁殖。果てしなく続く繁殖。繁殖に次ぐ繁殖。まるで繁殖の檻に閉じ込められたようだ。人も、獣も、繁殖してはまた繁殖し、繁殖で生まれた仔がまた繁殖する。

いや俺そういうの興味ないし、とニコラウスは言う。ニコラウスの絵はほぼ総入れ替えされている。デルフトの民家を描いた小さい絵以外は鳥も犬も海も花卉も手放した。

「これは奇跡の掘り出し物なんで、流石に手放せない」

今や部屋を満たしているのは大小の分厚い板絵だ。痩せ細った人物、濁った金泥、黒ずんで殆ど何だかわからない背景。恐ろしく時代錯誤な空間に、ニコラウスは泰然と満足し切って腰を据えている。「今に俺がやっていることが正しかったとわかる——そういううちに集めるのが、まあ、こつだな」その過程で斡旋も始めた。副業程度だが、見映えのする新しい絵に入れ替えたがっている修道院や教区教会に話を付けて適当な絵を紹介してやり、双方から手間賃を取り、古い絵を安く手に入れる。例の三幅対の中央の聖母子と左側の洗礼者ヨハネもそうやって手に入れた。「一石二鳥だ。じっくり見てやってくれ。絵ってのは見てやらないと拗ねて不器量になる」そう言っては、子供たちに話をして聞かせる——金を溜め込んだ素町人どもにフランドル伯さえ頭が上がらなかった時代の話だ。

夜、今夜はちょっと仕事をするから、と言って、寝間着に着替えたカタリーナを寝台に残し、ヤンは書斎に引き籠る。どういう伝を使ったか知らないが、殆どヨーロッパ中に作った文通相手からの手紙に目を通す。実際にはヤネケ宛だが、一応知っていないと面倒が起るかもしれない。中にはスコットランドから届く手紙もある。フランスの葡萄の産地に季節労働者が集まった結果、近隣の小麦の価格が上がり、それが作付面積の拡大を招いた件について詳しく説明している。お陰様で、英語さえ、ヤンは読み書きできる。数学や天文学に関する遣り取りは、最近は殆どない。パリからの手紙に時折ある程度だ。ヤンはそのことを幾らか残念に思う。『確率論』は相変らず細々と捌けている。その分野に関心を持った学生が読むらしい。一番新しい版には、著者テオ・ファン・デールの短い生涯と業績について自分が記した短い断り書きが添えられている。ヤネケはそれきり関心の大半を失った。

手紙の封を切って目を通し終わると、自分の名前で書かれた新しい原稿に取り掛る。フランス語だし、対話形式で随分と読みやすい。これは楽勝だと思って頁を捲って行くが——おい、ちょっと待った。

「困るよ」とヤンはヤネケに言う。「これ、無神論の本じゃないか」

「でもない」と彼女は平然と答える。「最後まで読んだ？　最終的な結論は許容範囲だと思うけど」

「何か言う連中はそんなところまで読まないんだよ。無作為で無目的な自然——あれだけでやばい。俺が信用落として商売が駄目になるの、お前だって困るだろ。司教に呼び出し食らったらどうするんだよ」

「いきなり司教になんか呼ばれないよ。院長様に大体話したもの」

院長、とヤンは言う。姿は遠目で見たことがあるだけだ。大きい祭日のミサにはベギンたちの先頭に立って姿を現す。黒服の骸骨。暗黒の信仰の塊。目が悪いとは聞いていたが、中年のベギンに手を引かれて、それでも結構すたすたと歩く姿は、曲がりなりにも哲学の洗礼を受けて（でなければヤネケに届く罰当たり連中の手紙になど到底付き合えたものではない）とっくに克服した筈の得体の知れない畏怖を呼び起こす。ヤネケはくすくす笑う。

「そんなに怖がることないって。流石に信心は深いけど、頭柔らかくて開明的だし、それなりの哲学者だ。面白がってくれた。本にして出すのかと言うから、自分の名前では出さないと言ったら、それはそうねえ、って笑ってた」

しょうがない、とヤンは腹を括る。何とでもなると思うことにしよう。「あとな、『クラリッサ』の続き、早く寄越せってアムステルダムから急かされてる」

「飽きた。長いんだもん」

「飽きたじゃない。ちゃんとやれ。カタリーナまで読んでるんだぞ」あれは恥ずかしかった、とヤンは思う。カタリーナが枕の下にさっと隠した本が『クラリッサ』。どんな顔をしていいかわからないので知らんぷりをした。女中たちにも読み聞かせているらしい。堪ったもんじゃない。

「やるけど、次のこと考えたんだ――フラマン語で書く手紙の模範集、ってどうだろ。いろんな人がいろんな状況で書かなきゃならない手紙の模範集。誰かになり切って手紙書くの楽しいからさ」

ああ、ああ、好きなように書くがいいさ。どんな罰当たりな本でも、どんな感傷的な小説でも、どんなお手紙でも、俺の名前で。ヤンは書斎には厳重に鍵を掛ける。週に一度、見ている前で掃除をする女中以外には誰にも入らせない。こんなことをやらされているとは万が一にも知られたくないからだ。

グーテルスは、テオが死んでから何年か、行方を晦ましていた。あちこちの町で請負仕事のようなことをしているらしかった。それからふらっと戻って来て、仕事をくれないか、と言った。老けて、貫禄が付いて、前よりいい男になっていた。相手がいるらしかった。若い徒弟で、まだ面倒を見なけりゃいかん、と言った。

「使える奴か」

「そりゃ俺の仕込みだもの。一緒にあちこち回って働いていた」

「だったらそいつと一緒に倉庫の仕事を頼む。仕切ってくれる奴を探してたところだ。倉庫番の爺さんが隠居したがってるんで」

それから一緒に飲みに行った。若い連中が騒々しかったのでヤンは静かにさせようとしたが、グーテルスは、放っておいてやれ、と言った。「テオのことをまだ思い出すか」

「忘れる訳がないだろ」

グーテルスは薄く笑った。「すごい奴だった。あんな奴には二度とお目に掛らない」ただまあ、今の相手もそんなに悪くはない、と言った。真面目だし、誠実だ。それは結構な美徳だ。「あんなに面白くはないがな」

「比べるのが間違いだよ」とヤンは答えた。「古のフランス人曰く、理想的な結婚というものはないが、いい結婚はある」

「相変らずの学者振りだな」

「そうか？」

「そうだよ」

その晩は強かに飲んだ。翌日、倉庫に話を付けに行くと、二人とももう入っていた。見知らぬ若いのがグーテルスの仕切りで、他の倉庫番と一緒に梳いた亜麻糸が戻って来たのを仕分けていた。ヤンが知っている限り悠久の昔から倉庫番をしている老人は椅子に坐って眺めているだけだ。ヤンが訊くと、あれはなかなかいいね、と言った。

「グーテルスも戻って来たことだし、儂もそろそろ隠居させて貰うかね」

店に戻って中庭を覗くと、葉を茂らせ始めた葡萄の棚の下で、レオがファン・デール氏とチェスをしている。学校で悪友から教わったレオが持ち込んで駒を並べたら、片手でぐるっと盤を回して白先手で指し始めた。最初のうちは駒の動きを思い出すのが大変だったらしく、ゆっくり考えながら午後中掛けて指した。その間、レオは膝の上に載せた本を読んでいた。駒がことんと動くと、目を上げて自分の手を指し、また本に戻る。そのうちに、レオは本を読まなくなった。ヤネケも来て指して行った。その間、アンナ・ブラルは花壇の手入れをしている。前掛けもしていないところを見ると手持ち無沙汰で始めたらしい。

「いやあれ禁止なんだけど」とヤンに言った。

「随分煩いんだな」

「勝負事はね」

カタリーナも顰蹙した。あんなの不良のやることだ、と言うのだった。

ヤンも指してみた。歯が立たなかった。

クヌーデ氏も来て指して行った。小馬鹿にしたように負かされて、以来、毎週のようにやって来る。カタリーナがいることもある。横に立ってあれこれ助言する。それでも勝てない。クヌーデ氏はお前のせいで負けると言い出し、カタリーナは、父さんが奇を衒った手ばっかり指すからでしょ、と言い返す。

時々、顔も見たことのない奴が指していることもある。ファン・デール氏と一局手合わせ願いたい、と言って店まで来るらしい。恐ろしく神妙な顔で、まるで神託でも待つようにファン・デール氏の手を待っている。

なんか変な感じ、とヤネケは言う。まだ小さい時、ファン・デール氏に教わったのだと言う。「手加減とか一切なしで無茶苦茶叩かれるんだけど、あの感じだよね。母さんが嫌がるからやめたんだけど」それから何故か声を落として、全然呆けてない気がするよ、と言う。

「俺は呆けてるって思ったことないけど」

そうかねえ、とヤネケは言う。「何が残るかは人それぞれだな。まあ、指させておいてやってよ」

今、ファン・デール氏はレオと指している。どちらも盤面を見詰めて動かない。ファン・デール氏が手を伸ばして駒を取り、置く。レオは長考に入る。


いつもの訪問でベギン会から帰って来る途中、ヤンは聖ヨリス教会の主任司祭に呼び止められた。

コルネリア叔母は十一月の輝かしい朝、呆気(あっけ)なく亡くなった。今日は起きたくない、というのが最後の言葉だったと言う。マティリス家は権利を放棄したので、遺言通りヤネケが相続人になった。その一部で、ヤネケは家の権利を買った。

「『パミラ』と『クラリッサ』の上がりでも買えたけど。ここにいると金使わないからねえ」

「いいからそうしておけ。目立つのは困るだろ」

手続きの終了を報告し、ついでに店の帳簿も見せ、グーテルスの噂話もした。幸せにしてる？　とヤネケは訊き、まあ幸せなんだと思うよ、捜す時居酒屋を回ったりする必要はなくなったから、と言ったら、それは良かった、と言われた。

「大事にしてあげて。テオの仲間だったんだから」

呼び止められたのはその帰途で、ヤンは丁寧に挨拶した。あなたの本のことなのですが、と言われた。どきりとしたが顔には出さなかった。ああ、あれ、と平然と答えた――いいか、神父さん、俺は商売人なんだよ、そこらのすぐびびる学者崩れだの何だのと一緒に考えたら間違いだぞ。「お読みいただけましたか」

「いや私は」

「それは残念です。まあ国外で出した本ですし、外国語ですし、この辺りで読む者はそういないでしょう」

勿論そうです、と司祭は困惑しながら言う。「しかしですね、お義父様のクヌーデ氏の仰るところでは、市参事会にお入りになるとか」

「本来はニコラウス・クヌーデが入るべきところでしょうが、どうしてもうんと言わないので。困ったものです」クヌーデ家では一頻り揉めた。ニコラウスはまたしても全部投げ出して出て行くとクヌーデ氏を脅し、話はヤンのところに回って来た。あれはなかなか愉快だった。精一杯恩着せがましく下手に出るクヌーデ氏というのは。これは大変な名誉だと思って欲しい――勿論ですともお義父さん、この上ない名誉ですよ。

「教会としては、市参事事には深い信仰を期待したいのです」

「おや、お疑いになるんですか」ヤンはかなり身を屈めて司祭に囁く。「妻が子供を産みます。マティリス博士の見立てでは来月ですが、洗礼は、神父様、是非あなたに授けていただきたいのです。喜捨の方はコルネリアの時よりも篤く（あつ）と考えています。いかがですかね」

ああ、まあ、そういうことでしたら、と司祭は口籠もる。

「大事にはならない?」

「努力します」

「努力では幾らか不安ですね。どのくらい知れているんです」

「大したことはありません。ほんの二、三人、噂程度で」

「私の信仰をお疑いですか」

「滅相もない」

「ではその旨、疑いをお持ちになる皆さんに御説明願いたいのです」

司祭はヤンを祝福して解放してくれる。ヤンは上機嫌で店に戻る。勝ったぞヤネケ、と思う。簡単に金で勘弁してくれたと、お前の罰当たり仲間に言いふらしてやれ。


ヤンが家族と夕食を取ると言ってある時には、カタリーナと子供たちは待っていたが、そうでない時には先に食前感謝の祈りを唱えて食べ始めていた。レオは仏頂面で、ルイはニコラウスによく似た真面目腐った顔で、テレーズとコルネリアは真剣に、小さなピエトロネラは姉たちを一生懸命真似て、祈る。ヤンも食卓に着き、早口でざっくり祈る。いい加減が過ぎるとレオが批判的な目で見る。レオはどんどん批判的に、どんどん仏頂面になり、ルイはおざなりな折目正しさを誇示し始め、テレーズとコルネリアがベギンの見習いのように灰色や薄茶色の服を好んで着始めると、小さなピエトロネラも真似をする。

「もっと可愛い服も仕立てたのに、着たがらないの」とカタリーナはこぼす。「可愛い帽子も、買ってあげようか、って言ったのに、いらないって」

ヤネケの感化かな、とも思う。テレーズとコルネリアはヤネケの生徒だが、しかしヤネケに感化されて信心深くなるというのは妙な話じゃないか。

「いや、あんな恰好してるのはあの子たちだけだよ」とヤネケは言う。「昼に帰らない二、三人を引率して昼食食べに連れて来るよう頼んでるからかな」

ヤンには理屈が飲み込めない。

「昼に親がご飯作ってくれない、ってのは、外で働いてて帰って来る暇がないってこと。十二歳まであたしが月謝肩代わりして通わせてやってる子たちとかがそう」

「そんなことやってたの知らなかったよ」

「出来いいと勿体ないじゃない。ちゃんと稼げるようにしてやりたい。で、テレーズが来てから、そういう子たちを連れて来るよう頼んでる。遠慮する子がいても、ほら、あの二人は姪だからさ、一緒なら来やすい。色々話もして相手の家の事情にびっくりする、これは問題だと考え始める――そんなとこでしょ。兎も角訊いてみるよ」

帰りがけにヤネケに呼び止められた二人はちょっと困っている。口々に色々説明するが、説明しているうちに二人の言い分はずれて来る。ヤネケは頷く。清貧には意味が四つある、と言う。

「一つ目は、お金がないこと。これが本当に大変ってことは知ってるよね。二つ目は、お金を持たないこと。修道士や修道女は自分のお金を持つことを放棄すると誓って、全部修道院に寄付してしまう。使徒行伝にあるよね、使徒や他の人たちが一緒に暮らし始めた時、みんなで持っているお金を使徒たちに預けて、必要な時には言って出して貰って暮らした、って。福音的生活と言うんだけど、自分のお金は持たないんだ。おばさんや他のベギンは修道女じゃなくて、自分のお金がなければ町の人と同じように働いて稼がないといけないから、そういう誓いは立てていない。でも、できるだけ福音的生活に近付こうとはしていて、だからこういう服装をしている」ヤネケは自分の服を引っ張って見せる。「そういう清貧は美徳としての清貧だ。目標としての清貧だね。これが三番目。綺麗な服や美味しい食べ物に使うお金があったら貧しい人たちの為に使いたいよね？　着飾って綺麗だとみんなに思われたい、自分でも思いたい、誰よりも綺麗でありたいという気持ちは抑えたい、特に、それを貧しい人たちに見せびらかすようなことはしたくないよね？　君らの理由はその二つでしょ。キリスト教徒らしくてとてもいいことなんだけど、一つ、問題がある。どちらも悲しむ人が出て来るってことだ。みんなが綺麗な服や美味しい食べ物を欲しがらなくなったら、そういうものを作って暮らしている人たちは困ってしまう。時間を掛けて上手になって、みんなに喜ばれて稼ごうと頑張ってるのにね。だから君らのお父さん程度にお金があるなら、そういうことにもちょっとは使ってあげなきゃならない。これも美徳だ――鷹揚、って言うんだけどね。それに、君らが偶に可愛い恰好をすることで沢山の人を喜ばせてあげられる」

　二人はくすくす笑う――お爺ちゃんがね。

「ああ、お爺ちゃんそういうの好きそうだね。でもお母さんもお婆ちゃんも好きなんじゃない？　お父さんも。可愛い子に可愛い服を着せるのは楽しいし、可愛い服を着た子を見るのも楽しい。だから時々は彼らを楽しませてあげたらいい」

　四番目の意味は、とテレーズが訊く。

「清貧の四番目の意味？　結局その方が楽ってこと。あたしが着てるこれなんか寝間着とおんなじ。朝起きたらずぼっと頭から被るだけだ。綺麗な服を着て綺麗に見せようとしたら、手間も掛るし頭も使わなきゃならない。おばさんはそういうの面倒臭いんだ。怠け者には清貧以上のものはない。百年も二百年もしたら、みんな怠け者になって頭から被るだけの服を着るようになるかもしれない。着る物だけは清貧。その時にね、例えば綺麗な服を着た今の人の絵を見たら、昔の人の服装は綺麗だな、って思わせてあげるのも、もしかするといいことなんじゃないかな」


　ヤネケは院長の帳簿も見るようになっている。副院長はかなりずぼらだから、誰かに確認をお願いした方がいいと思うのよ、と院長に頼まれた。

「まあいいかと思って放っておいたんだけど、市参事会から確認に来る人が変ったら、もうちょっと何とかならないか、って言われて」

「誰です、それ」

「デ・ブルークさん。だからあなたがやるのが一番いいと思うの。実家の人だし」

ああ、まあ、俺がやることになったんだよ、と、修道院の面談室でヤンは言う。「一番若いんで押し付けられた」

廊下に面した扉は開け放たれている。向かい側の集会室でベギンたちが作業をしながら祈る声が聞えて来る。時々誰かが通る。男の声に驚いて足を止め、覗き込む者もいる。

「堪忍して貰えない？　副院長そういうこと全然わからないんで」

「市参事会がちゃんと指導していますから御心配なく、って、司教からの横槍を突っ撥ねようにも、これじゃ無理だ」

「そんな横槍、来るの」

「前任者の時に洗濯物を何とかしろという指示が来た筈だ。男物を引き受けるのはやめろって」

「やってるよ」

「ないじゃないか」

「最近は施療院の中庭に干してる。あれなかったら修道院上がったりだから」

「修道院の帳簿もそこにあるのか」とヤンは積み上げられた紙の束を示す。

「修道院施療院救貧院のは別。教会の会計は堂守が握ってる——どうなってるのか誰も知らない」

「滅茶苦茶だな」

「アンナ呼ぼうか。修道院とかは彼女がやってる。修道院長の手伝いで」

「何とかしろよ。これで司教代理に説明するの、俺、嫌だよ」

「修道院は何とか出来るかもしれないね。教会は無理。絶対揉める。堂守が交代するまで待たないと」

「次の交代はいつだ」

「死んだ時」

ヤンは溜息を吐く。「まあいい。兎も角ここからやる」と言って紙の山を指す。「恰好だけでも付けてくれ」

「何年分」

「ちゃんとやってます、って恰好を付けるなら五年分は欲しい。出来れば十年」

「忙しいんだけど。本書いてるから」

「あんなやばい本、俺もう嫌だよ」

「大丈夫だいじょうぶ。今度はやばくない。あんな読みやすいもんでもない。玄人向けだ」

「何」

「『富の数学的原理』」

信心の問題は人それぞれだ、とヤネケは施療院の礼拝堂で跪いて祈る恰好だけをしながら考える。最近は時々ここに来て頭の整理をする。修練長も真夜中を過ぎると滅多にいない。自分が入る前にコルネリア叔母さんの同居人だったルドヴィカさんのことを考える。ヤネケが入る前に施療院に移って死んだけど、後で羽目板の裏から書類が出て来て、噂通り金貸しをしていたことが判明した。

旦那が死んで入る前からやっていた。彼女には他の稼ぎはなかった。大叔母には秘密で書類は焼き捨てたが、今でも時々考える。仕方なしにやっていたのか平気だったのか人助けのつもりだったのか。どうやってベギンであることと折り合いを付けていたのか。死ぬ時後悔していたのか。金貸しで生計を立てているベギンが仮に三人いたら、三人とも別だろう。最後の審判なんてものがもしあるとしたら、判決もまちまちだろう。ことによると全員無罪放免かもしれない。ベギンやってると免償貯まるからな。追悼ミサだの聖ヨリス教会の清掃奉仕だので三日免償とか一週間免償とかちまちま積み重なって、あたしだって二、三十年分はある。それが、告解で全免償受け損ねて死んだ時、煉獄で過ごすべき日数から差引かれる。永劫の前じゃ吹けば飛ぶようなもんだろうけど。かなり馬鹿っぽいから、ああいうの考え直した方がいいよ。何と言うか、信心の値打ちが下がる。励む奴は励んで免償をかき集めるけど、神との関係がそういう安っぽい商取引に還元されるのは、あたしは御免だ。死んだ後で目の前で複式の帳簿開かれたらどん引きだよ。随分と前に、イエス様の死で私たちは贖われた筈なのに何故告解して全免償を受けなければならないんですか、と訊いた生徒がいて、修練長呼んで来て説明頼んだけど、かなり説明に困ってた。そりゃそうだ。だってその子の方が正しいもの。

金貸しベギンたちはこの世で観測される人間のありようのほんの一部だ。その三点さえ、全ての人間の観測された行いを記す図があったら、その中であちこちに散らばっている。動機もまちまち、実際にやったことも結果もまちまち。膨大な数の人間の膨大な所行の差引き結果が巨大な図の中に、殆ど無作為に散らばっていて、ただ、適切な修正を施してやれば、ある値に収束する。ベギン、という値に。それから、人間、という値に。それは例えば、カバ、とか、ライオン、とか、アンテロープ、とかと同じような概念だ。なるほどカバは立派な体格の生きものかもしれないが、おそらく貧相なカバだって世の中にはいる。臆病なライオンも、とろくて始終足を踏み外しているアンテロープも。概ねにおいてカバはがっしり、ライオンは勇猛、アンテロープは勢いよく崖を駆け上がる、というあり方に収束するとしても、ばらつきは常にあり、多くは偶然の産物だ。世界は非常に多くの偶発的な外れ値を含んでおり、事物も現象も散在していて、ただ圧倒的に数多い観察結果を積み重ねれば収束して行く値を、我々は事物や現象として名付けて認識する。つまり実際に存在する無数のばらつきや揺らぎから人間が抽象したものであって、仮にこの世における全てのことを何故それが起るのかまで把握している存在がいるとしても、始終足を踏み外しているアンテロープが、今日死ぬか、二年後に死ぬか、十年後に死ぬかを精確に予測することは出来ないし、必要もない。ただ、そういうアンテロープがいるということが、確かなだけだ。

とすれば人間の活動も同じように捉えることが出来る筈だ。ケネーとかまじ馬鹿な。あんな風に平面上の矢印できちっきちっと結べる訳がないじゃん。外れ値と収束するであろう値との差。「富」の源泉ってそれで、お百姓であっても作物を一銭でも高く売りたい時に考えているのはそこだ。それが空間と時間の軸に沿って収束したり拡散したりする過程が経済なんだよ。死んだ動かない構図で考えても無駄。やれ富の源泉は農業か工業か商業か、って、意味があると本当に思ってるのかね。どんなものでも希少であれば値は上がり、ありふれていれば下がる。買い手に供給される量が多過ぎればやはり値は落ちる。ただし多いところから少ないところに運べば値は上がるし、多い時に買って少ない時に売れば、やはり値は上がる。この運動を最大化することで富は増大する。これな。式で示すのは厄介だぞ。どうやって飲み込ませるかな、不動の、広がりも深さも動きもない世界にべったり腰を据えて考えてる連中に。

礼拝堂の後ろの扉が軋む。ヤネケ、と呼ぶ声がする。一応十字を切って、ヤネケは立ち上がる。側まで行くと、何故かアンナは声を落として、相談なんだけど、と言う。

「施療院、穴が空きそう。寄付金が足らない」

「堂守に頼もう」

え、とアンナは言う。

「昼間顔見た時に言えば良かったね。教会の金は別会計、でも寄付金は主にあそこに集まっていて、しかも婆さんは碌に使わない、まるで宝の山の上でとぐろ巻いて寝ている大蛇だ。だったら外じゃなく、堂守に寄付を頼めばいい」

アンナは唸る。「その考えはなかったわ」

堂守の寄付を常態化すれば、会全体の会計を纏めたも同然だ。「上手に言って、定期的に寄付してくれるよう交渉できたら、暫く息が吐けるよ」


ヤンは修道院の面談室に坐っている。ヤネケが前掛けから林檎を一つ出して机の上に置く。どうも最近はねえ、と言う。「木が老けたというか、盛りが過ぎちゃったみたいで、味は悪くないけどなる数が減って来た気がするんだよ」林檎は綺麗に磨かれて光っている。いつもの林檎だ。「子供たちにあげるんだけど、一個だけ取っておいた。最初の年からずっと食べてくれてるから」

ありがとう、と言ってヤンは帳簿に目を落としたまま取って齧る。「味はいいよ」

「初期非道かったでしょう。よく食べたよね、あんなの」

んん、とヤンは答える。ヤネケは店の方の帳簿に目を落としている。頁を素早く捲る。その顔を盗み見て、お前は全然老けないんだな、と思う。帳簿の隅にヤネケの目を落書きしたことを思い出す。机の上に落ちる光で睫毛が光っている。カタリーナはどんどん太るのに、ヤネケは太りも痩せもしない。相変らず小娘みたいな顔をしている。ヤネケの髪の色は今どんなだろう、と思う。白髪さえないいんじゃないか。永遠に若いままなんじゃないか。自分は普段は頭に小洒落た布を巻いて被っている。市庁舎に出る時仮髪を被る為に刈り上げたからだが、実は少し薄くなり始めている。

「レオが問題でね」とヤンは言う。「図体がでかくなり始めたんで娘たちが敬遠するのはわかるんだが、ルイまで距離を置き始めた。野獣、と言うかね。別に何をするってこともないんだが」

「自分の子供のこと、そんな風に言う？　幾つだっけ」

「十五」

「それはしょうがないね。何かこう、自分が煮えたぎってる鍋みたいな感じがする時期ってあるじゃない、蒸気で蓋が浮いてかたかた言ってる」

「あったっけ、そんなの」

「あたしはあったよ。やっぱ十四、五の頃」

ヤンは、自分の寝床に気持ちよく投げ出されたヤネケの体を思い出す。お互いの体が無上の糧だったことを思い出す。体だけではなく魂にも。俺にそんなのがなかったとすれば、それはお前がいたからだよ、と考える。小さく、心が痛む。小さいが鋭くて、充分に痛い。「堂守から寄付、って、うまくやったな」

「アンナのお手柄だよ。どうにか穴は空けずに済んでる。ただちょっと足りない。もう少し余裕を持とうと思ったらね。だから何かしないと」

「具体的には」

「クヌーデのところがやってる織布の作業場、ああいうのやりたい」

「撚糸にしたらどうだ。それなら家でも部屋でも出来る。紡ぎ車一つだ」

「救貧院の世話になっている連中に仕事をやりたいんだよ。働いてやっていけるように。充分大きく出来るようなら、外からも人を雇いたい。特に男手なしで子供を育てているような母親を」

「ベギンにするのか」

「職だけ提供する。運営はこっちでやる。体が弱いとか高齢とかでなければ、ただ食事を出すより本人にもいい筈だ。利益が出るなら救貧院と施療院に使う。出来ればそれで回せるくらいは出したい。ただ資金はないんで市の支援が欲しいんだけど」

「俺を甘っちょろいって思ったら間違いだぞ」

「思ってない。ヤン・デ・ブルークってやり手で有名じゃん。絶対に損はさせない、自分もしない、って」

「お世辞言っても何も出ない」

「お世辞じゃないって」

ヤンは帳簿を閉じる。考えとくよ、と言う。ヤネケはとっくに終っている。「これなら鉄壁だ。もう七年分頼む」

「堪忍してよ。大変だったんだよ、これ。本ももう少しなんだ」

「原稿寄越せば、筆耕雇って清書させるよ。俺ならそうしてる」

おっさんはやだね、怠惰で、とヤネケは言う。

シント・ヨリス教会の聖体顕示台は金ではなく金鍍金の簡素なものだ。何代か前のクヌーデ家の市長が寄進して以来使われているが、クヌーデ氏がその粗末さを恥じていることをヤンは知っている。二年ほど前には金の顕示台を寄進したいと申し出たが、断られた。クヌーデ氏が作らせると言ったものが余りにも装飾過剰で、一口で言えば重そうなことに主任司祭が震え上がったからである——私はあれを持って町を一周しなければならんのです、と司祭は言った。途中で取り落としたりする訳にはいかんのです、どれほどの苦行か考えていただきたい。

クヌーデ氏の言によるなら一族の恥さらしな顕示台は中に聖体を収めて掲げられ、侍僧が鎖を鳴らして振り回す香炉の煙に包まれて、司祭に抱えられ扉口へと向かう。クヌーデ氏以下市参事会員は恭しく首を垂れる。ヤンはその末席にいる。聖ヨリス教会の聖職者たちが通り過ぎると、ベギン会院長が副院長に手を取られて歩みを進め、その後に他のベギンたちが従う。アンナ・ブラルが一際大きい以外は皆同じように見えるが、ヤンはヤネケの活発な足取りを見分けている。その後を市長以下市参事会員たちが続き、夫人たち子弟たちと一般信徒が付いて来る。教会の前でベネディクト会カプチン会女子シトー会の三修道院と合流し、それぞれに聖体顕示台を掲げた市内の他の二つの教会と教区民たちが加わる——少々奇妙だが、三つの教会が市民を交えて一歩も譲らず諍いを繰り返した挙句、現在の形に落ち着いたのは百年も前のことだ。行列の体裁を整えて、一行は歩き始める。

六月の終りにしては暑い日だ。分厚い雲の下、同業者組合や信心会の幕や花飾りで飾られた道を、一同は延々と歩く。あちこちの広場に辿り着くと、設けられた祭壇——これも三つ——に聖体を置き、礼拝を行う。礼装を着込んだ年嵩の参事会員には既に疲れ果てた者もいる。ヤンも汗をかく。クヌーデ氏は重々しい様子を崩さないが、時々汗を拭いている。市庁舎の前に辿り着いた時には誰もがほっとする。聖体礼拝を行い、また行列を整えて教会へ戻る。汗が冷えて中は寒いくらいだ。祭壇に聖体を置いて締めの礼拝をする。何度目かのタントゥム・エルゴを歌う最中に雷鳴が鳴り響く。祝福を受けて散会し、家に戻ろうにも、外は土砂降りだ。

教会の出口の辺りで、人々は集まって一斉に喋っている。ヤンとクヌーデ氏は家族と合流する。一族揃ってヤンのところで午餐を取ることになっているからだ。ベギンたちの中にはヤネケがいる。糊を利かせた白いヴェールと中の頭巾に覆われて顔と手しか見えない。ヤネケ先生、と子供を連れた若い母親から呼ばれている。母親も昔の教え子だ。

不意に、カタリーナがくしゃみをする。ヤンは振り返って、袖口からハンカチを出して渡す。

カタリーナの具合が悪くなり始めるのは午餐の最中だ。料理の切り分けを指図したりソースを回させたり甲斐甲斐しく仕切っている間も顔色が悪い。大丈夫か、とヤンが訊くと、教会が寒かったから、と答える。小太りになったカタリーナは汗っかきだ。相変らず栗鼠のような、少し丸くなった顔に汗をかいていることがあるのをヤンは知っている。多分肌着も汗で濡れている。それが冷えたのだろう。

「部屋に戻って着替えて来たらいいんじゃないか」

「折角着たのに？」下ろしたての晴着はカタリーナの自慢で、着付けには随分時間を掛けた。

「いいから替えて来いよ」

カタリーナが席を立つとクヌーデ夫人が不審そうな顔をするので、ちょっと着替えに行きましたとヤンは報告する。あれは幾らなんでも贅沢過ぎるし派手過ぎるわよ年甲斐もない、とクヌーデ夫人は言い、未来の市長夫人としたって、と付け加える。クヌーデ氏は笑い、ヤンは困惑する。子供たちは気にもしない。午餐は早めにお開きになり、ヤンはほっとする。

夕方からカタリーナは寝込む。熱が出ている。枕元にいるヤンから顔を背けて咳き込むと、うつしちゃいけないから、と言う。「明日早いんでしょう？　今夜は書斎で寝て」

「取り止めにしようと思ってた」アムステルダムに行くつもりでいたのだ。店の代理人に会って、ヤネケの原稿を版元に渡して、戻って来る。

「大丈夫。大袈裟ねえ」それから、上掛けの上に出ていた手を振ってヤンを追い払う。白い、ふっくらした手が、まだ灯を点していない寝室の夕闇の中で、喧嘩している蝶のように羽搏く。

　カタリーナの訃報を受け取ったのは、アムステルダムの宿でのことだった。微熱があったので夜の会食を断り、部屋に籠って雨音を聞いていると、雇ったばかりの若い事務員がシント・ヨリスから報せに来て、ずぶ濡れでぶるぶる震えながら、奥様の容態が急変して、昨日、亡くなられました、と言った。宿に頼んで服を乾かさせ腹拵えをさせてから、貸馬車で馬を繋ぎ替えさせながら休みなしで戻った。その間ずっと考えていたのはカタリーナの手のことだ。クヌーデ家の客間で、テオとの契約の証人になれと言って決然と差し出された手。それが少しずつふくよかになり、手の甲に可愛らしい窪みが出来、手入れはいつも良かったが、ヤンが最初にやった指輪以外していたことはない。見窄らしくないかとヤンが言っても、これでいい、と答える。粗末な指輪を指の一部のように嵌めた手が、よく慣れた小動物のようにヤンの手を握り、肩に触れ、気難しく着衣を引っ張って直す。愛されていたと思う。自分も愛していた。大切な妻だった。ヤネケに会う度、心に小さい痛みを感じ続けてはいたけれど、一緒にいると俺はそれでも幸せだったんだ。

　カタリーナの葬儀が済んでから、ヤンはクヌーデ氏に、共同で聖体顕示台を寄進しようと提案した。今度は主任司祭に相談の上で、軽いが見映えのするものにする。寄進者としてカタリーナ・クヌーデ＝デ・ブルークの名を目立たない場所に彫り込む許しを得る。そうすれば彼女の名前はずっと教会の中に掲げられ、年に一回、聖体の祝日には行列の先頭に立って市内をぐるりと回ることになる。自分も病み上がりなうえ気の毒なくらい打ちひしがれたクヌーデ氏は同意し、ヤンは主任司祭の同意を取り付けた。

流感は嵐のようにシント・ヨリスの住民をなぎ倒したが、その中にはベギン会のクリーメルシュ院長も含まれていた。彼女は黒いベギンの服ではなく、ドミニコ会第三会会員の白い修道衣で葬られた。古参のベギンたちが集まって副院長を後任に推し、対立候補はいなかったので、朝のミサの後で集会室に全員が集まって承認した。

翌日、ヤネケは新院長に呼び出され、副院長をやって欲しいと頼まれた。職務は重くない、手当は付くが院長の相談役というだけで公的な義務はなく、ただ、帳簿を見て貰いたいだけなのだ、と言われた。

「他のことなら何とかやってみるけど、今のあれは私には難し過ぎて」

そう言いながら、院長の遺品を忙しなく片付けている。清貧そのもの。最低限の家具以外は身の回り品しかない。ただしその家具は飾り気こそないが実にしっかりしていて、何十年使ったか知らないが、がた一つ来ていない。入る時に御両親が整えて下さった物で大切に使っていらしたから、と新院長は説明する。家族は死に絶えて一人も残っていないのでほぼ全て会に遺贈された。

「だけどこれはあなたに、って」

古い聖書とロザリオ、それに『素朴な魂の鏡』の写しをヤネケは渡される。

「別棟の方はどうしようかしら」

「私が帳簿付けに使います。他に書類があるようならそれもそっちで管理します。本の整理も追々やります。二階がどうなっているかは知りませんが、私も入ったことはないので、そちらはお願いします」

「あんな梯子で上がるようなところは嫌ですよ。きっと鼠が出る」新院長は身震いする。

「じゃあアンナに頼みましょう」

その方が無難だよな、とヤネケは考える――何が出て来るか知れたものじゃない、結構常識外れな人だったから。貰った本と聖書とロザリオを持って家に戻る。台所にはヨアンナと老婆たちがいる。女の子たちがテレーズと勉強をしている。顔だけ出し、テレーズに家に帰るよう言う――フランス語の先生が来るんでしょ。テレーズは慌ただしく立ち上がって、女の子たちを連れて帰る。一緒に授業を受ける為だ。小間使い勤めに出る時役に立つので、ヤネケが勧めて、ヤンは受け入れた。

それから部屋に戻って、寝台に腹這いになって『素朴な魂の鏡』を読み始める。まるで下宿人みたい、とヨアンナが呆れていることは知っている。そうそう、それこそ望んでいた境遇だ。日が翳(かげ)って暗くなって来ると机の方に移る。

晩禱の間もずっと考えている。

その魂は十二の名で呼ばれる

素晴らしいもの
知られざるもの
エルサレムの娘たちの中で最も無垢なもの
聖なる教会の全てがその上に建てられるもの
知によって照らされたもの
愛によって賛美されるもの
讃えられて活気付くもの
慎ましさにより全てを滅ぼされたもの
御心の中に安らうもの
御心の他には何も望まないもの
聖三位一体の働きにより御心に従い充足するもの
最後の名は——忘れ去るもの

謎は何もない。高い信仰はそういう場所に到達するのだろう。ただ神の意思の器となって、神の望みが自らの望みでもあるが故に神を愛する者。ベンチに坐っている院長の姿を思い出す。彼女が何を考えていたのか、もっと聴いておけば良かった。

カタリーナが死ぬと、レオは畑の家に移って一人で暮らし始めた。学校は終えていたが、大学に行くことも店を手伝うことも拒否した。勉強こそそれなりに出来るが兎も角反抗的で、学業を終えたというより出て行ってくれと頼まれたに等しいことをヤンは知っていた。管理人が言うところでは、畑では真面目によく働くらしい。こうするつもりだああするつもりだと言えば、言われた通りに汗を流して働き、自分で考えてあれこれ工夫もする。口を開くのはそういう時くらい、農地は小さいので一日の仕事はすぐに終り、後は本を読んでぶらぶらし、実家には滅多に戻って来ない。洗濯物が溜まるとやって来て、食事を取り、ファン・デール氏とチェスを指し、帰って行く。そんな時にしか顔を合わせることはない。親父、と野太い声でぶっきらぼうに言う。後には何も続かない。

時々様子を見に行ってくれないかとルイに頼むと拒否される。「お義父さんには悪いけど、連みたくないんです」

「何故」

「女性に対する態度が最悪で」どこの令嬢にも、女中にも、市場で働く女や奥さんたちにも、尼僧やベギンには特にぶっきらぼうに、おい、女、と呼ぶので嫌われているらしい。「僕も随分努力はしたんです。でももう無理です。一緒にいると僕まで嫌われます」

奉公にでも出す？　とヤネケは言う。「それはもうどうしようもないよ、勝手にやって貰うしかない。本って何読んでんの」

「ルソー」

ヤネケは笑い出す。何か途方もなく馬鹿げた話を聞いたと言わんばかりだ。「そっか。ルソーか」

ヤンは何となく腹立たしい。ヤネケは、だったらパリにでも預けたら、と言う。「パリに行けと言えば喜んで行くんじゃない？」

「代理人が迷惑する」

「管理人にも別に迷惑は掛けてないじゃない。ちょっと世間見せてやった方がいいと思うよ」

仕方がないのでヤンは自分でレオのところに行ってみる。野良仕事を終えたレオは体を洗ってシャツを替え、野良着みたいな長ズボンに木靴を履き、食う？　とだけ訊いて卵を焼いてくれる。外の小屋で飼っている鶏の卵だ。覆いを掛けて取っておいた何かを付けてくれる。畑で採れたのを湯掻(ゆが)いた人参だ。水差しも持って来る。中はただの水だ。並んで食べる。食卓の上に本が載っている。『富の数学的原理』。ヤンの視線に気が付いて、悪い、借りた、と言う。

「読んでるのか」

卵を口に入れたまま、うう、というような声を出す。飲み下してから、半分、と言う。

「難しい。おれ、数学弱いから」

ヤンが食べ終えると、さっと立って皿を片付けてしまう。いい子じゃないか、と思う。まあ俺に似て図体はでかいし、男だから幾らか乱暴なところはあるが、とてもいい子に育った。見た目だってそう悪くはない。お作法はカタリーナが仕込んだから、少し身綺麗にすれば貴公子で通る。何故妹たちにまであんなに嫌われるのかわからない。戻って来て坐る。素焼きの碗に水を注ぐ。コーヒーとかそういうのないんで、と言う。

二人で汲み置きの井戸水を飲む。ただの水なんか飲むのは久しぶりだ。ウーゲの畑で働いた時飲んだ水を思い出す。味が違うな、と思う。あんなに美味くは感じない。

飯が終ったら言おうと思ってたんだが、とヤンは切り出す。「お前、この先どうする気だ」

「これでいい」

「パリに行く気はないか」

「何でパリ」

「代理人のところで商売を覚える」

「商売は、ルイがやるじゃん」

「お前が一緒にやってくれれば、ルイも心強い」

レオはヤンの顔を見詰める。何か気遣っているようでもある。こんな顔したことあったっけな、初めてじゃないのか。レオは本を指差す。「難しいけど、親父は骨の髄まで商売人だってことはわかった。おれそういうんじゃないから自分で畑やって、採れたものを自分で食べる。家族も食わせる。女房も子供たちもみんなで畑やって、みんなで採れたものを食べて暮らす。そうやって暮らしている男たちと集まって、一緒にやることがあったら何が正しいか話し合って選ぶ。そういうのがいいよ、自然で」

なるほどルソーだな、とヤンは思う。ヤネケにはとても聞かせられない。腹を抱えて笑うだろう。

美味しかったよ、と言ってヤンは立つ。焼いた卵と湯搔いた人参の残り。人参は幾らか乾涸びていた。レオは褒められたと思ったのか少しだけ嬉しげな顔をする。そういう顔は子供の頃から変らない。とうしゃん、と言っていた頃の顔だ。悪い子じゃないんだ、人懐こい、いい子なんだ。ヤネケは何と言ったっけ――誰でも好きになる感じのいい奴。

夕方、店を閉めた後でヤンは台所に行き、無言で食卓に着く。ルイもふらりとやって来てヤンの向かいに腰を下ろす。ファン・デール氏が姿を現す。そのうちにマティリス博士までやって来る。誰も他の誰かを待ったりはしない。食前感謝の祈りを唱えるのもルイくらいで、ただ出されたものをてんでに黙々と食べる。

ヤンは台所が好きだった。台所で簡単に「飯」を片付けるのが好きだった。あら、ヤン、と声を掛けられ、小腹減ったよ何かない、と言って出されるものを食べるのが好きだったし、何となく家族が寄り集まってそうやって食べるのが好きだった。ファン・デール夫人もヤネケもその中にいて、ヤネケが無言で食欲旺盛に食べるのを見るのが好きだったし、ファン・デール夫人がスープ一杯パン一切れでも背筋を伸ばして品良く食事するのを見るのが好きだった。ぼんやりと放心した顔で口にものを運ぶカタリーナと目も合わせず、淡々と言葉を交わしながら食べるのも好きだった。娘たちが食べながら早口に何か言い交わし、カタリーナが窘める声を聞くのが好きだった。

今、女たちは一人もいなくなった。背丈の伸びたルイは行儀こそいいがものも言わずに凄まじい量を詰め込むだけだ。ファン・デール氏はいつものように重々しい顔で坐って器用に右手を使い、無限の時間を使って食べている。マティリス博士は今やこの家に住み着いているも同然で、往診を頼む患者までまずこの家に人を寄越す有様だ。女中が来る度に料理に一々難癖を付けては無視される。

むさ苦しい、とヤンは思う。男しかいないことが耐え難いくらいむさ苦しい。女中が入ってくるとほっとするが、用を済ますと逃げるようにいなくなる。昔は台所が溜り場だったのに。暇な時でも忙しい時でも優しくしてくれたのに。娘たちがいたとしても、隅っこでそそくさと食べて行ってしまう。父親も含め男たちには目もくれない——マティリス博士のことはあからさまに嫌って無視をしている。非道いことばかり言うからだ。滅多にいないとはいえレオと遭遇することは怖がっている。だから、カタリーナが死んでからは半分、ヤネケのところに住んでいるようなものだ。屋根裏部屋に寝床を設えてそこで寝るらしい。他の女たちはどこに行った？　何故あんなにも素早く姿を消してしまうんだ？

死んでしまった、とヤンは思う。女たちは信じられないくらい早死にする。ファン・デール夫人は花が萎れるように萎れて、食卓の向こうに重苦しく坐っている半身が麻痺し言葉を失った夫より早く死んでしまった。カタリーナも。あんなに簡単に、あっという間に、ちょっと出掛けた間に。

ヤネケと顔を合わせる度に、帰って来てくれ、と頼みそうになる。俺を一人きりにしないでくれ、と思う。ただ、カタリーナのことを考えると言い出せない。非道い裏切りだと思う。俺と一緒になったことをあんなに喜んで、娘を二人産んで、十年の間あんなに良くしてくれたカタリーナが死んだ途端、またヤネケに頼むなんてとても出来たことではない。


『富の数学的原理』は奇怪な現象を引き寄せた。

見られている、というのが最初に気付いたことだった。市庁舎から家に足早に戻るところを見られている。若い、見掛けない男だ。ヤンが気付くと急いで近付いて来て、名前を確かめ、握手して下さいと言う。言われるがままに握手すると嬉しそうに去って行く。

次は店の前で、中年の男で、やはり名前を訊くので答えると納得したように頷き、先生と呼び、市場価格の確率論的な収束について伺えないだろうかと言う。興味深い話題だが今日は急ぎの用がある、出来れば書簡で遣り取りしたいのだが構わないかと愛想良く断った。

ニコラウスは、偶に読んでる奴はいるね、と言った。

「握手しに来るとは思わないが、この間もあれを書いたのは義弟さんかと訊かれた。どうもそうらしいと答えたら、立派な学者だと褒められた。いやただの商人で、最近は市参事会の仕事もしていると言ったら尚更感心された」一人で頷いた。「だから俺もざっくり読んだよ。ばらついてたのがきゅうっと狭まって来るところを見極めて商いするってのは誰でもやってることだが、それをああもはっきり説明したのは読んだことがない」それから、別にこそこそすることっちゃないよ、カタリーナも不思議がってた、夜も寝ないで一体何してるんだろうって、と付け加えた。

どうも自分はあの本の著者ということになっていて、今更、名前を貸しただけだ、では通りそうになかった。仕方がないので自分でも五回か六回は読んだ。わからないところやわからないと言われそうなところを纏めて書き出し、ヤネケのところに持って行った。口でぺらぺら説明しようとするので止めて、書いてくれないと理解できない、と言った。そう？　とヤネケは言った。

「わかりやすく書いたつもりだったんだけどな」

それがわからないと言って来る連中がいるんだよ。あとまあ、すごいこと考え付いたんで聞いて下さい、って奴とかな。何なんだ、あれは。

手紙は封を切って選り分け毎週運んで行ったが、一時は一度に運び切れないくらいになった。週に一回、ヤネケが来た時に店の部屋で額を突き合わせて仕分けし、難しいものはヤネケに、自分の手に負える分は自分に分担を決めた。その間アンナ・ブラルは、ヤネケが連れて来て暫く前から出入りになった修繕師と家中のがたが来た箇所を調べて回っている。

「よくやってくれるけど——誰だあれ」

「アンナの親父の組にいた奴。あれなら亭主にしても良かったって言ってる」

「二人で放っておいていいのか」

ヤネケは笑って、若い子じゃないから何も起らないよ、と答える。いやどうだろう、とヤンは考える。俺は五十女と寝たこともあるぞ。ヤネケが、お、と言って手紙を一通寄越す。

「何」

「ヴォルテールだよ、額に入れて掛けといたら」

ほんの二行ばかりの気の利いた走り書き。皮肉半分称賛半分。自分に宛てられていても、自分に宛てられたものではない。微かな苦痛を予感する。いつも感じる心の小さな痛みではない。歯が痛み始める時のような予感だ。

ヤンはニコラウスに頼んで収める額を作って貰い、それを仕事部屋に掛ける。訪れる何人かは気が付いてまじまじとヤンを見、ヤンは素知らぬ顔で無視をする。怒るな、我慢しろ、と自分に言い聞かせる。結果、あれは謙虚な人だ、自慢したりはしない、褒められるのも嫌がる、という評判が広まる。

当たり前だ。恐ろしいことに二、三年でヤンは、何を訊かれてもまるで自分が書いた本であるかのように答えられるようになり、それにつれて状況は収まって行ったが、だからと言ってまるで何かの権威みたいに、アダム・スミスの『諸国民の富』はもうお読みですか、とか訊かれるのは好きではなかった。なるほど必ず訊かれるからと読まされはしたし、わかりづらいところはヤネケに訊いて納得したが、だからと言って、是非御意見を伺いたい、は御免だった。大体、俺には昼間の仕事があるんだよ、何で仕事終ったら酒飲んで朝までぐっすり眠らずに、スコットランドの学者の本を読んであれこれ考えなきゃならないんだ？

けち、とヤネケは笑った。「いいじゃない、教えてあげれば」

「よくないよ。俺に訊いてる訳じゃないんだから」それからヤネケに訊く。「お前は、腹立たないのか」

「何に」

「自分の名前で出していれば、そうやって訊かれるのはお前だった筈だ。答えてやりたくないのか」

「ああ、答えたよ。手紙に書いたらどこかの雑誌に転載したいと言われたんで、問題ないと言っておいた」

「俺の名前で」

「勿論」ヤネケは明るく笑う。「あたしの名前じゃそういうことはない。本さえ出てないよ。嫌？」

「嫌だな」

「細かいこと言わないの。知識なんて別に誰のものでもないんだし、正しい筋道は誰が言ったって正しい筋道だからね」

それでもまるで本人のような顔をして褒めそやされたくはなかった——名前を貸しただけなのに、それではまるで泥棒だ。

ベギン会の作業場を立ち上げるには数年を要した。

ヤンは小出しにベギン会の希望を伝えて市参事会員の顔色を読むところから始めた。参事会員の多くは何らかの形で亜麻の仲買から布の売買までの過程に関わっている。そこに今までは内職で満足していたベギン会がそれなりの規模で参入して来るのは穏やかな話ではない。関心を持った相手には会の財政状態から説明した。貧困救済にもなる、軌道に乗れば救貧院の拡張で季節労働者の雇用主も裁量の余地が広がり市の負担も減る、施療院ももっと大勢を世話できるようになるから市にとっても有難い、と説明した。

クヌーデ氏には臍を曲げられては困るので最初から言っておいた。乗り気になられるのも困りものだった。剛腕と言えば聞えがいいが、元々かなり強引に上からの即決で——それで動かなければ同じくらい強引な策略で物事を動かしたがる人物だったが、カタリーナが死んだ後は強引だけが生き残っているような有様だから、煽(おだ)てて祭り上げて、若造のお手並みを拝見するという恰好を付けてやるのが一番だった。

「お前の親父扱いは大したもんだ」とニコラウスは言った。「ただ本当に調子が悪いみたいなんだよ。食も細くなった。何かぽっきり折れちゃったみたいでさ」

「医者に見せたか」

「マティリスの若先生に診て貰ってるけど、どんなもんかね、お前に言うのは何だけど、あれは藪だろう？」

「老先生に診せるか」

ニコラウスは口を濁した。マティリス博士の人でなしぶりは町中に知れ渡っていたのだ。実際、診察させたら本人に向かって、あと二、三年と言い放った。「隠居でもして好きなように暮らすことだ。Carpe diem だな。それで良くなることもあるだろう」

クヌーデ氏は激怒してマティリス博士を叩き出した。

それでお前さ、とニコラウスは言った。「親父の代りをする気はあるか」

「何で俺が」

「クヌーデ＝ファン・デール商会には必要だな――何驚いてるんだ、ルイの代にはそう名乗ることになるんだぞ」

クヌーデ＝ファン・デール商会。それはまた。

抵抗はないでもなかった。これはまるで市政を私する相談だ。レオは何と言った？男たちが集まって、話し合って、正しいことを選ぶ。ヤンの理性もまた、そうあるべきだと言っている。ただし、それではやっていけないのも事実だ。

ヤンは少し考えて言う。「お前が市参事会に入ってくれれば、二人で何とか出来るんだがね」

「入らなきゃ駄目か」

「俺一人じゃ無理だよ」

「まあ、親父の言いなりで入るよりはましか」とニコラウスは言う。「さらば青春」

わかってるかニコラウス、俺たちはもう四十だ。

ヤネケたちとの話し合いにも時間を掛けた。ヤネケはある程度心得ているだろうが、アンナ・ブラルはよくやっているとはいえ小さい大工仕事の請負くらいしか経験がない。なのに彼女らは驚くほど野心的で、到底、並製品を細々と生産するくらいでは満足しそうにない。

「場所を貸す。原糸を提供する。出来上がったものを買い取る。そういう仕組みにしたい。上等な糸を作るには上等な原糸が必要だけど、高い。だから買取価格からその分を差引くという形で提供して、自分の技術との釣り合いを考える機会にしたい。そうすれば、もっと腕を上げようという動機にもなる。その場合の指導は提供する。つまり学校という形も兼ねたい。ある程度出来る人たちを集めて始めるけど、将来的には全く出来ない人たちが糸紡ぎを覚えて腕利きになる――」

かもしれない、とアンナが重々しく口を挟む。

「――場所にもしたい。人を生計も立たないような低賃金で拘束して、仕事はあるのに結局救貧院頼みみたいな状態にはしたくない。ただの阿漕(あこぎ)な商売人なら機械を入れて大量にやるけど、会でやることなんで」

　機械？「糸を紡ぐ機械？」

「そう、イギリスは機械でやり始めてる。主に綿とウールで、一度に七、八人程度の仕事はする。亜麻に使うには糸を湿らせなきゃならないんで少し工夫がいりそう。ただ、いずれ入って来る。試してみたい気もするけど、今は極上の糸は手でしか紡げないし、将来的にも手紡ぎは機械で紡いだものより価値を持つ。だから腕のいい紡ぎ手を一人でも増やしておくことは、町の為にもなる」

「すぐじゃないよ。町中から一番腕のいい連中を根こそぎ引き抜くようなことはしたくない」とアンナは言う。「教えて少しずつ増やす。でも仕事を奪ったり賃金下げたりもしたくない」と言ってアンナはヤネケの顔を見、ヤネケは頷く。「隙間にするっと潜り込む、みたいに出来ればいいんだけど」

　幸い、イギリスは北米植民地と戦争を始めて大陸の市場からは締め出しを食っているから潜り込む隙間はある。ニコラウスも出荷量を増やしたがっていたので、糸はそこに納めて、製品をパリとアムステルダムで捌ける。終戦までに充分質を上げられれば、ロンドンに挑戦してもいいかもな、とヤンは考える。質でどの程度勝負できるか考えると面白くなってくる。パリでは、既に勝ったも同然だ。ニコラウスの工場から出る高級薄地(バティスト)以上のものはカンブレーでも作れない。

　市がベギン会に隣接する土地を買い、建物を建て、無期限の形でベギン会が賃貸するという形で話は纏まる。ヤネケたちは腕のいいベギンたちに加えて経験を積んだ老女を指導の為に雇う。最初は救貧院に来る女性たちのうち志願した者も含めて二十人程度だ。

建物の中は暖かい。大きな暖炉を囲むようにしてその二十人が糸車を回している。時々、脇にある器の水で素早く指を湿らせる。濡れた指の間から信じられないくらい細い糸が巻き取られて行く。また指を濡らす。例の老女は一区切り付くと、立って新参者の仕事ぶりを見に行く。紡がれた糸は綛（かせ）に巻かれて日当たりのいい張り出しの上に置かれて乾かされる。

「まあ、そんなに悪くはない」とアンナはヤンに言う。「仕上がりを見て判断して貰いたいけど、上と言えるくらいにやれるのは五、六人。あとは並程度だけど、救貧院組の伸びはびっくりするくらいだよ。子供を預かって面倒を見てやると集中できるみたい。子持ちになる前はやってた、って人もいるからね」

誰かが歌を歌い始める。何やら意味深な歌らしく、笑い声が起り、何人かは一緒に歌い始める。小声で歌うベギンもいる。ヤンは困惑し、アンナは溜息を吐く。「ベギン会には相応しくない。でもこういうのは必要なんで放っておくしかない。敷地の外で助かったよ」

「女でも？」

「ああ、まあ、職人や職工なんて、男でも女でもそんなもんさ」ヤンを入口から送り出しながら、アンナは、ありがとう、と言う。「ヤネケの見積りよりいい数字を出せると思うよ。これで行けるならもう少し人数も増やそうと思ってる。期待してな」

新しい人が来ることになる、とヤネケが院長から言われたのはそれより一月ほど前のことだ――ええ、まあ、おうちの方がたっぷり寄進して下さって、それは本当に有難いんだけど。

マリア・アマリア・メルヘリンク。どこかの伯爵の後妻だったらしい。父親の死後、先妻の息子たちがヘントのベギン会に見習いとして押し込み、すぐに追い出された。

「ヘントは厳しいですからね」とヤネケは答える。それでシント・ヨリスに移ったベギンは一人や二人ではない。口を揃えて、本当に辛かった、と言う――だって朝は五時から日が暮れるまでに五回もお勤めがあるの。本当の尼僧院みたい。その間は働く。全員が、家を買っても修道院の一員として扱われ、修道院長の厳しい監督の下ひたすらに働く。晩禱が終わるともうへとへとで、倒れて眠るしかない。

まあ、そうなんだけど、と院長は口を濁す。「あなたも会えばわかると思う。災難だったのはヘントの方」

今、マリア・アマリアは門番と揉めている。作業場を出てヤネケのところに帳簿を持って行こうとしたヤンが最初に見たのはその姿だ。確かに黒衣ではある。だがあちこち襞を寄せたり摘んだりした衣装は言わん方なく派手だ。至るところにフリルが付いていている。腰をきつく締め、胸が盛り上がっている。黒いヴェールの中でかもじを入れて膨らませた髪が塔のようにそそり立っている。普通の見習いのように白い麻布で頭を覆ってはいるが腰にパニエを入れた老女がしきりに、奥様、奥様、と呼んでいる。

門番がヤンに気が付いて、あら、デ・ブルークさんと言う。いつの頃からかさん付けで呼ばれるようになった。派手な身形の女が素早くヤンに視線を走らせ、それから芝居掛った動作で手袋に包まれた手の甲を額に当てて頽れる。帳簿と本と手紙の詰まった籠を下ろし駆け寄って支えながら、今この女、俺を品定めしたぞ、と思うが、一応、大丈夫ですか、と声を掛ける。

「嗚呼、家へ、家へ連れて帰って頂戴」とフランス語で言う。

門番が中を指差す。ヤンは片手で籠を提げ片手でしな垂れ掛る女を支え、見習いの後に付いて連れて行く。

「私はここに閉じ込められたのね」

「見習い期間中の外出は許可を取らないといけないと聞いていますが」

女はハンカチを手に咽び泣く。布の部分など一摘みしかないレースのハンカチで、それもまた言わん方なく派手だ。

家の前まで彼女を連れて行って、私はここまでです、とヤンは言う。

「一人きりにするの」

「男は中には入れません」何だって俺が規則を説明しなきゃならないんだよ、とヤンは思う。ヤネケが木戸のところから覗いているのが見える。「これでお暇致します。お目に掛れて光栄でした、奥様」と言って、差し出されるともなく取りやすい場所に差し出された手の上に顔を屈める。

　ヤネケのところまで戻ると、げらげら笑われる。誰だあれ、と訊く。

「マリア・アマリア・メルヘリンク。見習いに入った未亡人」まだ笑っている。目顔でメルヘリンクを示す。「おっと横になりました、スカートを両手で窄めています、入るか、あ、頭がつかえました、入れない――ヅラ膨らませ過ぎだよ――頭を屈めています、入るか、入るか、入りました！」

「意地が悪いな」

「面白過ぎる」まだ笑っている。「そんなスカートやめなさいよ面倒臭い、って言ったんだよ。そしたら泣いちゃって、だったら好きにすれば、と言ったらあの有様だ。あの恰好でここで生活するのは無理だよ。家の中とかどうしてるんだろう」

「閉じ込められたとか言ってるけど」

「歳取った貴族の後妻だったんだって。夫が死んだら先妻の息子たちが始末に困って、尼僧院は絶対嫌だと言うからヘントのベギン会に入れたんだけど、ヘントも手を焼いてこっちに回して来た。たっぷり寄進が付いて来たんで紡績機一台入れてみようと思ってるとこ。他に興味のある奴いたら教えて。で、悪い影響が出たら困るって院長は言ってるんだけど、御身分が違い過ぎて誰とも付き合わないから今のところ無事。ただ、年長組はかなり腹を立ててるよ。早晩出て行くと思う。再婚とかして」

じゃないかな」


「まあ向こうもね、元は商人の娘だけど気位高いし、最低限市長くらいじゃないと無理じゃないかな」

「じゃあ俺は関係ない」

「なるんじゃないの」

「何の為にニコラウスを参事会に入れたと思ってる」

ああ、そういう作戦なんだ、とヤネケは言う。「まあ、頑張って」

「俺は嫌だぞ」


健康上の理由をもって市長職を退き——と居並ぶ市参事全員の前でクヌーデ氏が辞意を表明するのは六月の美しいある日のことだが、残念ながら、市参事会が開かれる広間は薄暗く、広場に溢れる日差しが入ることはない。

「——市参事諸氏に後を託します」とクヌーデ氏が締めると、参事たちは労いの拍手を送る。フランス軍の占領が終った年に就任して以来三十年間、ということになる。ニコラウスが父親の後ろに回って重い市長の鎖を外し、下役の差し出す絹を敷いた箱に置く。置いた瞬間、下役の腕が下がる。粗相を仕掛けて青くなっている。そのくらい重い。まあ、重責なんだろうな、とヤンは考える。ニコラウスは父親を立たせ、市長の椅子のすぐ右に空けてあった参事の席に坐らせる。クヌーデ氏は足許も覚束(おぼつか)ない。前の週、かなりの量を吐血した。そのまま死ぬのではないかと皆が案じたが、数時間で目を覚ましてニコラウスを呼び、参事会を招集しろ、俺は辞める、と言った。結局、動けるようになるまで一週間掛り、その間の仕事はニコラウスとヤンが代行した。

身軽になったクヌーデ氏が一市参事としての席に着くと、回り持ちで議長のヤンが新市長の選出を動議する。拍手。全て事前の取り決め通りだ。「ニコラウス・クヌーデ氏を新市長として推薦致します」

ぴたりと拍手が止む。ニコラウスはそっぽを向いている。クヌーデ氏は瘦せ細って見る影もないのに食わせ者然とした薄笑いを浮かべてヤンを見ている。おい、おっさん、また何か謀ったか。

いやあそれはどうかなあ、とニコラウスが非道くくだけた口調で発言の許可も求めずに言う。「俺としちゃデ・ブルーク氏が適任だと思いますよ」

一部から拍手が起る。不規則発言だ、とヤンはニコラウスを咎めるが、拍手は止まない。クヌーデ氏まで瘦せた両手で拍手している。ニコラウスで決まりだと事前に根回ししておいた連中まで加わる。ニコラウスが卓の上に身を乗り出し手を伸ばして議長の槌を取ると、鳴らす。静かになる。「ヤン・デ・ブルーク氏が新市長に選出されました。異議のある方は挙手を」ヤンが手を挙げるが完全に無視される。「異議なしと認めます。我らが学識豊かなる新市長に」全員が勝鬨のような声を上げる。

二人でクヌーデ氏を支えて外に出る時、ニコラウスは重々しく、これが政治だ、覚えとけ、と言う。クヌーデ氏はヤンを引っ掛けたことが愉快で仕方ないらしい。玄関先の椅子駕籠にクヌーデ氏を乗せて送り出す。暫く前からそうしないと家まで辿り着けない。

「つまり傀儡だよな」とヤンは言う。

「そんなことはどうでもいいんだよ。ぐらつかずにぴしぃっとしてろ、市長」

それから服を仕立てに連れて行かれた。あの鎖が難物なんだ、と言われた。「みんな嫌がるのはそれさ。何しろど古い代物なんで、今時の服と合わせたら滑稽だし、鎖に合わせたら今度は服が滑稽だ。親父はいつも苦労してた」

「重いのか」

「鉄だからな」

「鉄？」

「中までみっしり鉄だ。金ならもう少し薄手に作るんだろうが、素町人が金だの銀だのは生意気だと言われて、フランドル伯爵領時代からずっと鉄だ」ニコラウスは笑う。

「二度掠奪されて今のは三代目だ。その度に前より大仰になった」

「詳しいな」

「俺も本書こうと思ってる。シント・ヨリスの歴史だ。色々面白い話がある――例えば、シント・ヨリス教会にあった筈の聖ゲオルギウスの槍の穂先をどこで誰に摑まされたか知りたくないか。まあ、あれで町が建ったんだがな」

「見たことないぞ」

「盗まれた――ということになっている。だから俺もそういうことにしておくよ。誰も恥はかきたくないもんな」

　聖体行列の日の朝、ヤンは新調の礼服に身を固めてヤネケに会いに行った。総督府から改めて任命された新市長お披露目を兼ねていて、朝起きてニコラウスの寄越した床屋に髭を当たられ仮髪に粉を振られ、わざわざやって来た仕立屋に上から下まで着付けられたら、そうしないと気が済まなくなったのだ。出る前にファン・デール氏に挨拶をしに行ったが、まだ寝ていた。最近は昼まで寝ていることがある。

　店の側からこっそり出て、ベギン会まで歩く。何とはなしに気恥ずかしい。呼鈴を引くとテレーズが出て来て、快活に、おはよう父さん、と挨拶する。

「それ着てくの」

「今日はな」と仏頂面で答えるとコルネリアとピエトロネラも出て来て、ピエトロネラはヤンに抱き付く。

「似合う」とコルネリアは言う。

「どうかな」とテレーズは言う。

「市長さんみたい」とピエトロネラは言う。

テレーズが手を伸ばして襟元をちょっと直す。カタリーナがいつもしたような気難しい顔、気難しい動作だ。奥からヤネケが出て来て、娘たちのすぐ後ろで腕組みする。

「クヌーデのおっさんっぽいね」

「あれ付けるから」と言って、ヤンは胸元から肩まで両手で弧を描いて見せる。ヤネケは笑う。

「きっと似合うよ」と言ってヤネケは微笑む。「押し出しはいいもんね」

そう、その目が、今日は必要だったんだ。まだ俺に惚(ほ)れてるだろ、って目が。

さあ、君らも行って支度しなさい、とヤネケは娘たちの背中を叩く。

「これじゃ駄目なの」

「今日は可愛い恰好をしなさい。お父さんの大事な日だからね」

ヤンは娘たちを連れて家まで戻ることになる。迎えに行った、ということにする。テレーズがヤンと並んで歩きながら、父さんに袖口のレース飾りを作ってる、と言う。

「ヨアンナさんからは及第って言われた。だからそんなに恥ずかしくはないものになると思う。袖口にレースなんて今は付ける男の人少ないけど、貰ってくれたら嬉しい」

「喜んで貰うさ」

とっくに支度を終えているルイに娘たちを引き渡す。急いで支度しろ、ベギンども、とルイに言われて娘たちは大喜びだ。

「兄さんは」ルイはヤンに小声で訊く。

「来るなら勝手に来るだろう。気にするな」

それから市庁舎に行く。参事会員たちの前で宣誓を済ませる。鎖を掛けられる。公式行事の時だけとはいえ、こんなものを七十まで掛けて歩くとか俺は堪忍だぞ、と思う。

行列を作って聖ヨリス教会まで行く。席に着く。クヌーデ夫人とニコラウスに連れられて子供たちが勢揃いしているのが目に入る。レオもきちんとした服装でいるのにほっとする。真っ先に聖体を拝領する。膝を突いてまた立つ時、上体を真っ直ぐに保って鎖がずれないようにするのが大変だ。教会の外で、他の二教会と二つの男子修道院の代表から祝福を受ける。シント・ヨリス聖界の面々の後に、俗界筆頭として先頭に立って歩く。すぐ目の前を歩くのはベギンたちで、院長と並んで歩くヤネケの姿は見えない。ただ、一番若いベギンたちの活発な足取りはすぐ目の前にある。

何て楽そうに歩くんだろう、と思う。靴に羽でも付いているみたいだ。男物と大斧のない靴を履いて、黒服の裾を苦にもせずに捌いて、ズボンで歩くのと同じくらい軽快に歩く。白い亜麻の被り物の上から被った黒い布が揺れる。こっちは鎖の重さにひいひい言いながら付いて行くような有様だ。俺もベギンになりたいよ、と考える。こんな重いものを背負い込まずに、身軽になれたらどんなにいいだろう。

マリア・アマリア・メルヘリンクの服装は相変らず大仰極まりない。ヤンは今では彼女の身の上をかなり詳しく知っている。メルヘリンク伯の未亡人ではあるが、伯爵夫人ではない。所謂左手の結婚というやつだ。商売上の恩顧を当てにした父親と、老父を持て余した息子たちの思惑が一致して、十五で後妻に押し込まれた。それから十七年、妻というよりは女好きの老人を大人しくさせておく為の愛妾（あいしょう）として過ごした。子供はなかった。不自然な話だが、何があったのかは聞いたことがない。

市長が独身ってのはな、とニコラウスは言った。ヤンも同意した。シント・ヨリスには市長夫人の公的な役割はなかったが、それでも傍に控えていることは始終ある。クヌーデ夫人も、奥さんはどうしても必要よ、と言った。

「カタリーナのことをあなたが今でも大事に思ってくれるのは嬉しいことだけど」

クヌーデ氏も頷いた。その頃にはもう寝たきりで口も利けなくなっていたが、非常に強圧的な頷き方だった。

俺、お前以外嫁にする気ないんだけど、とヤネケには言った。副院長が職を投げて市長の女房になれると思う？　と言われた。

「醜聞は御免でしょ。作業場のこともまだあるし」

今では五十人の女が働いている。市外との売買まで始めた。ヤンは憤慨したが、最上級品は最初の約束通りニコラウスのところに回してるし、市内の誰の邪魔もしていない、と言われた。業績はどんどん上向いている。どこにどうやって売り込んだと訊いたら、アマリアが話を付けてくれた、と言った。

「顔広いよ、彼女は。そういう点でもお薦めだ」

ヤネケは時々ヘントまでアンナと一緒に行く。ヘントのベギン会からも来る。こっそり来てこっそり帰るのは、会ではなく個人の仕事という訳だろう。結果、あちこちの小さい織り手や糸商と話が付いている。小商いも積み重ねれば、この規模の仕事としては十分以上になる。半期毎に改める帳簿は模範的だ。

「別なこともやってる。もう少ししたら見て欲しい」

「本か」

「本じゃない。本にしてばら撒くのはちょっと憚られる」

アマリアと話を付けたのもヤネケだった。あんたのことは覚えていた、と言った。

「御親切な方、だって。市長だと言ったら、あんなにお若いのに、と言っていた。まあ、四十は市長としちゃ若いかな。事情を説明したら頷いていたけど、最終的な一押しは自分でしないと」

「俺、押す気全然ないよ」

「でも、夫人は必要」

「お前が帰ってくればいいじゃないか」

「あたしは当分出られない」

だからベギン会の中庭で話をすることになった。並んで礼儀正しい距離を置いて坐り、お互いに必要とするものを出し合った。寡夫でも家の切り回しは女中頭がしていて問題はないが、家の顔としての夫人が、ヤンには必要だった。彼女は会を離れたがっていた。義理の息子たちからも離れたがっていた。その為には再婚するしかないことも理解していた。落ち着いて話をすると、感情表現が幾らか芝居掛ってはいたが教養もあり洗練された女性だった。絵を描き、スピネットを弾き、歌を歌った。面紗越しに見える顔は美しかった。ずっとフランス語で話をしたが、フラマン語で話し掛けると返事をし、それから恥ずかしそうに、結婚してから話していないから小さい女の子のようにしか話せないと打ち明けた。そこからはずっとフラマン語で、ヤンが、私が提供できるのはあなたがして来たものに比べるとずっと倹しい暮しですよ、と言うと、私だって昔からこんな女だった訳ではありません、と答えた。

「商人の娘だったんですもの、市長の妻になるのは願ってもない良縁でしょう」

アマリアはベギン会を出てヤンの家に移り、ヤンはルイを連れてニコラウスの家に移った。クヌーデ氏の病状が良くない以上は簡単に式の日取りも決められないが、そんなに嫌なら早く出してやろうと思ったのだ。彼女は素晴らしい栗色の髪を控えめに纏め、鍔(つば)が広く浅い麦わら帽子に仕立て直した簡素な夏服姿でヤンに手を取られてベギン会を出たが、その服装はシント・ヨリスの女たちを驚嘆させ、夏中、無数の麦わら帽子を町中に氾濫(はんらん)させた。

広場に面した玄関は手を入れたばかりだったが、その仕上がりは充分にアマリアを満足させたようだった。揃って待っていた子供たちが順に挨拶をした。レオはいつもの身形だったが恥じたように顔を赤らめた。

綺麗な人だなあ、とルイは後で言った。レオは何も言わなかった。

夕方、一区切り付いたので事務員たちを帰し店を閉めようとしていた時に、テレーズが下りて来た。お義父さんに話があると言うので、一緒に散歩するかい、と言って連れ出した。アマリアが来て以来、レオが滅多に現れなくなったので、娘たちも家に戻って来た――とヤンは思っていた。特にテレーズが家にいるのは嬉しい。カタリーナに似てきた。若い頃のお母さんにそっくりだよ、とヤンは時々言う。ヤネケにも少し似ている。テオに似ている、と言うべきなんだろうか。

あのね、とテレーズは切り出す。「ベギンになろうと思うんだけど」

ヤンは軽く溜息を吐く。ヤネケが言っていたからだ――うちの子たちは信心深いねえ。今時の流行りじゃないのかと訊いたが、いや、とヤネケは答えた――テレーズの友達とか見てもあんなに信心深いってことはないな。

「アマリアさんは色々教えてくれる。楽器とか、歌とか、絵の描き方とか、品のいい話し方とか、品のいい立ち方や歩き方とか。髪の結い方や服の着こなしは教わるまでもないよね。私もコルネリアもピエトロネラも見てるだけで上手になっちゃう。ちょっと上手になり過ぎないくらい。晩餐会の話とか舞踏会の話とかオペラ見に行った話とかも聞いたよ。世間って広いんだなあ、とんでもない世界があるんだなあ、って感じ」

何とはなしにヤンはほっとする。娘たちがアマリアを嫌うのを恐れていたが、そういうことはなさそうだ。

でもね、とテレーズは続ける。「なんかそういうのは違うって感じがした」

「違う、って、どういう風に」

「綺麗なお嬢さん、って言うかな。お義父さんが許してくれるならブリュッセルに連れて行ってくれるし、いろんな人にも紹介してあげる、きっとみんな綺麗なお嬢さんって褒めてくれる、って言うから、有難う、嬉しい、って答えたけど、でも本当は全然ぴんと来なかった。綺麗なお嬢さん、はねえ。それよりレース編んでる方が全然いいよ。最初はヨアンナさんに褒めて貰うと嬉しかったけど、今はもう自分でどのくらいいいかわかる。ほんとこんなちっちゃな」指の先を示す。「モチーフでも、ああこれはいい出来だ、って自分でわかる。嬉しいよ、それは。でも同じくらい嬉しいのは、三箇月とか半年とか掛けて作ったレースがちゃんとお金になること。この前初めて、これなら売り物になる、って言われて、ヨアンナさんが売ってくれた。ハンカチのほんと細い縁で、半年掛ったんだけど、お義父さんレースの値段知ってるよね？ すごいよ。修道院の寮費が一年分出ちゃう。ヤネケ伯母さんに預けてあるけど、ああ、レース作って、それで自分で生きていけるんだ、って思ったら——何だろう、すごく強くなった、って感じ？ その感じはね、綺麗なお嬢さん、より全然いいんだよ」

「家でやってもいいんじゃないか」

「駄目駄目。ヨアンナさんが、修道院の方で祭壇の掛け布を請け負ったんで人を集めるから入ってみる？ って言ってくれた。きっと勉強になる、って。やってみたいって思った。自分を試したい、って。お義父さんに贈る袖飾りは、その為に作ってる。もう出来るよ。我ながら出来がいいと思うんだけど、それを修道院でやってる人に見せて、問題ないって言って貰えたら、入れる」

「レースを作る為だけに入るのには賛成できないな」とヤンは言う。「ベギンは清貧の誓いを立てていない以外は修道女とおんなじだぞ。簡単に結婚は出来ない。早まって決めることはないいんじゃないか」

「早まったりはしないよ。私もレース作る為だけで決めていいのか、って思ったからいろんな人に相談した。すごく苦しんだ人もいる。アンナさんも止めてくれた」

「アンナ・ブラルに相談したのか」

「うん。今、修道院長だからさ。しくじったかな、って思うことは誰にでもあるって言ってた。修練長のところにも行った。ヤネケ伯母さんに言わせると信仰の権化だからね。向かない人は見習い期間中に判断して撥ねるって――でもね、自分の手で働いて祈って生きるって、本当に神様の手の中で生かされている感じがするものよ、とも言った。その後で施療院の礼拝堂に連れて行ってくれて、イエス様に自分を呼んでいるかどうか尋ねてご覧なさいって言うから、呼んでいる、ってどうわかりますかって訊いたら、わかるから大丈夫、って言うの」

「そんなことわかるもんなのか」

テレーズは母親と同じ呑気(のんき)な足取りで歩きながら続けた。「それで修練長は行っちゃったから、仕方ないんでお祈りをした。何だか落ち着かなくて、嵐の中を飛んでる鳥みたいな感じがした。真っ暗で、雨が横殴りで、もうへとへとなんだけど、でも一生懸命飛んでる感じがした。あっちだ、ってわかるから。すごくはっきり。それでもう決めたんだけど、後で話したら修練長はにこっとして、じゃあちょっと早いけど見習いでお入りなさいな、って言ってくれた」

これはもうどう止めようもない、とヤンは考える。訳がわからないが、どういうことかはわかった。それではもう向こう側の住人だ。本物の修道女になると言い出さないだけでもよしとするしかない。「嫌になったら出ていいぞ」それが出来るだけでもベギンはまだましだ。テレーズは頷いた。

騒動が起ったのはそれから幾らもしないうちだった。

テレーズは服だのリボンだのを気前よく妹たちにやった。持って行くのはベギン会に行く時着ている薄茶色や灰色の地味な服と肌着類、それに清潔な麻の帽子だけだ。靴は飾りのないバックルの付いた黒い革靴で、これはいつも履いているものだった。三人は極めて厳粛な顔付きで話し合い、服はまずコルネリアが貰い、後でピエトロネラが譲り受けることに決めた。まだ大き過ぎるからだ。リボンは何本かをコルネリアが取り、残りをピエトロネラが取った。テレーズが手許に残したのは母親が買ってくれた刺繡のあるリボンだけだ。時禱書に挟んでお祈りの度にお母さんの為に祈る、とテレーズは言った。

ふと気が付くと、レオが部屋の戸口にいた。三人は黙り込んだ。部屋に入って来ながら、何してたんだ、と訊いた。優しい口調が不穏だった。お姉ちゃんがね、とピエトロネラが言おうとすると、コルネリアが窘め、何でもない、と言おうとした。するとテレーズがレオの顔を真っ直ぐ見て、私家を出るの、ベギンになるから、と言い放った。

レオの表情は激変した。「もう一回言ってみろ」

ピエトロネラはコルネリアに抱き付いた。テレーズはレオから目を逸らさなかったが声が震えていた。

「ベギンになるから家を出るのよ」

お兄ちゃん、やめて、とコルネリアは言ったが、レオはテレーズの髪を摑んで、妹たちの悲鳴の中を廊下まで引き摺り出した。抵抗すると見境なく拳(こぶし)で殴り付けた。コルネリアが後を追い掛けてレオの足にしがみ付き、止めようとすると蹴り飛ばされた。壁に背中を打ち付け、体を起こした時、レオはテレーズを外出中のアマリアの寝室の衣装部屋に引き摺り込むところだった。コルネリアは更に追い掛けて、暖炉の火掻き棒を手に取った。

ピエトロネラは泣きながら店までヤンを呼びに走った。

レオはテレーズを衣装部屋に投げ込むと、兎の皮でも剝くように服を引き裂いてはだけさせ、また髪を摑んで大きい姿見に向き直らせた。見ろ、と叫んだ。

「乳と腹だけだ。お前はそういう生きものだ。子供を産んで育てる容器だ。こんな頭なんかお飾りだ」と言って揺さぶった。テレーズが逃れようとすると左手で喉と顎を摑んだ。「よく見ろや、おまんこ。子供を産むんだよお前は。他の能なんかないだろうが。ごろごろ子供を産み落とす為にいるんだよ。逃げられると思うな。他のことをしようとかするな」

それから手を離すと吊るしてあったアマリアの衣装を摑んで、床に蹲って泣きながら震えているテレーズに投げ付け、着ろ、と言った。「女はこういうのを着るんだ。女らしくして、男に、子供を産ませて下さいと頼むんだ」

「——こんなの一人で着られない」

こんなの一人で着られない、とレオは殴られて口の中が切れたテレーズの喋り方を真似た。「女の分際で口答えするな」頰を摑んで口を開けさせようとした。「生意気を言うと舌を切っちまうぞ」

ヤンがルイを連れて駆け付けた時、コルネリアは衣装部屋に飛び込もうとしていたが、ヤンの姿を見ると憤然と火搔き棒で中を示した。レオが屈み込んでテレーズの頰を摑んでいた。何をしている、と言うと、レオは手を離し、狼狽し切った様子でテレーズから離れた。ヤンはその襟首を摑んで寝室に引き摺り出した。

「台所に行ってろ」と戸口を指した。レオは大人しく従った。

それから怯え切って触れただけで絶叫するテレーズを宥めて抱き上げ、部屋に運んだ。コルネリアが脇腹を押さえて付いて来た。

「お前のことも殴ったのか」

「止めようとしたら蹴り飛ばされた」

勇敢だな、とヤンは言った。「流石に俺と母さんの娘だ」

ファン・デール氏とチェスを指していたマティリス博士を呼んで来させた。テレーズとコルネリアを見るなり、何があったんだ、と訊いたが、兄妹喧嘩だと言うと、見せてみなさい、と言った。まずコルネリアの脇腹に触れて、肋骨が折れていないことを確認して、痛いか、と訊き、大丈夫と答えると、「じゃあ大丈夫なんだろう」と言った。「女は甲冑を着てるからな」

「頭にたんこぶも出来たんだけど」

「冷やしておきなさい」

テレーズは寝台に横たわったまま診察される間目を閉じていた。

「喧嘩好きの男なら始終やってる程度だな」

コルネリアがくすっと笑った。テレーズは不満そうに目を開け、口を開けて中を示した。マティリス博士は、明るい方を向いて、と言って覗き込んだ。

「ちょっと切れてるな。二、三日は腫れるししみるだろう。顔は絞った布でも当てて冷やしておきなさい。一週間もすれば元通りだ。前より別嬪になるとか期待するんじゃないぞ」

ピエトロネラはまだ泣いていた。俺がいるからもう大丈夫だとルイが言うと頷いた。

ヤンは店に行って、客に暫く待っていてくれるよう頼んで短い手紙を書き、封をした。

台所に行った。レオはビールを飲んでいたが、使用人は逃げ去って一人もいなかった。前に腰を下ろすと、上目遣いにヤンを窺った。おれは間違ったことなんか何もしてない、と呟いた。

「妹二人にあんなことをして、間違ってないと言うのか」

「間違ってない。あんたが止めないからおれが止めただけだ」

「何を止める」

「ベギンは自然に反する」

ヤンは手紙を前に投げ出した。「これを持ってパリに行け。住所は宛名に書いてある」

「女は男と一緒になって子供を産むのが義務だ。あの女どもはそういう義務から逃げてる。妹がそんな連中の仲間になると言ったら、止めるのは当たり前だろ」

「俺はテレーズの義理とはいえ父親だ。その俺がいいと言えば、テレーズはベギンになる。お前が口出しすることじゃない」

「おれを追い出すの」

「お前がいると妹たちが怯える」

レオは口籠もる。「なんか腹が立つ。すごく腹が立つ。我慢できない」黙り込む。暫く何も言わない。それから不意に、あの時にさ、と言う。

「どの時だ」

「あんたが泣いた時。おれなんか見向きもせずにどんどん街から出て行って、坐り込んで泣いた時」

「そんなこともあったかね」ヤンは素気なく答える。本当はぎくりとしている。

「あったよ。ヤネケ伯母さんに義母さんと結婚しろって言われた時。がっかりした。情けないと思った。女に泣かされてる、って。今は知ってる。あんたヤネケ伯母さんが好きなんだろ。だったら抱え上げるでも何でもして連れて来ればいいじゃないか。そんな図体して指一本触れずに未練がましく毎週毎週通ってさ、別な女と結婚しろと言われれば大泣きした挙句に大人しく結婚して、義母さんが死んだらまた女房宛がわれて、それでも毎週毎週通うんだろ。何考えてんだよ。抱え上げて連れ帰って、お前は俺の女房だ、って言えば済む話だろ。何十年ぺこぺこしながら鼻面引っ張り回されてるんだよ、御立派な商売やって、市長になって、あんな本書いてヴォルテールから手紙まで貰ってる男が。おれ、あれ何回も読んだよ。まだ読んでる。徹底的に間違ってる、って思うから。そのたんびにものすごく悔しいよ。思うだけでどこがどう間違ってるか言えないからさ。すごいよ、あんたは。おれ絶対あんたみたいになれないよ。だからあの婆あに言ってやれよ、お前を女房にする、文句言うな、って。何媚びてるんだよ。言うこと聞かせろよ、恥ずかしいな」

　お前が生まれる時、どんなに誇らしく思ったかお前はわかってるのか、とヤンは考える。お前が里子に出されたと聞いた時、どんなに心を痛めたか。ヤネケが出て来ないと知った時、どんな気持ちで引き取って来たか、どんなに彼女に帰って来て欲しいと——

三人で世帯を構えて暮らしたいと願ったか。

　そういうのはもう全部終りだ。いい加減けりを付けるべきだ。

　お前が知らないことが色々あるんだよ、と言う声は自分でも驚くほど冷酷に聞える。

「例えばお前が褒めてくれたあの本だが――あれを書いたのは俺じゃない。ヤネケだ」

　レオは口を噤む。ヤンの声に怯えたらしい。

「あれは俺もテオ叔父さんも敵わんくらい頭のいい女でな。男でなくて助かったよ。男だったらお前が御立派と言うものは全部あいつのものだった。商売も、市長の鎖も、本もな。俺は番頭止まりだったし、今でも実質番頭だ。そのヤネケが義母さんと結婚しろと言った時俺が泣いたのは、商売の為にもルイの為にもクヌーデとの関係を手放すなと言われたからで、実際そうする以外なかったから悔しくて泣いただけさ。あともう一つ、これ以上減らず口を叩く前にお前に知っておいて貰いたいことがある――あれはお前の母親だ。口を慎め」

　レオはあからさまに狼狽している。

「俺はまだ十八で、引き取られちゃいたが丁稚だった。ヤネケは誰が父親か黙ったままお前を産んで、ベギン会に行った。俺もお前も仕事の邪魔だからだ。自分の代りに女房を宛がってくれるのは御親切ってもんだ」ヤンは立ち上がる。「パリに行ったら好きなようにするさ。貴婦人だろうと売春婦だろうと好きなように、おい、女、と呼んでぶん殴れ。だがここでは許さん。出て行け」

それから店に戻って客の相手をする。まだ動揺しているが、顔には出さない。ルイが来て、兄さん泣きながら帰ったけど平気かな、と耳打ちするので、パリにやったんだよ、と答えると納得する。実際、翌日にはレオの姿は、畑の家からも、跡形もなく消えている。

テレーズはその日のうちにヤネケのところに行った。コルネリアとピエトロネラも一緒だったが、二人は翌日には帰って来た。

「父さんが気落ちしてるだろうから側にいてやって、って姉さんが言うから」

大丈夫さ、とヤンは答える。そう、俺は大丈夫だ、大丈夫じゃなきゃいけない。

一月ほどしてから、代理人が手紙を寄越した。来ることは来たが手紙だけ渡して立ち去った、捜させてもあちこちのカフェに出没しては賭けチェスで稼いでいるという噂があるだけで捕まらない、とあった。また来ることがあったら必要なものはないか訊いてやってくれ、とだけ書き送った。

ヤネケには全部ぶちまけた。ベギン会の家の戸口のところで帳簿を広げたまま泣きそうになった。ヤネケは肩を叩いて、やれやれ、と言った。

「後悔してる?」

「少しは。だが間違いだったとは思っていない」

「幾つだっけ、レオ」

「二十一だ」ヤンは憮然と答える。「歳も覚えておいてやらないのか」

「死んだって訳じゃないんだから、そんなに悲しまなくても大丈夫だよ。道がわからなくて帰れない、って歳じゃない。にっちもさっちもいかなくなれば帰って来るんじゃない？」

そうだといいけどな、とヤンは考える。道がわからなくなって帰れず泣いてる大人なんて幾らでもいるだろう。

第五章

——ということは、親愛なるパングロス先生、とカンディードは言った——縛り首になり解剖され殴られガレー船を漕がされている間も、あなたは、この世で起ることは何もかも最善だと考えておられたのですか。

——何も変りはしないよ、とパングロスは答えた。——畢竟、私は哲学者だ。前言撤回は具合が悪いし、ライプニッツは間違える訳がないし、それに全てが予め調和へと定められていること以上に美しいものはなかろう、微細物質の充満説にも匹敵する。


ヴォルテール『カンディード——或いは楽天主義』

クヌーデ氏が死ぬと、ファン・デール氏は一週間ほど寝付いた。棺の中の遺体は小さく縮んで乾涸び、殆ど「クヌーデのおっさん」の痕跡を留めていない程だったが、ファン・デール氏はその姿を見詰めて涙を流し、使用人に付き添われ帰って行った。ヤンはそうはいかなかった。ニコラウスと並んで無限の弔問を受けるルイの横にいなければならない。クヌーデ夫人も泣く暇もないくらい忙しく立ち働き、結局、泣かなかった。

盛大な葬儀の後に、それほど盛大ではない結婚式が続いた。

アマリアはいい妻だった。クヌーデ氏が矢鱈重々しく大仰なことを好むのはヤンにとっていつでもかなり馬鹿ばかしく見えたものだが、市長には必要であることは実際なってみるとわかった。こんなちっぽけな町の市長であっても――いや、そうであればこそ、それなりの格と押し出しが必要とされる。その為の苦闘をニコラウスはよく見て知った上で常々馬鹿にしていたが、こうなると小煩く指導を始めたところからすればそうなのだろう。アマリアはそこに幾らかの優雅さを付け加えた。ついでに言うと、抑えるべきところもよく知っていた。町人貴族（ジュールダン）みたいに見えたくはないでしょう、と言われて、ヤンは頷いた。楽になる分には問題はない。ニコラウスは、ざまあみろ親父、と幾らか懐かしさを込めて笑った。

　アマリアが持ち込んだものは他にも色々あった。例えば小さなパンや菓子パンで、アマリアはこれをベギン会から買わせ、朝、コーヒーと一緒に寝台まで運ばせて食べた。使用人にお仕着せや仮髪を着けさせることはしなかったが、時折人を招いて催す会食――これも彼女が持ち込んだ習慣だ――では着用させた。だからそれも、家のどこかにはあった訳だ。何人もいない女中も下男も頻繁に体を洗い、前よりもこざっぱりした。こういうことは全てブリギッテ――アマリアが連れて来た例の老女が、女中頭と協議の上、取り仕切った。昼に、アマリアはきちんと服装を整え、食堂で給仕させて昼食を食べた。給仕に付く使用人は回り持ちで、そうやって段取りを覚えさせられ、仕事がなく時間がある時にはヤンやルイや、大きくなるにつれてコルネリアとピエトロネラもお相伴を命じられて、それまでもそう悪くはなかったと思うのだが、どこに出しても恥ずかしくはない、というマナーを仕込まれた。夕の早い時間に取る軽い夜食はもっとずっと親密なものだった。午後のうちにブリギッテがやって来て夜の予定を訊き、空いていることを確認すると、奥様は夜食を御一緒したいと望んでおられます、と告げた。料理はアマリアの部屋に運ばれ、差し向かいで食べた。目新しい料理を冷めないよう温めておく銀の器から取ってがつがつ食べても、アマリアは笑うだけだった。煩いこと言わないんだな、と言うと、二人きりなのにうるさくお作法を要求するのは滑稽でしょう、と笑った。つまり例のジュールダンだ。

気候が良く日が長い季節には、夜食の後、アマリアは運河沿いに散歩をした。ヤンも一緒で、コルネリアとピエトロネラはルイが連れていた。こういう習慣はシント・ヨリスにはなかったので随分奇異に見えただろうが、そのうちに流行になり、あちこちの細君や令嬢が父親や兄に連れられて、アマリアにそっくりな恰好で現れるようになった。ルイはコルネリアを介してヌール・クレリスの娘エリザベートと親密になり、妹たちと一緒にそぞろ歩くお供をした。ルイもエリザベートもまだ若過ぎると看做されていたが、その控えめな親密さは町では概ね歓迎された。

ブリュッセルまで芝居やオペラを見に連れて行くこともあった。最初、ヤンは二の足を踏んだ。平土間なら兎も角、桟敷は——そして勿論、アマリアが一緒では平土間で芝居見物など出来ない——一晩誰かから借りただけだろうと、分に過ぎてはいないだろうか。全ては杞憂で、劇場は身形さえきちんとしていれば誰も咎めないというのは発見だった。腰を据えているとむしろいろんな奴がやって来た。大半は、やはり身形はいいがいかがわしい連中だった。適当にあしらって追い払っているうちに、アマリアの知り合いも顔を出すようになった。総督府の枢密院にいるダル・ポッツォとかいう男が来た時には流石に驚いたが、アマリアとは旧知の仲で、当たり前のように桟敷に腰を据え当たり障りのない会話を楽しんで立ち去る際、一度じっくりとお話を伺いたいものですな、と言ってから小声で、『富の数学的原理』について、と囁いた。アマリアは品のいい微笑を浮かべてダル・ポッツォを送り出し、以後、芝居見物の後には投宿している結構な宿屋での結構な夜食が続くようになった。ダル・ポッツォは専ら政治の話をし、ヤンは経済についての助言を求められた。

いずれこういうことは、とダル・ポッツォは言った。「全くの当たり前になります。現にフランス王妃の取り巻きには爵位を買った徴税請負人の息子や孫が幾らでもいる。ウィーンは格式だけが取柄ですからそう速くは進みませんが、あなたの御子息やお孫さんが総督殿下から直に助言を求められるようになっても、私はまるで不思議とは思いませんよ」

亜麻の仲買人の孫や曾孫が。それはまた御大層な話だが、俺にそういうことは期待しないでくれよ。今だって気味が悪くて仕方がない。

アマリアは大層な床上手でもあった。大して高望みしないヤンがかつて買ったどんな娼婦より、と言ってもいい。こんな手間要らずで満足度の高い性交は前代未聞だった。

それだけでは足らず、この歳になって、ヤンはそれこそありとあらゆる体位をおさらいさせられた。またしても、とは考えないことにした——不能と思われるのは御免だったからだ。幾つかの体位は体が硬くなって無理だった。最初から不可能で今も不可能なものもあった。アマリアの胸は上品で小さく、まだつんと尖って、軽く日に焼けたような薔薇色の乳首をしていた。尻は彫刻のようで、背骨を挟んで小さな窪みが精確な逆三角形に並び、これが本当に三十女の尻かとヤンを感嘆させたが、その尻を鞭で叩いて貰いたがったり、逆にヤンを打ちたがったりした。ヤネケと試したありとあらゆることが、小便を飲むとか糞を食べるとかは除いてだが、再び持ち出された。小さい女の子のような服装をして待っていたり、女中のような恰好をしていたり、粋な男装をしていたり、コロンビーナの仮装に小さな仮面を付けたり、女神のように薄物しか着ていなかったりする辺りから、ヤンは幾らか困惑するようになったが、ヤンが困惑すると一層熱を入れた。最終的に、アマリアがベギンの仮装で現れるに及んで、ヤンは、それだけはやめてくれ、と頼むしかなくなった。

アマリアは静かに泣き出した。泣いたふりではなく、本当に泣いていた。悔しい、と言った——本当はあの副院長が好きなんでしょう、私、知っています。諦められないんでしょう。そのうちに口惜しさが募ったのか声を上げて泣き始めたので、ヤンは、頭を覆っている白いヴェールと頭巾を外して、優しく抱きしめた。

「なあ、お前は俺の女房なんだよ。妾でも娼婦でもない。そんなこと何もしなくていい。

俺は自分の女房と寝たいだけなんだ。それ以上のことは何もしなくていいんだよ」

アマリアはヤンの胸に頭を寄せて頷いた。

現院長が朝のミサの最中に倒れたのは三度目で、アンナ・ブラルが支えヤネケが付き添って院長館まで連れて行き、朝出て来たばかりの寝台に横たえるとすぐに引退を宣言した。私もう駄目だと思うから、と言った。

「何だか目眩がして心臓がどきどきして体が震え出して気が遠くなっちゃうんですもの」

施療院まで連れて行って医者に見せても理由がわからず、マティリス博士を呼んでも、うん、と唸って、何ともないな、と言った。院長が、でも目眩が、心臓が、震えがと言い募っても無駄だった。ヤネケにはもう少し詳しく話した——仮病とは言わんが、あれは歳というやつだ、責任を負うのがしんどくなったんだろう、解放してやったらどうかね。

院長職は終身だからそうもいかないでしょう、と修練長は言った。院長が寝台から出て来ようとしなくなった院長館の集会室に、役職持ち全員とお年寄りが集まって協議している時のことだ。アンナとヤネケも当然いた。お年寄りたちからすれば修練長さえ若輩者で、アンナもヤネケも、新しく堂守になった——その時に、実際には走り書き程度の記録しかなく完全に理論上の存在である帳簿は、貯め込まれていたというより積み重なるままに放置されていたとんでもない額の現金共々、会の管理下に入った——マグダレーナ・マルカンプも発言権はないに等しい。役職組は文句も言わなかった。幾つになるのか見当も付かない者も何人かいるお年寄りたちの判断は概ね健全で、抵抗しそうな時はどう扱えばいいかも、特にアンナは心得ていたからだ。

　お年寄りたちは長々と協議し、院長代行を立てるという策を考えた。ただし、院長選出と同じく、候補はここで推薦し全体集会で決を採り、院長の没後は院長職をそのまま引き継ぐ、という形だ。

「では誰を」とアンナは訊いた。

「あんたがやりなさい」

　いやあ、ちょっと早かったな、と院長館を出ながらアンナはヤネケに言った。「もう少し実績が欲しかった」

「まだ足りないの」

「足りないね」

「それは欲だよ」

「わかってる」

　それから、二人で夜出掛けることになった。ヴェールなしで来いと言うので門のところに行くと、縁に襞を寄せてリボンで締める白い布帽子を渡された。被って髪を納め、門番に言って門を開けて貰う。楽しんでらっしゃい、と言われると、アンナは、おう、と言うような返事をする。

「いつも出てるの」とヤネケは訊く。

「昔は塀乗り越えて行ってたんだけど、流石にきつくなって来た」

「どこ行くの」

「居酒屋」とアンナは言う。「誰とも落ち合わない。誰とも話しない。一杯飲んだら帰る。それがあたしの規則破りの規則だ」

アンナはぶらぶら歩いて、それほど遠くはない路地にある居酒屋に入る。ヴェールを被っていなくても一目瞭然ベギンだが、給仕は何も言わずに隅の、密談でもするのに使うような席を指差す。慣れているらしい。客も歳取った常連ばかりで見て見ぬふりをしてくれる。

知らなかったな、とヤネケは言う。「まさか修道院長が規則破りの常習犯とは。どれくらい来るの」

「週一、二度かな。それも今日で終りだ。明日から実質、院長だ。規則破りをやってる訳にもいかない」

給仕が持って来た大きい器で、アンナは黙々と飲む。ヤネケはもっとずっと小さな——アンナが鼻で笑うほど小さな器を舐めるように飲む。客も疎らな不景気な店は、それでも、ヤネケには物珍しい。

「あんた本当に好奇心強いね」とアンナは言う。

「来たことないからね、こういうとこ」

「あたしは、昔はよく行った。親父が生きてた頃はね。職人と博打（ばくち）やって親父に怒られたりした」

「レオがね——息子だけど」

「知ってる」

「パリに行って賭けチェスで食ってるらしい」

それはまた、とアンナは言う。「強いの」

「どうかな。親父より全然弱い。あんま頭良くないから」

「自分の子なのに非道いこと言うね」

「事実は事実だよ」

「心配？」

「まあ、多少はね」

「無一文になっても歩いて帰って来るよ。職人とかそういう奴いっぱいいるから。流石にパリまでは行かないけど、ちょっと遠いだけだ」

「どうかねえ。結局坊ちゃんだからさ。ただ、もう親の責任じゃない」

「責任とか、感じるの」

「偶にね」

アンナは器を空ける。ヤネケにも促す。「帰ろう。明日から色々やらなきゃならないことがある」

「例えば」

「あの機械の件は片を付ける」

ヤネケは顔を顰める。「結構出来いいと思うんだけど。もっと良く出来る」

「だから困る。あれは悪魔の機械だ」

親方の言うことなら仕方ないね、とヤネケは言って、飲み干す。「これが最後ってのは残念」

「全くだけど、規則破りでもなきゃ別に面白くはない」アンナは席を立つ。二人は連れ立って店を出る。


作業場が閉まったら来てくれないか、と院長代行になったばかりのアンナ・ブラルが言付けを寄越したので、ヤンはルイとニコラウスを連れて出掛けて行く。二人にも見て欲しいと指名があったのだ。

外はもう薄暗くなっている。鍵の掛っていない扉を開けて入ると、火の落ちた暖炉の余熱でアンナ・ブラルが暖を取っているのが見える。脇に置いたカンテラが、暖炉を囲むように置かれた八十台以上の紡ぎ車と二十台の綛繰り機を照らし出す。亜麻を紡ぐには湿り気が必要だ。紡ぐ前の金色を帯びた亜麻は湿らせると少しべたつき、それが撚り合わせる際の繋ぎになる。紡がれた亜麻糸は綛に掛けて上の張り出しで乾燥させる。暖炉はその為に作らせた。煙突は煤(すす)が付かないよう頻繁に掃除をさせている。

ここ入るのは初めてだよ、とルイが呟く。俺はある、とニコラウスは言う。

「昼間、女たちが働いてる時に。一度見に来たらいい——糸あっての布だからな」

アンナはカンテラを取り、腰に下げた鍵束を鳴らしながら地下室に下りて行く。扉を開けると中は蒸して暑いくらいだ。火が焚かれ、上に載ったひと抱えもある金属の釜(かま)が沸騰している。ヤネケの他に、家にも出入りしている修繕職人もいる。最近はニコラウスの作業場の織機の面倒も見るようになった、名前は確か——。

「ヨース・ヴェルテ氏。今回の実験の最大の功労者」とヤネケが言う。

いや俺は言われた通りに組み立てただけで、人にも手伝って貰ったし、とヴェルテは謙遜(けんそん)するが、ヤネケは、何言ってんの、と遮る。

「あんたがいなかったらこんなもの組み立てられなかった。助言もいっぱいしてくれたし」

地下室の隅には木枠や金属の部品がある。

「あれは一号機と二号機の残骸(ざんがい)。一号機は図面を手に入れてその通り作ったけど、綿や羊毛には使えても、亜麻には使えない。質のいい糸を作るには湿らせなきゃいけないから。二号機で試行錯誤して、概ね満足のいく出来だったんで金属部品を入れて糸巻きを増やしたのがこれ」と言って、ヤネケは脇にあった鍵盤(けんばん)楽器程度の大きさの機械を示す。手前には先端を滑らかに尖らせた錘(つむ)のようなものが並んでいる。奥には紡ぐ前の亜麻を巻いた綛があり、繊維がローラーを通って細く分かれ、錘の先端まで伸びている。「上は湿らせて繋げただけの繊維。一手間掛るだけで特に技術はいらなかった。それを錘に絡めて引き出してやると撚りが掛る。撚ったものは錘の下の方に巻き取られる」ヤネケは機械に向かい、木の枠を両手で引く。想像したよりずっと軽い。並んだ錘が動くにつれて糸は微かに震えながら細く伸びる。ペダルを踏むと糸の並びは上がり、押すと錘が回転して巻き取られる。

ルイは呆然としている。ニコラウスは、ちょっと見ていいか、と言って、機械の上に屈み込む。恐るおそる糸に触れる。指に挟んで軽く擦り、摘んで引く。ルイを呼んで確かめさせる。

「細いだけじゃなくて撚りが強い。強度もあるからもっと細く出来るかも」

ニコラウスは満足そうに頷く。自慢の甥らしい。

「もっと細くも太くも出来るし、強く撚ることも甘く撚ることも出来る。調整次第。上にも、これより質の高い糸を紡げる人間は何人もいない」

ヤンは答えない。紡績機の原理は知っている。見たのは初めてだが、これだけなら綿の紡績機と変りがない。それよりその脇の釜だ。

「種明かしをすると、こうやって見せる為に糸には霧を吹いておいたんだけど、実はその部分も自動化されてる——動かして」

ヴェルテは弁を閉める。ピストンが動き出し横木のようなものが上下動を回転に変える。機械が誰も手を触れないまま動き出す。吹き付けられる蒸気の中で糸が伸びる。糸が上がり、戻りながら巻き取られる。糸巻きはみるみる太っていく。また糸が伸びる。誰も口を利かない。

　ヤンが感じているのは強烈な、自分の中にそんなものがあるとは考えたこともなかった欲望だ。機械の枠が糸を引っ張って広がり、巻き取って縮む。想像が煮えたぎる。誰もまだ見たことのない光景が次々に引き出され、巻き取られる。この機械が百台も並ぶ広大な作業場。中では機械が一斉に進んでは後退する。機械には人が付き、空になった綛を外して、新しい綛に取り替え、原糸を錘に絡め、また機械を動かす。出来た糸を綛に巻き取って乾かし、束にする。その為に、刈り入れ人が麦の刈り入れに出るように、雇い人たちが朝一斉にやって来る。誰も見たことがないほどの巨大な建物。誰も見たことがないほどの雇い人の群れ。誰も見たことがないほどの量の、しかも出来にむらのない糸の山。誰も見たことがないほどの富。これを手に入れれば、その光景を見ることが出来る。自分の欲深さに目眩がする。

　ルイの顔には恐怖が浮かんでいる。ニコラウスは唸る。

「一度に何本くらい紡げるんだ」

「理論上は無限だけど、それにはもっと大きな釜がいるし、そんなものが可能かどうかもまだわからない。機械の強度の問題もある。枠から金属で作って――多分二百本以上」

　すげえ、とニコラウスは言う。「二百人分の仕事がこれ一台か。しかも速い」

　勢いが落ちて来るとヴェルテは機械を止め、残っていた蒸気を逃がす。暫く誰も動かない。アンナは、だからこんなもんさっさとぶち壊そうって言ったのに、とヤネケに愚痴る。

「いやいやいやいやいや、壊したりしちゃ駄目だ。これは世紀の発明だ」とニコラウスは言う。

「発明じゃないね。人の描いた図面見て組み立てて、他にも色々組み合わせて改良しただけ」

アンナは溜息を吐く。「見せたら絶対欲しがるって言ったじゃない」無遠慮にヤンを示す。顔に出ていたらしい。

「壊したって、こんなの他の誰にでも作れる。きっとそこら中でみんな試してる。いずれあちこちで動き始める」

「動き始めて、どうなる」とヤンは訊く。

「それが問題でね」と言ってヤネケはアンナを促す。

「家で糸を紡いでいたような一家は収入の相当部分を失うことになる。これをぞろっと並べた作業場がそこら中に建って人を雇っても、一台動かすのに必要な人員は一人で充分だから、糸を紡いで得ていた収入は取り返せない。一台で二百人分の仕事というなら、百九十九人が仕事を失う。雇われたとしてもそれほど熟練の必要な仕事ではないから、やっぱり収入は下がる」

「でも全体としての稼ぎは増えるだろ」とニコラウスは興奮気味に食い下がる。

「この機械を買って入れて動かさせてる人間はね。そこらのお貴族様より余程金持ちになれる。他の人間は食うや食わずだ」

「アンナはずっとこう言ってる。実際、イギリスでは職を奪われた職人が機械を打ち壊してる。でも糸や布の価格も下がるから、雇って使う側も楽じゃない。信じられないほど少ない人間を信じられないくらい安く雇っても、賃金は更に下げていくしかなくなる。だから影響は、この町や近隣で糸を紡いでいる人だけじゃ済まない。仕事が減る、賃金が下がる、ってことは、回ってる金が減るってことだから。この作業場もお終いだけど、あたしたちが知ってる世の中もお終いだ」

「世の中までは終らないかもしれないけど」とアンナは口を挟む。「良くはならないね」

「ただ、これが未来だよ。それだけは間違いない。見て貰おうと思った理由はもう一つある。亜麻は遠からず頭打ちだ。イギリスは植民地で買い叩いた綿をこれで紡ぐ。作業も亜麻より簡単だ。安上がりで生産量も多いから太刀打ちできない。需要の相当部分は奪われると思った方がいい」

　ヤンは、俺にどうしろって言うんだ、と訊く。

「この機械はあんたにあげる。作業場のお礼として会から贈るつもりだった。でも、どうするかは考えて。あれがあればイギリスから安い綿布が大量に入るようになっても暫く凌げるかもしれない。或いは何か考えればもっと上手くいくかも。あんただけじゃなくて、この町もね」

いの大成功だった」

「手入れして動かせる状態で置いとく。すぐ調子悪くなるから。今日のは例外的なくら
「当分置いておくんだろ」

「わかった。考えるよ。それでいいか」

いいよ、と答えて、ヤネケは全員を地下室から追い出し、片付けを続けるヴェルテに、よろしく頼む、と言って、カンテラを持ったアンナと一緒に出口まで送って行く。ニコラウスはルイに、あの釜、あれ織機に繋げないかな、と言う。さあどうでしょう、織機はもっと複雑ですから。

「一つ間違うと爆発するよ」とヤネケは言う。

「そんな危ない代物なのか」

「圧を上げ過ぎるとね。何台も動かせるような大きいものを作るには鍛冶屋じゃ足りない。大砲を作るような技術がいる」

ヴェルテが上がって来て、火を落として水は抜きました、機械も床もざっと拭いたんで明日来て点検します、と言う。アンナが地下室の扉に鍵を掛けに行く。ヤンが、鍵を掛けてるのか、と訊くと、ヤネケは、当然だよ、と答える。

「ここで働いてる人たちに、地下であんな物作ってるって知られたくない。士気が落ちる。だから組み立ても実験もみんな帰ってからやってた。ヴェルテには悪いことしたけど」

「独り者なんで夜手間賃が稼げるのは結構なことで」

戸口から送り出しながら、ヤネケはヤンに、土星軌道の外側に惑星じゃないかって天体が発見されたんだけど、と囁く。

「誰か手紙に書いて来てなかったか」

「うん。望遠鏡で見てみたけど、うちので視認はちょっと難しい。また軌道計算の競争が始まってる。あたし当分そっちの方するから。またね」

扉が閉まる。ヴェルテは彼らに挨拶して一人で帰って行く。三人は広場を横切って歩く。どういう女どもだ、とニコラウスが言う。

「地下室でこそこそあんな物作っちまうのかよ」

問題は機械じゃない、とヤンは考える。ヤネケが見せてくれた未来だ。海の向こうではもう始まっている。打ち壊しまで。それが来るまでにどのくらいだ――戦争が終って封鎖が解ければ始まる。こっち側の市場はどのくらい持ち堪える？　五年か、十年か？負けずにあの機械を日の当たる場所に引っ張り出して、引き起こされる結果を何とか出来るのか？

ヤンは立ち止まり、ニコラウスとルイに、今夜見たことは他言無用だ、と言う。

「おい、それはないだろ」とニコラウスは食って掛る。

「考える時間が要るんだよ。手を打つ時には他所の町より早く打つし、やるなら町で最初にやる為の準備はしておくから」

「市参事会を招集して知らせればいい」

「後先見ずに飛び付かれたら大惨事だ。何人かには仄(ほの)めかして意見を求めるよ。小出しにやろう」

　小出しにねえ、とニコラウスは言う。お前そういうの得意じゃないか、と頼むと、少し態度は軟化する。

「わかった」

　ルイは二人の遣り取りなど聞えないかのように、考え深そうに、少し俯いて歩いている。未来か、と呟く。

「なんか独特だな。義父さん、あんな使い方聞いたことある？　何かすごいことが向こうからやって来るみたいだ」


　レオの消息がわかるのは、追い出して何年も経ってからだ。突然、薄べったい包みが届く。宛名は自分とヤネケだ。開けると小冊子が入っている。『真の共和主義者諸君への提言』と題にあり、下に、何故我々は女たちの専横を打ち破り繁栄と自由を勝ち取らなければならないか、と副題が添えられている。著者の名前はレオン・ヴァンデールだ。奥付の出版地はアムステルダムとあるが、一目瞭然、パリで出版されている。検閲潜りの際どい猥本がよく使う手口だ。

　目を通す。うんざりする。我が子ながら凄まじい馬鹿だと思う。政治文書めかした文体で開陳されているのは、女の胎(はら)は男の種を育てるだけの器官だという、ヤンの見解ではとっくに否定された筈の昔懐かしい説であり——でなきゃどうして驢馬と馬から騾馬が生まれると思うとヤネケが言ったことを、ヤンは懐かしく思い出す——、女は子を産む為にのみ存在しており、胎と授乳の為の乳房を除けば腕も胴体も、頭部は勿論、男の好意を誘って種を受ける為に付いている飾りだ、とあり、その後で、いかに女が男を真似て思考したふりをしても紛い物であり真の思考ではないことが延々と語られ、来るべき共和国においては、女からそもそも擬態に過ぎない人間のふりを剝ぎ取って本来の機能に徹するよう、男の社会から切り離して囲い込むべきである、として「共和国の母の家」の設立を提案している。女たちは全てそこに集められ、籤引きで割り当てられた共和主義者の種を受ける。拒否することは許されない。続けて二度同じ女と当たることもなく、これは市民を産む家畜に過ぎない女に対する理性を欠いた執着を避ける為である。妊娠し出産すると、男児は母親から引き離され、出産した女たちの乳房から搾った乳を父親の手で与えられることで、共和国市民に相応しい父との紐帯と忠誠心を育む。女児は母親の手で育てられ、より多くの子供を産む強壮な身体を育む為、スパルタの女たちのように体を鍛えることは推奨されるが、他の教育は最小限に留める。自分が人間であり市民であるなどという思い上がりは厳しく取り除かれねばならない。初潮以後は子を産むことに専念し、概ね十五人から二十五人の子供を産んだ後、妊娠しなくなったら共和国市民や「母の家」の女たちの世話をする奴隷として下げ渡される。これによって共和国は一切の懸念なく公事に専念する強く逞しい市民たちによって支えられることになり、また女たちも本来の機能に立ち返って生きることで一層幸福になるであろう。

お前は女を見たことがないのか、とヤンは思う。ヤネケに腹を立てるのは仕方がないが、カタリーナがどのくらい大切にお前を育てたか覚えていないのか。レオは私のお気に入り、と言われて嬉しそうにしていたのは嘘だったのか。ああいう勇敢な女の一人にも出会わずに生きているのか。相変らず、どんな女も、おい女、と呼んで嫌われているのか。

仕方がないので、毎週運ぶ本や手紙の一番上に載せてヤネケのところに持って行く。レオの本だ、と言って渡す。見るからにやばそう、と笑われる。読んだ後の感想を訊くのが怖い。ヤネケは愉快そうに、共和主義的売春宿、と言う。

「猥本か、受け狙いの与太か、それとも大真面目か。女の身体に関する阿呆な考察が気色悪いね。よっぽど溜まってるのかな」

「大真面目だろうな」とヤンは答える。「考えてみれば、あいつが巫山戯ているところは見たことがない」

「詰まんねえ奴。まあ、無事に生きていたのは良かったよ」

その頃にはテレーズはベギンになっていた。誓願式にヤンは控えめに装ったアマリアと子供たち、それにニコラウスを連れて出掛けた。控えめとはいえその日のアマリアの服装がどれほど意匠を凝らしたものか、ヤンは知っていた——兎も角ベギン会に対しては異様に敵愾心を燃やしており、義理の娘を取られることにも腹を立てているのだ。

テレーズは二年目を終えた他の見習いたちと順に聖体を拝領し、誓いを読み上げ、アンナ・ブラルに白いヴェールを掛けられる。ヤネケの家ではなく修道院の部屋に自弁で住む。自分を甘やかしちゃいけないと思うから、と言う。祈って、レースを編んで、仲間と連れ立って貧しい病人の家を訪ねて看護し、休む暇もない。まるで聖女だと、ヤンは町の人から時々聞かされるようになる。顔を見る度、あんまり打ち込むと倒れるぞ、と忠告するが、髪の一筋も見えない白い頭巾とヴェールで頭を覆ったテレーズは、大丈夫、と答える。多分嵐の中を真っ直ぐに飛んでいるのだろう。嫌になったら帰って来るんだぞ、とヤンは言う——お前がやめたいと言う時には誰にも文句は言わせないからな。テレーズは労(いたわ)るように微笑む。ああこの子はもう俺の許を離れたんだ、と痛感する。

次にはコルネリアが見習いに入る。薄茶色の飾り気のない服に三角形に折った布で髪を押さえ、一番きついところに行って耐えられるかどうかやってみろと姉さんに勧められて洗濯場にいる、と言って、荒れた手を自慢そうに見せてくれる。厳しいな、と言うと、厳しいよ、と嬉しそうに答える。その後には仕事の割り振りや習い覚えた技術やこつの話が続く。面白くて仕方ないらしい。ヤネケ伯母さんみたいだな、とヤンは言う。

「そう？」

「口調がな。そっくりだよ」

コルネリアは嬉しそうに笑う。「それは光栄だよ。ヤネケ伯母さん色々すごいからさ。尊敬してる」

薄茶か灰色の質素な服は、二年目には黒に変わる。後一年でベギンになる、と考えると、ヤンは胸を締め付けられるような切なさを覚える。コルネリアはどんどん綺麗になる。どんな贅沢もさせてやれるしどんなに着飾らせてもやれる。なのにそれを拒んでベギンになる。一体どうして、と思う。飾りのない黒一色の服を着て、きつい仕事で手をがさがさにして、それでも俺がどんな暮しでもさせてやれる外の世界にいるよりいいって、どういうことだ。

お前はベギンにならないでくれよ、とヤンはピエトロネラに言う。ルイはクレリスの娘と結婚して、ニコラウスの家に住み始めた。孫も遠からず生まれるだろう。残った子供は彼女だけだ。

「お父さんがそう言うなら、ならない」とピエトロネラは言う。「でも伯母さんのところには行っていいよね」

「ヤネケと何してるんだ」

「まあ、助手だね。新惑星の軌道計算の手伝い。他にも教養付けろっていろんな本読まされるけど、一番楽しいのはそれかな。計算とは違う観測値が出て来て、死んだ叔父さんの本のやり方で修正を加えても、どうもおかしいんだ」

「お前、あれ読んだのか。ちゃんとわかったか」

「二十歳であれ書くのはすごいね。天才だよ。でも伯母さんに教わったから楽勝。だから、これはもしかすると更に外側の惑星の重力の影響じゃないか、って話になった。今、その位置や軌道や質量が割り出せるかどうか二人で考えてるとこ。観測値がまだまだ足りないんで、人に頼んで古い記録探して貰ったりとか」

「ちゃんと返事貰えてるか」

「うん。ピーテル・デ・ブルーク名義なら。でもちょっと癪だね。伯母さんは名前なんか符牒だからどうでもいいって言うんだけど、ピエトロネラで遣り取りしたいよ、本当は。だって気が付いたのはあたしだもん」


ある日、コルネリアはヤネケのところから林檎を貰って中庭に出たところで若い男に声を掛けられる。朝、門が開いてから夕方閉めるまでは男が出入りすることもあったが、門番が見張っているので、どんな男でも勝手に入って来る、ということはない。後でコルネリアが語ったところによれば、まるで磁器の人形のように優雅で端整な、厚かましいところは何もない若者だった。丁寧な口調で彼女を呼び止めると、是非ここに寄って帰るようにと勧められて来たが勝手がわからない、良ければ案内をお願いできないだろうか、と頼んだ。

「どなたから勧められたのですか」

「ニコラウス・クヌーデ氏です。彼の集めている古物を見て来たのです」

ああ、伯父様の、とコルネリアは答える。ニコラウスの蒐集品に関心を持って訪れる人が時々いることは知っている。「でしたらここの歴史とかはもうお聞き及びでしょう」

「あなた方がここでどのように暮らしておられるかを、是非聞いてみたいのです」

　そこでコルネリアは若者を案内する。若者は林檎の籠を持ってくれる。中庭を囲む家々の戸口に立って、家の中がどんな風になっていて、ベギンたちが毎日何をしているかを話す。何もかもがちっちゃいんです、と言う。「女しかいませんから、戸口も部屋も、家具もとてもちっちゃいんです。お婆さんたちはいいけど、私とか頭がつかえちゃいそうで。でもとても居心地はいいんです。ちょっと兎の穴みたい」

　若者は短く笑い、コルネリアも笑う。教会の中に入る。祈っているベギンの邪魔をしないように小声でミサや晩禱の様子を説明する。置き時計が三時を打つ。修道院の前で、家ではなく部屋を借りる人もいること、院長代行は就任した後も自分の部屋から動かないこと、建物の中庭を囲んで学校と施療院と救貧院、それに洗濯場があること、施療院には礼拝堂があり、ずっと灯りも点っているので夜通し祈るベギンもいることを説明する。

「中を案内して差し上げられないのが残念です。質素ですけど、本当に素敵な礼拝堂ですから」

　一回りしてから、暫く話をする。コルネリアが林檎を差し出すと、若者は上着の袖――随分上等なものを着ていることに、そこで初めて気が付く――で林檎を磨き、傾いて来た日に翳して眺めてから、意を決したように齧る。咀嚼しながら目顔で笑う。コルネリアの荒れた手をじっと眺め、軽く指の腹で触れる。コルネリアは弾かれたように立ち上がる。

「もうお行きになって。日が暮れると門が閉まります」

何日かしてから、ニコラウスが封をしていない手紙をヤンに見せに来る。例のダル・ポッツォの甥っ子の礼状に同封されていたが、宛名がコルネリア・デ・ブルーク嬢だ、と彼は言う。

「見ていいのか」

「封もしていない――封をした付け文なら俺が握り潰すけどな」

親愛なるコルネリア

何という恐れを以て、私は聖域に近付いたことでしょう。けれどあなたは私の手を取り、巫女たちが日々の勤めを喜びに満ちて果たす明るい庭を見せて下さった。

門は閉ざされ、あの聖域も遠く、けれどまだ私の口はあなたの下さった林檎を味わい、その欠片は心の中に残っています。叔父上と父上のお許しをいただけるなら、どうか、一言で構いません、手紙を下さい。再びあなたの顔を目にし声を耳にする日まで、それだけで私は命を繋ぐことが出来るでしょう。

アナトール・ダル・ポッツォ

付け文じゃないか、とヤンは言う。「ベギンに付け文する馬鹿が世の中にいるとは思わなかった」

「まだベギンじゃない。それにこれはダル・ポッツォの甥だ。相続人だよ」

「俺は、娘は売らんぞ」

それになんて文面だ。林檎とは。今時の若い連中は恥というものを知らない。

それでも結局はベギン会まで行って、コルネリアに渡す。コルネリアは目の前で読んで顔を赤らめる。少し考えさせて、と言うが、手紙は離そうとしないので渡して帰って来る。

ダル・ポッツォにも話をする。もうすっかり知っている。甥が話したらしい。あれは、と言う。

「兄の次男坊で相続権がないので、私が養子にしてマインツの大学にもやったのですが、軍人になる気も役人になる気もないのですよ。どうも詩人気質というか、野心に欠ける若者でしてね。アントウェルペンの近くの屋敷に閉じ籠って、何、母親から譲り受けた農家というか東屋(あずまや)というか、まあそんな程度のものですが、時々出掛けてはそこらの教会だの修道院だのの来歴を調べて歩くような暮らしぶりです。余程頼り甲斐のある後ろ盾でも付けないと、正直、心配ですな」

嫌な奴だな、とヤンは思う。「あなたがおられれば大丈夫ですよ」俺に押し付ける気満々じゃないか。

ダル・ポッツォは何故か声を落として言う。「実は今、すぐ側の捺染（なっせん）の工場が売りに出ています」

「捺染、ですか」

「ええ、イギリスの綿が来る、とあなたが仰っていたのを思い出しましてね。それなら更紗（チンツ）も手始めとしては悪くはなかろうと。ただ私には、ああいうものをどう経営するか見当も付かない。いかがです、甥の名義で共同出資して、二人で軽く運試しをしてみるというのは」

更紗（チンツ）。これは誘惑的だ。ニコラウスも多分乗る。やってみないかと言われれば、やりたいと言うしかない。

甥のダル・ポッツォはヤンのところにもやって来る。叔父に言われて来たと言う。こんな具合に話が進むことを貴方様は一体どう思っておいでで、とヤンは無愛想に訊く。

若者は顔を赤らめる。

「貴方様はやめて下さい。僕はそんな者ではありません。ただその、何と言うか――本当に――」黙り込む。

「あの子は素町人の娘です。貴方様とは御身分が違う。野の花を手折るような真似は控えていただけませんかね」

「それは誤解です。僕は本当に――」また黙り込む。「御免なさい、あなたのような方が怖いんです。叔父とはまた別の形でこの世と取っ組み合いをしているような人が。僕はそういう人間ではありません。ただ、彼女に対して持っている感情は真摯（しんし）なもので、本当に――」また黙る。殆ど泣きそうだ。

その年頃の若い男の恋着がどんなものか、満更知らないでもないので可哀想になって、ベギン会に連れて行く。コルネリアを呼び出す。

ヤネケの家の前で彼女と並んで見ていると、コルネリアが姿を現す。背の高い優美な娘だ。外した前掛けを纏めながら目顔で父親を探す。アナトールに気が付く。前掛けを抱きしめるように両手で体に押し付け、流石に駆けはしないものの足早に近付いて行く。アナトールはヤンに睨まれているので動けない。

「かなり虐（いじ）めたね」とヤネケは林檎を齧りながら言う。ヤンは手に持ったまま口も付けない。

「当たり前だ。巫山戯やがって」

「それでも連れて来るんだ」

ヤンは口籠もる。コルネリアはアナトールから少し離れた場所で足を止め、前掛けを抱えて立つ。

「三人の中では一番美人かねえ」

「俺はそうは思わない」

思わないが、今は美しい。コルネリアが無闇と綺麗になったのはこの為だった、とヤンは考える。娘たちの中で一番不器量だと思っていたのに、どうしてかは知らないがコルネリアはあの若者が来ることに気が付いて、全身全霊でその為の準備を進めていた。そこから始まるのは例えばカタリーナが歩んだような道に過ぎないが、実際にその様を目にすると心が震えずにはいられない。まるで蕾が綻びて花開くようだ。

二人は話している。礼儀正しい距離を置いて、コルネリアは自分を抑え付けるように前掛けを抱えた両手を体から離さないが、目はじっとアナトールに向けられている。アナトールも同じようにコルネリアを見詰めている。接吻と大差がない。

「嬉しい？」とヤネケは訊く。「本人次第だけど、これはもうここには置いておけないよ。花嫁学校じゃないんだから。家に帰さないと」

ヤンは無言で林檎に齧り付く。二人がやって来ると、ヤネケは言う――あんたはもう追放。今夜アンナに言っとくよ。おめでとう、って言った方がいい？

結婚式は、花婿の屋敷の側の教会で挙げられる。兄伯爵は姿を現さない。祝宴は、農家とか東屋とか言うほど小さくも粗末でもない屋敷の庭で行われ、農民たちが妻や娘を連れてやって来る。どうやら婿殿は好かれているらしい。ダル・ポッツォは、変り者だと言ったでしょう、と笑って、乾杯だけすると屋敷の中に引っ込んでしまう。

いやどうかな。俺は見直したけどな。

アナトールは農民たちと嬉しそうに言葉を交わし、コルネリアを紹介し、冷やかされたり祝福されたりしている。皆で日が暮れるまで飲んで食って踊る。アマリアさえ嬉しそうだ。悪阻で動けない妻を置いて来たルイとピエトロネラは踊りの中に入りさえする。老婆がやって来てアマリアに話し掛ける。親しげに腹に手を当て、耳打ちをする。アマリアは笑みを浮かべながらヤンの顔を見る。老婆はとっくに立ち去った後だ。

「何だって」

「赤ん坊がいる、って。男の子だって」

まさか、とヤンは言う。

結局、ダル・ポッツォと共同で捺染工場を買う。名義人はアナトール・ダル・ポッツォだ。まともに売れる製品を作るまでには幾らか時間が掛る。その間に、敷地の中に小屋を建て、技師を雇い、大型の紡績機の実験を始め、いずれ蒸気機関を繋いで織布も機械化する——利益が出るまでに何年掛るか知れたものではないが、子供たちに残してやるものとしては、そう悪くはない。まあ、まずは捺染だ。

実際、アマリアは妊娠している。結婚式が終ってすぐに悪阻が始まり、マティリス博士はしつこくアマリアに付き纏って妊娠だろうと言っては嫌がられていたが、結局診察を受け入れる頃には、腹はごく僅かだが目立ち始めている。

良くはないね、とマティリス博士は言う。「年増の妊娠はきついし、お産はもっときつい。お前さんはいい歳してそんなことも考えてやらなかったのか」

夜、床の中で並んで横になって、薄い亜麻の寝間着の上からアマリアの腹に触れてみる。ほんの少し太った程度の腹は滑らかで、彼女は恥ずかしがるが、ヤンにはこの上なく美しく思える。この子が一人前になる頃には俺は七十だ、と思う。まだ生きていれば。最近は殆ど寝たきりだが、ファン・デール氏は倒れた時、今の俺よりずっと若かった。クヌーデ氏は死んだ時幾つだった？

自分が死ぬことを考えたのは初めてだった。恐ろしくはなかった。ただ、悲しいだけだ。あと長くても二十年かそこらしかこの世にいられないと思うと、ほんの少しだが、悲しい。ヤネケのことを考える。俺に何もかも——息子を産んで、妻までくれたのに、自分のことだけはくれなかったヤネケのことを考えると、やはり悲しい。

アマリアはずっと話をしている。前の結婚をしてすぐに最初の子を孕ったこと、その後も二度子供が出来たのに、三度とも義理の息子たちに言い含められて堕胎させられたこと、だからもう子供は出来ないと思っていたこと。別に嘆き悲しんではいない。半睡状態でぼんやりと話し続ける。辛かったか、とヤンは訊く。そんなには、最初は。二度目も。三度目は実家に逃げたけど、父さんに説き伏せられて帰った。商売があったから。商売がとても大事だから。あなたはいい父親よね。いい人よね。その後はもう妊娠はしなかった。だからもう子供は産めないんだと思ってた。

アマリアは話し続ける。「コルネリアの結婚式の時に——あれはとても奇妙な式だったけど、村のおばあさんが私のところに来て、ちょっと腹を触っていいかね、って言ったの。私も少し浮かれていたから、いいわ、って触って貰ったら、強い、立派な男の子だ、って言うの。この子はあんたの誇りだよ、って」

「でも俺は心配だよ」

「あなたに男の子を産んであげたいの。辛かったこととか悲しかったこととか悔しかったこととか、それで全部忘れられると思う。だから堕ろせなんて言わないでね」

アマリアは妊娠していることを隠そうともしなかった。それが流行でもあった。緩やかで簡素な衣類を纏い、暖かい間はその服装でヤンとの夕の散歩を続け、町の女たちはその恰好を真似た。


産気付いたのは真冬の、雲行きの怪しい日だった。

クヌーデ夫人はマティリス博士を毛嫌いしていたので、ルイの妻エリザベートが長男を産んだ時に世話になった産婆を寄越した。男にお産のことなんかわかりませんよ、と言うのだった。

「一体あの嫌味な爺様が何人の子供を取り上げたと言うの。産婆さんは専業ですからね」

そして結果的にはそれで良かった。朝早いうちに始まったお産は翌朝になっても終らず、マティリス博士は途中でへばって息子を呼びにやり、アマリアに約束した通り隣室でずっと坐り込んでいるヤンの目の前で、長椅子で横になって眠った。間欠的に、アマリアの呻きや、喘ぎや、悲鳴が聞えてきた。その度にマティリス博士は様子を見に行き、ヤンはただ青い顔で坐っていた。産婆だけが、軽く腹を満たしたり水を飲んだり用を足したりする為に出入りする以外は中にいた。

「ずっとやってるって訳じゃないんですよ。奥様も一頻り頑張って、休んで、その間にあたしも休んで。あんなにずっと気を張っていたらもちませんよ」

そのうちにやって来たクヌーデ夫人に、非道い顔ね、台所で強いお酒でも飲んで来たら、と追い払われた。カタリーナの時はこんなじゃなかった、とヤンが訴えると、あなたが知らないだけでしょ、と冷淡に言った。

「尤も、こんなに長くはなかったけど」

それからピエトロネラに何か耳打ちをした。台所に行って腹を満たしながら何と言われたのか訊いた。

「お父さんの方が先に死んじゃいそうだから近付けるな、って」

だから結局、産声は聞いていない。台所で、幾らかは酒の力を借りて、窓が風でがたがた鳴るのを聞きながら一人で夜を明かし、漸く明るくなる頃、マティリス博士が呼んでいますと言われて二階に行った。階段で逃げるように立ち去ろうとする若先生に遭遇した。お悔やみを言われた。後には言い訳のようなものが続いたが、ヤンは自分がしっかりした口調で礼を言い、お礼は後で届けさせますと付け加えるのを他人事（ひとごと）のように聞いた。

夢遊病者のように寝室に続く部屋に入ると、マティリス博士が何か白い包みのような子だ、と言われる。

「いや、中が片付くまでそのまま抱いていろと言われたんだよ」

包みの中ではまだふにゃふにゃしている赤ん坊が顔だけ出して目を閉じている。男の子だ、と言われる。

「健康そのものだ。多少へばっちゃいるが、心音もしっかりしている」

動悸がする。目の前の子供をどうしていいのかもわからない。外から戻ったらしいピエトロネラが入って来ると、冷たい空気を纏わりつかせているのを感じるが、動くことさえ出来ない。

「おばあちゃんがすぐ来てくれるって。ルイとエリザベートも後で来る」

寝室に続く扉が開いて、ブリギッテが顔を出し、旦那様、と言ってヤンを招く。ピエトロネラに手を引かれて漸く中に入る。

窓の外は明るくなり始めて、雪が舞っているのが見える。後始末は全部終っている。アマリアの遺体は整えた寝台に横たえられ、あんなにも続いた苦闘の痕跡は影もない。白い冷たい彫刻のようだ。

ヤンは部屋を飛び出して外套と帽子を取りに行き、誰もいない店を抜けて外に出る。雪の中をベギン会まで歩く。門を潜り、ヤネケの家の呼鈴の紐を引く。出て来たのはテレーズで、ヤンの顔を見ると無言で中に入り、ヤネケを連れて来る。

「アマリアが死んだ」

ヤネケは無言で肩を抱いてくれる。違うんだ、そうじゃない、とヤネケの肩掛けに顔を埋めたまま呟く。

「違うって？」

「辛いんだ。妻を亡くすのはものすごく辛い。もうこれ以上は耐えられない」嗚咽が漏れる。「辛くて仕方がない。どうしていいかわからない。だから、ヤネケ、二度と俺に結婚しろと言わないでくれ」

背中をあやすようにぽんぽんと叩きながら、ヤネケはわかった、と言う。「ここじゃ何だから教会に行こう？　ね？　別に祈らなくてもいいから。落ち着いたら家までテレーズと一緒に送って行くよ。ここでちょっと待っていられる？」

ヤンは大人しく頷く。ヤネケは中に入ってテレーズに、教会にいるから、葬儀の準備をしてくれる人を頼んでから来てくれる、家に行かないと、と言い、外套を取って戻るとヤンを連れて行く。冷え切った教会には誰もいない。ヤンと並んで腰を下ろす。

「俺、こんな時どんな風に祈ったらいいかわからないよ」

「あたしもわからない。でも、何でも吐き出せばいい。心の中で。神がもしいるなら、聞いてくれる」

二人は並んで坐っている。膝の上に手を組んで、祭壇を見ながら無言で暫く過ごす。そのうちにテレーズがやって来て、入口で十字を切って腰を屈めると、二人の後ろに静かに腰を下ろす。

俺は死んだ人たちの椅子に坐っている、とヤンは思う。店の自分の部屋に坐って仕事をしていると、その椅子にファン・デール夫人が坐っていたことを思い起こす。部屋はほぼそのままで、煤だけは綺麗に払わせているが、開けたままの扉から、今いいですか、とヤンに声を掛ける若い事務員の目には、恐ろしく古びた部屋に見えるであろうことを、ヤンは知っている。夫人が毛織や時々は絹のスカートを広げている部屋に入ってボンボンを貰う時にはあんなにも優美できらきらと光って見えたのに、派手な上着を忌々しそうに脱ぎ捨てたテオが坐るようになってもその輝きは褪せることがなかったのに、今やすっかり古ぼけた。市庁舎の部屋に坐って下役たちに仕事の手配をし報告を受ける時も、クヌーデ氏の椅子に坐っているのだと思う。彼らの目が余りにもしっくりと市長室に収まったヤンを、かつてのクヌーデ氏のように無意味に重々しく面の皮の厚い古狐として見ていることは知っている。

「この土地は、悪く取っていただきたくはありませんが全くの中世です」とダル・ポッツォ氏は言った。「だからこそうまく回っているということが皇帝陛下には御理解いただけない。ウィーンに権限を集中させ上意下達で回そうなんて、いかに当世風(ア・ラ・モード)でも従う者はいませんよ」

中世、とまでは考えたことがなかったが、言われてみればその通りだとヤンは考える。名目上は総督府が決定しても、実際には市から上げた内容を追認し書類に署名して返してくるだけ。市長の任命さえそうだった。これは市の特権で、総督府が拒否すれば市としては抗議から始まる一連の対抗措置を取らざるを得ない。一方、総督府が何かを——例えば一時的な予算の不足を地方議会に訴え、それが妥当と認められれば義捐金の分担が回って来る。これは、市として議会に訴えるべきことを訴えた後なら拒否しないのが習慣だ。フランドル伯からブルゴーニュ公が引き継ぎ、ブルゴーニュ公からハプスブルク家の君主が引き継いだ関係が、今でも生きている。この辺りでは、自由とはそういうものとして理解されている。

「或いは、この方が未来なのかもしれませんね、各々がそれぞれの土地でそれぞれにうまくやり、君主が緩くそれを束ねる、というのは、そんなに悪いことではないでしょう。むしろ今反感を買ったら、フランスでの騒ぎに煽られた連中が合流して大変なことになるんじゃないですかね」

「まさかそんなことは」

「陛下も強情だが、ここの人間も強情だ」と言ってダル・ポッツォ氏は笑う。「まさか気が付いておられない訳でもありますまい——ユリウス・カエサル以来ありとあらゆる帝国が通り過ぎた土地の人間は、強情になるしかない」

それもまた、死んだ人々の後に坐っているということだ。

実際に叛乱が起り、ダル・ポッツォ氏が、では失敬、と言って総督府共々逃亡する時、ヤンは求められるままに少なからぬ路銀を用立てたが、自分はクヌーデ氏の——それに先立つ何十人もの椅子に腰を据えて動かなかった。ベルギー合衆国とやらに逆らいはしないが、積極的に関わる気もない。ルイはヤンに食って掛り、フランスで何が起ったか知ってるでしょう、ここでも同じことが起るんです、と言ったものだが、軽々しいことをするんじゃないとヤンは一喝した。それよりも町とその商売が丸一年分台無しになりかねないことの方が問題だ。

　幸い、前年の不作でフランス側の亜麻が壊滅した時、コルトレークの商会と組んで税関を買収し原糸を持ち込んで売り捌いたことをリールの商人たちはちゃんと覚えており、パリの騒乱に煽られた暴徒が方々で倉庫を焼くと、空いた穴を、行き先を失ったこちらの糸で埋めてくれた。布帛の輸出も好調だった。翌年にはリールの取引相手に勧められて、競売に掛けられた修道院の土地を買った。フランスで使われ始めた紙幣を持て余したからだ。銀に両替すると目減りする。物を買って送らせこっちで売り捌こうとも思ったが、買い占めを疑われたくないと代理人が二の足を踏んだ。

「そんなにびくびくしなくても大丈夫だよ」とヤネケは言った。「明日にも紙屑って訳じゃない。あれをやっているのはよくわかってる連中だから」

　ヤネケはパリと繁く文通しながら『信用に基づく紙幣の流通について』と題されたパンフレットを書き上げる。ヤンはそれをアムステルダムで出版させる。いつもの版元のいつもの椅子には、だいぶ前から別の誰かが坐っている。眼鏡を掛けた男で、何度か誘って飲んだことがあり、子供が三人いることもヤンは知っている。

国家の貴金属の保有量と、国家が潜在的に具えている生産力の総体に繫がりはない。ペルーに金山を持つ国は何の産業もなくとも莫大な富を持ち、一方、勤勉で創意に富んではいるが、何もないが故に何も出来ないままの人々を抱える国がある。だから金銀を通貨として用いれば、生産力に及ばないか（その場合、流通する通貨量を超える生産力は死蔵され富に転換されることはない）、生産力を超えるか（この場合は生産物に対して通貨量が多過ぎる結果、通貨の価値は下落し、物品の価格は相対的に上昇することになる）が常態となる。通貨の量と生産力には適切な均衡が必要で、おそらくは通貨の量が僅かに多い程度が望ましいと考えられるが、その為には貴金属ではなく、もっと増減の容易な通貨が相応しい。

　どんな物でも通貨には使えるが、現在においては紙幣は、貴金属の裏付けなしに発行される場合、より多くの生産力を富に転換することが可能であり、生産力を超えた場合には速やかな回収により価格高騰を防ぐことが出来る点で優れている。慎重な観察と考量を伴っていれば政府、またはより望ましい形態として政府から独立した公的な銀行で発行される紙幣は非常に効率的である、と。

「いつもながら過激だなあ」と版元の男はビールを飲みながら、少し出来上がった口調で言う。「もうばんばん出しちゃいますよ。パリでも売ります。尼さんだって言いましたっけ」

「ベギンは、まあ半分くらいは、尼さんだな」

「おっそろしい尼さんだ。舐めちゃいかんですね」

あれはちょっと楽観的過ぎないか——とヤンはヤネケには言ってみた。「そんなにうまくいくもんかね」

「だって修道院、買ったんでしょ」

「修道院は付いて来ただけだ。一緒に引き取ってくれと言われたようなもんだよ。元修道士たちが居坐っているから倉庫にさえ使えない」

「その代金を紙幣で国に払ったなら、その分の紙幣は回収されたことになる。没取財産を裏付けにして出された紙幣を、その財産を競売に掛けて回収するなら、差引きゼロだ。通貨の量も生産の量も一定なら、暴落して紙切れになったりはしない。それで物が買えるとみんなが思っている限りはね」

「それでも、俺は怖い」

「怖いのはわかるよ。特に今のフランスみたいなやる気満々の政府は。債務の利払いがきつ過ぎるから一気に刷って返済しようとか考えたら、面倒なことになる。なんかしょうもない野心とか持たれるのも困る。最悪なのは、戦争だね。幾らでも金を刷れるなら、幾らでも戦争が出来る、土地をぶん取って返してやる、待ってろ、って。市中に出回る商品の価格を統制すれば、増発してもある程度は下落を抑えられるし、売り控えや紙幣ではない手段で決済しようという連中も出て来るからそっちも強圧的に抑える必要があるけど、かなりの無理は、短期間なら、出来ると思うよ。でも続けたらどこかで抑え切れなくなる。一番怖いのはその時だね。どのくらいの下落が起るか予測できない。原価割れするんじゃなきゃ銀にして寝かしておいたら。フランスの銀が一気に流出したから価格は下がり気味だけど、ゼロにはならない」

ヤンは遠慮なくそうさせて貰う。修道院だけでもニコラウスには散々笑われ、自分でも幾らかは馬鹿げていると思っている。まあ、いい土地だから亜麻栽培でも始めて、亜麻用の紡績機の実験でも始めるさ。坊さんたちは手伝ってくれるかな。

叛乱の一味が仲間割れを始め、素人の軍隊が簡単に蹴散らかされると、ダル・ポッツォ氏は新総督と一緒に戻って来て、いやはや全く大した古狐だ、と言う。「面従腹背でのらりくらり、ですか」

「町の若い連中を抑える方が余程骨でしたよ」

ヘントやブリュッセルで派手に活動し過ぎたルイの知り合いの何人かはフランスに逃亡した。困っているようなら金くらい送ってやれ、とヤンが助言しても、ルイは暫く口を利こうとしなかった。それから店に顔を出した時、逃げた連中が兄さんに会ったそうですよ、と言った。

「政治クラブ周りをうろうろしているみたいです。話を聞いて、興味を持ちそうな人に繋いでくれたそうで、そいつは感謝していました」

へえ、とヤネケは大して関心もなさそうに答える。「大方そんなことになっているんじゃないかとは思ってたけど」

って来るでしょ」

「性に合うんじゃない？　三十男の心配なんかしても仕方ない。尻に火が付けば逃げ帰って来るでしょ」

いやそれは困る――パリで活動して追い払われた叛徒を匿うのは流石に難儀だ。ヤネケは見透かしたように笑う。

「ただ、そういう連中は滅茶苦茶楽しくて夜も寝ないらしいから、帰って来ないよ。国を一つ、幾らでも玩具にしていい、って貰ったようなもんだ」

「代理人はそうは言っていない」

「まあねえ。商売人は堪ったもんじゃないだろうねえ」

騒動が収まってから、ヤンはピエトロネラとヴェルテを連れてコルネリアのところに行く。というより、主にコルネリアの仕切りで順調に動き始めた捺染工場と依然実験中の紡績機の様子を見せに連れて行く。

細心に選んで買い入れ、丁寧に洗って滑らかに火熨斗を掛けた綿布は丈夫だがしなやかで、コルネリアが下絵師と入念に準備したインド風の柄は鮮やかに発色し、本物のインド更紗と比べても遜色がない。彼女はそれをイギリス風のローブに仕立てて着ている。

機械の方は、それほどうまくはいかない。実験の為に雇った技師が難儀していると聞いたヤネケはピエトロネラを作業場の地下室に連れて行き、みっちりと仕掛けとこつを教え込んで、ヴェルテを付けて派遣した。生意気そうな顔をしたまだ若い技師は、同じくらい生意気そうなピエトロネラに最初は猛反発したが、何度か通ううち、宵の口、早めの夜食が済んで、ヤンが二歳になったばかりの孫娘カタリーナと遊んでいる頃にやって来るようになり、コルネリアには気に入られアナトールとは意気投合しカタリーナには懐かれ、ピエトロネラとまだ暮れ残る庭を一緒に散策し、彼女が庭に据え付けた大きな望遠鏡を一緒に覗くようになった。彼女も遠からず片付くだろうとヤンは予感する。実際、アントウェルペンのそれなりの家の息子は、婿としては丁度いい。

ヤンはアマリアの息子にテオと名付け、ルイは息子にヤンの名を付けてフランス風にジャンと呼ぶ。叔父甥だが歳は三箇月しか違わない。ヤネケはテレーズを連れてやって来ては二人を弄り回し、二人も大人しく弄り回される。ヤネケ小母さんが好きか、と二人に訊くと、揃って力一杯頷いて、だいしゅき、と言う。テレーズ小母さんは、と訊いても頷いて、だいしゅき、と言う。別にどっちでもいいらしい。それを言うなら、とうしゃんもばあたんもニコラウスもルイも、滅多に起きて来ないおおおじいたんもだいしゅきで、お互いに至っては、だいだいしゅき、なのだった。

今はもう、二人で外に駆け出して行くと腹が減るまで帰っては来ない。帰って来るとひなたの匂いがして、頭と言わず着るものと言わず麻屑だらけだったりする。大きな子供の後に付いて回っているらしい。運河で亜麻を晒す箱に石を投げる仲間にも入れて貰った、と言うので、届かないだろ、と訊くと、どこかで調達した布切れのようなものを見せてくれる。投石器らしい。それで年長の悪餓鬼どもからも一目置かれたのだ。

ヤンは夕方、テオを連れて散歩に出る。ジャンも付いて来る。子供二人を代わるがわる肩車するのは、本当を言うならもう、少し辛い。子供たちはどんどん大きくなり、ヤンは老いを感じ始めている。門を出て運河沿いに歩いて行く。仕事を終えようとしている亜麻の晒し職人たちがヤンに気が付くと帽子を取って挨拶する。ヤンも応える。

知ってる人？　と二人は訊く。俺は市長だし、仕事も頼んでるしな、と言って肩に背負っていたジャンを下ろす。「あの箱に載せるんだろ」

二人は頷く。

「何が入ってるか知ってるか」

それから、亜麻の晒しの手順を教えてやる。二人の背丈より長い亜麻を乾かして、括って二股(ふたまた)に分けて棒に掛ける。両端が開いた箱に入れて沈める。そうすると川の水がふやけた亜麻の皮をどんどん剝がして行く。春先の冷たい水は秋の温(ぬる)い水よりなおいい。皮の剝がれた亜麻は少しくすんだ綺麗な金色になる。軽くなった箱はどんどん浮いて来るから、職人は箱の中を水が流れるよう、石を置いて沈み方を調整する。

「だからお前らが石を載せるのは、職人にとっちゃ大迷惑なのさ。沈み過ぎる。俺も困る。買った亜麻を晒してくれるよう頼んでるからな。晒した亜麻を乾かして、梳いて、紡いで貰って、出来た糸を売るのが俺の仕事、それを織って貰って布にして売るのがニコラウス伯父さん——お前の父さんの仕事だ」

それから夕日の中で二人の腕前を拝見する。道の向こうに脱いだ帽子を置いて、入れてみろ、と言うと、二人は布切れに引っ掛けた小石を振り回して投げ、三回のうち二回くらいは器用に入れる。むしろ飛び過ぎるのが問題らしい。ヤンも手で投げて入れる。

「倉庫のグーテルスさんを知ってるか」と二つ目を投げ込みながら訊く。

「グーテルスさんはもっと上手い」と二人はヤンが外したのを見て言う。「絶対外さないよ」

「畜生、あいつは何をやっても上手いんだよ」とヤンは言う。

とんでもない糞餓鬼どもだ、とすっかり白髪の目立つグーテルスは笑いながら言う――ねじ込まれる身にもなって欲しいもんだな、まだ学校にも上がっていない癖に、餓鬼どもが何かやらかす時には必ず入ってる。

「晒し職人が怒ると文句を言いに行くのはグーテルスさんのところだ。あんまり迷惑を掛けるなよ」

二人は頷く。どうもグーテルスを尊敬しているらしい。

ルイのところにジャンを送って行き、食事に誘われたのを断って――今日は鶏を焼くと言ってるから帰らんとな――ついでに、六十になったら俺は商売から手を引く、と宣言する。ルイは笑っている。絶対に止（や）めないと思っているのだ。


戦争が、地平線の彼方（かなた）にぽつんと現れる。

最初は小競り合いの噂だけだ。春先にフランス軍が国境を越えて侵攻し、簡単に追い払われ、またやって来て今度はコルトレークを占領し、また追い払われ、オーストリア軍はプロイセンや亡命者たちと組んで侵攻し返し、俄か兵士だらけのフランス軍も段々戦争慣れして偶には勝てるようになり、あれ？　と思っているとアントウェルペンまで占領されている。

まだ若い連中だったよ、とヤンはヤネケに言う。「ルイよりはテオに歳が近いくらいのが三人。ずぶ濡れで、市庁舎の門番にまで馬鹿にされて、広場を横切った先が市長の家だからそこに行けと言われてとぼとぼやって来て――可哀想だから台所で着ているものを乾かさせ、飯を食わせて泊めてやった。まあ翌日には元気一杯で、この市はフランス軍の占領下にあると宣言して帰って行ったけどな」

「帰るの？」

「人手が足りないから恭順の意だけ確認して来いと言われたらしい――今頃はどこにいるやら」

「じゃあ今占領下なんだ」とヤネケは言う。「結構意外かな」

「こんなもんだ。子供の頃にもいただろ、フランス軍」

「見たことない」

「田舎にはしょっちゅう来た。食い物だの何だの奪って行くから大変だったよ」

「今も奪われてるの」

「まあ、多少はな。あいつら得物だけ持って手ぶらで来やがる」

「それは戦争の一部だよ」

「そうなの？」

「サックス元帥の説だとね。敵の領土を占領下に置いて、そこから税が取れないように し、食い物やら何やらを消費して貧困化させるのが戦争の一番本質的なところだと」

「食料も持ってないぴよぴよぴよでも、何万人も送り込めば根負けさせられる、ってこと か」

「そう」

「飯食わせたのは間違い？」

「可哀想ならしょうがない」

実際、例の若い将校はまたやって来て、上からの命令です、すいません、と言って金品を供出させる。相変らず行儀はいいが（カンブレーの商家の次男で、パリの奉公先を飛び出し国民衛兵に入ってこうなっていた）、雰囲気は少し荒(すさ)んでいる。

「あなたたちは抵抗しないんですか」と何故か悲しそうに訊く。

歓迎もしないがね、とヤンは考える。「私はカンブレーとも取引があるんだ。最近始めたばかりなんで、戦争が終ったら挨拶に出向くつもりでいる。御両親に会えたら、礼儀正しい立派な若者だと伝えておくよ」

戦争は薄い雨雲のように空を覆っている。地平線の方で時々稲妻が光る。国王が処刑される。政権が覆る。パリからは相変らず手紙が届くが殆どが理解不能だ。というより、理解したくない。派閥が一つ影響力を失う度に一々騒乱で人が死ぬのは馬鹿ばかしいとしか思えない。代理人は怯えている。まず身を庇え、兎も角今は頭を低くしてやり過ごせ、と伝えるしかない。

ヤネケはひたすらに感心している。「紙幣の流通の問題だけでも、どこかで強権的な支配に切り替えざるを得ないとは思っていたけど、こういう具合とは思わなかった」

そしてフランス軍は唐突にいなくなる。司令官が亡命したと知るのは少し後になってからだ。パリに帰ると首を斬られるから、とヤネケは簡単に言う。総督府が戻って来て、少なくとも行政は正常化する——正常に、大部分は形式に過ぎない書面の遣り取りが再開される。皇帝がブリュッセルを訪問した時には、ダル・ポッツォが市長たちの中に潜り込ませてくれた。並んで頭を下げただけだが、ヘントの市長が怪訝な顔をしていた。何でこんな奴が、と思ったのだろう。満更知らない顔でもないので耳打ちしてやった——フランドル放棄は本決まりのようですよ。ヘント市長の顔は目に見えて青褪める。ヘントは前回結構な数の部隊を駐留させたし、若いお調子者を多数抱え込んでいる。即座に言いふらし始めたりしないのは自制心というものだろう。

パリからの手紙は減り始める。何通かは差出地がジュネーヴやマインツやロンドンになる。新大陸からも来る。若い弟子たちが悲痛な手紙を寄越して、それきりになる。見慣れた筆跡が唐突に消えて二度と現れない。ヤネケはそのことには触れない。避けていることはわかる。コンドルセが死んだ時には、だから政治になんか首を突っ込むなって言ったのに、と漏らす。

「多数決で真理に到達できるなんてのは幻想だ、真理で政治は出来ないし政治は真理を実現できない、って言ったのに、あいつは聞かなかった」

ラヴォワジエが処刑された時には激怒する。「共和国に学者はいらない、って一体何様のつもりかね、たかが人間の癖に！」

「お前も人間だろ」

「人間なんて偶然に翻弄される虫けらだよ。何人かが、この偶然とは一体いかなるものか、と考え始めたとしても、空を睨んで星辰の位置を記録し分析して、どうもこの世界は今まで考えられていたのとは違うらしいと気が付いても、虫けらであることに変りはない」

再びフランス軍が現れるのは真夏の暑い盛りだ。海の方から通り雨が来そうな午後に、驢馬に乗り頭に羽根飾りを付けた男が、三十人ほどの兵士を連れて運河沿いにやって来る。珍妙な恰好を注目されながら門を潜り、広場に行き、市庁舎の階段を上り、開け放った戸口を入って音のよく響く広間で足を止め、将校らしい男に命じる。

「建物の中にいる者は全て拘束しろ。警邏隊の詰所は下だ」

兵士たちが銃を構えて階段を駆け上った後ろを、男は羽根飾りを揺らしながらゆっくりと上がる。外で悲鳴や叫び声が聞えるのは雨が降り出したからだ。

ヤンの耳に入ったのは、降り始めた雨音に混じって扉越しに聞えた声だけだ。覚えがある。扉まで歩いて行って開けるとフランス兵がいて、両手で持った銃身で中に押し込まれる。口述をしていた書記は呆然としている。羽根飾りの男が兵士の肩に手を掛け、ここはいい、と言って入って来る。

レオ？

ご無沙汰しています、お父さん、とレオはフランス語で他人行儀に言う。被ったままの羽根飾り帽の下の顔は日焼けして痩せて血色が悪く、だらしなく伸ばした髪が束になって耳に掛っている。

「私はフランス共和国市民であり、その代行者である派遣議員の指示によってここに来ている。あなた方も遠からぬ将来、フランス共和国市民となる。発言は全てフランス語でお願いする。まず市参事会を招集して貰おう」

後ろで書記が泡を食っている気配がする。市参事を招集してくれ、とヤンは頼む。書記は逃げるように出て行く。「下で、拘束しろ、と言うのが聞えたが」

「この建物の中にいる全員を拘束させた」

「ブリュッへもヘントも陥ちた以上は占領下だ、ということはみんな知ってる。抵抗する者はいない」

「警邏隊以外は解放しよう」

「それでは誰が、平静を保つよう市民に触れて歩くんだ？　お前の兵隊たちにやらせれば騒ぎになる。心配なら一緒に回らせればいいさ。銃を背負った兵隊なんか、ここでは必要がない」

レオは少し考える。いいだろう、と言う。悔しそうでもある。相変らずだな、とヤンは思う。見過ごしたことを人が教えてくれるなら物怪(もっけ)の幸いじゃないか。

階下で声が上がる。市参事たちを呼びに行くんです、と書記がフランス語で掛け合っているのが聞える。レオは部屋を出て手摺(てすり)から下を覗き、ヤンは階段を下りて行く。市庁舎の中にいた職員や警邏隊や偶々居合わせた者たちが口々に何か訴えて騒然とする。ヤンは控えめに両手を広げて彼らを落ち着かせる。

書記が腕を摑まれている。放してやってくれないか、とヤンは頼む。「参事会を開くんで市参事を呼びに行くんだ」

「放してやれ」とレオが二階から言う。

解放された書記は逃げるように雨の中に出て行く。雨脚が太陽の光で輝いている。すぐに止むだろうとヤンは考える。再び人々は口を開くが、この雨じゃあすぐには出られない、雨宿りと思って聞いてくれ、と言うと静かになる。

「フランス軍の進駐だ」とヤンは切り出す。フランス語だが、殆どの者が理解は出来る。

「この方たちだが――」指揮官らしき男に、名前は、と訊く。

「トゥッサン少尉です」

ヤンは手を差し出し、虚を衝(つ)かれた少尉と殆ど無理矢理のように握手をする。「息子がお世話になっている」息を呑んだ人々に、頷いて見せる。「上にいるのはフランスにいた息子だ。ずっと音信がなかったが、こうやって帰って来てくれた」笑え、と自分に言い聞かせる。心底嬉しそうに笑え。にこやかな笑みが浮かぶ。よし、上出来だ。「だから何も心配することはない。ここに息子とトゥッサン少尉のフランス兵がいるなら、見ず知らずの兵隊が来て乱暴狼藉(ろうぜき)を働く心配はない。雨が止んだら今日は帰って、皆にそう伝えてくれ。警邏隊を触れに出すがね。もし何かあったら、私か」上を指差す。「レオか、このトゥッサン少尉に言いなさい。対処してくれる――そうだね」

トゥッサンは相変らず困惑しているが、頷くしかない。おい、とレオが脅すように言うが、ヤンは気にせずに、そろそろ止むかな、と言う。「ナイドンク君は残れ。参事会の議事録を取って貰う」職員は明るくなった広場にぞろぞろ出て行く。兵士たちは止めない。警邏隊には、フランス軍が進駐して来たが何の問題もない、平静を保つようにと触れて回れ、と指示する。不安そうなナイドンクの肩を叩いて一緒に階段を上がる。

「統治の技術(アルス・レギミニス)」とレオが言う。「下らん」

「俺にはよくわからないんだが、派遣議員って一体何だ」

「国民公会の議員が軍を監督している。俺はその部下だ」

「フランス人になったのか」

「捨て子を養子に取ってくれたのは革命だけだ」

それは幾らかヤンを失望させる。眠りこける二歳児を起こさないようお襁褓を当てたことを覚えているからではない。レオがじきに三十八になることを忘れていないからだ。軍隊なんか引き連れて、軍隊よりお偉い議会の代理の代理だと豪語して、餓鬼みたいなことを言うじゃないか。殆ど四十にもなって何だ、それは？

参事会室でお互い口も利かずに部屋のあちらとこちらに立っていると、ニコラウスがやって来る。一目見るなり、レオじゃないか、と言って歩み寄ろうとするが、ご無沙汰しています、伯父さん、と冷ややかに言うのを聞いて立ち竦む。助けを求めるようにヤンを見る。ヤンは肩を竦める。

「何があったんだ」とニコラウスは側に来て小声で訊く。

「見ての通りだ。俺たちに引導を渡しに来た。軍隊を連れて市庁舎に入って来るなり、職員も含めて中にいた奴を全部拘束しやがった。やめさせたがな」

次々にやって来る市参事たちの殆どは一目でレオを見分けるが、睨み付けられてヤンの周りに集まる。興奮気味に囁き交わし、時々レオに目をやる。レオは明らかに苛々している。癇癪を破裂させる寸前だ。

ヌール・クレリスがいつものようにおたおた入って来るなりレオを見て、大仰に仰け反って驚きを表明すると、レオの苛立ちは頂点に達し、お前らは一体何人いるんだ、と吐き捨てる。

「今二十人だ。定足数は満たした。席に着こう」とヤンは宣言する。ナイドンクは参事が到着する度に記録を取り、出席者の一覧を揃えている。ニコラウスが名前を読み上げ、全員御出席ということでよろしいでしょうか、と尋ねる——偶に、俺はここにはいない、と言う奴がいるからだ。もう五人いる筈だが、一人は痔疾の悪化で寝たきりで、もう一人は完全に呆けている。残る三人はいずれ来るだろう。

ヤンは椅子をずらして席を作ってやるが、レオは坐ろうとはしない。手を背中で組んでヤンの背後を相変らず苛々と歩き回っている。ニコラウスが、それでは始めさせていただきます、と言うなり向き直って、黙れ、と一喝する。

「これは参事会ではない。フランス共和国国民公会の代理として、俺がお前たちに通達をする場だ」

参事会室は静まり返る。

「覚えておけ、お前たちはここが正式にフランス共和国に併合されるまで、暫定的にその地位に留め置かれているに過ぎない。併合後は市民の意思によりすげ替えられる。だから協議も話し合いも一切必要がない。俺が共和国の意思をお前たちに通達する。お前たちはそれを遂行しろ。反論は認めない」

参事たちはこそこそと囁き交わす。ニコラウスは溜息を吐く。

「まず宿舎を決めよう」とヤンは努めて平静に言う。

「宿舎はいらん」とレオは言う。「ベネディクト会を閉鎖し接収して使う」

「修道士たちはどうするんだ」

「全ての修道院と教会は閉鎖、修道士修道女は還俗、教会財産は没収、共和国への宣誓を拒んだ司祭は逮捕する」参事たちは非難の声を上げるが、レオは軽蔑に口を歪めて笑う。「天に王国などない。共和国がお前たちの唯一の祖国だ。迷信から救い出され身も心も魂も捧げることを幸福だと思え」

ヨーゼフ二世が試したことをフランス共和国が仕上げるという訳か、とヤンは考える。実に大した共和主義だ——尤もかつてはあれを、専制、と呼んだものだが。「女子シトー会が空いている。ヨーゼフ二世が閉鎖した。まだ屋根は落ちていない筈だ。あそこを使ったらどうだね」

決を、とニコラウスが言うと、決など必要がない、とレオは言い、トゥッサンを呼んで、女子シトー会の建物に何人か送って設営させるよう命じる。市内三教会の主任司祭とベネディクト会カプチン会の両修道院長が呼び出され、今この瞬間以降一切の聖務を停止し、全ての現金と貴金属、祭服、美術品を供出するよう言い渡される。

「夕の祈りがあるのですが」とシント・ヨリス教会の主任司祭は抗議する。

「何世紀にも亘って人々を騙し専制に加担し金品を巻き上げてきた分際でまだ言うか。往生際が悪いと広場で撃ち殺させるぞ」

あれは我々の財産でもあります、と参事たちの一人が口を挟む。「何百年もの間、祖先たちが寄進してきたものなのです」

「だとすればとんでもない馬鹿者揃いだったということだな。目を覚ませ。感謝しろ。

共和国はそれを自衛の為の戦費に使う」レオは意地悪く続ける。「教会の鐘を下ろすのに多少の時間が掛るのは認めよう。いずれ大砲に鋳直されて、お前らを守る役に立ってくれる」

何人かが立ち上がって叫び、指を突き付けて非難するのを、レオは薄笑いを浮かべて眺めている。ヤンは背凭れに腕を掛けてレオを振り返る。

「お前が連れて来た兵士は、下にいるので全部かね」

「あれは分遣隊だ。本隊はヘントにいる」

「暴動になった場合はどうなる——これは、市長として危惧すべきことなので訊いておきたいんだが、あれで抑えられるのか」

「ヘントに支援を要請する」

参事たちは口を噤む。流血沙汰、ということを理解したからだ。ヤンは続ける。

「しかしそれではお前が困るんじゃないかね。パリは失敗には非常に厳しいと聞くが」

レオは答えない。叱られた子供のようにむくれている。参事たちには恐ろしげに見えるかもしれないが、要するにレオだ。ヤネケと俺の息子なら本当は出来がいい筈だと俺が自分を騙し続けた不出来な息子だ。何事も学ばず、何事も忘れない。一つでも取柄があるのか？　店で働いていたらどやし付けている。何故俺が、お前に任せた仕事の段取りまで考えてやらなきゃならんのだ、と。

「こうしたらどうだ——まず今日の夕の祈りは普通に行い、そこで明朝からの聖務停止を知らせて貰う。教会財産の没取については、神父様方、一応の目録はありますね」

「ええ、まあ、一応は」

「女子シトー会の閉鎖の時には、その写しをいただき、現状を確認し、評価額を算出した後、梱包して運び出しました。その手順で結構ですね」

「多少の時間をいただければ」

「手助けが必要なら職員を派遣しますが」

「お願いします」

鐘の方は、とレオに言う。「櫓でも組まないと無理だ。大工事だよ。同業者組合の方で見積りを出して貰えませんか」

「同業者組合、兄弟団その他の団体は解散して貰う」

「それがフランス共和国の方針なら致し方なかろう。しかし当面は彼らに頼むしかない」

「資材が不足してるんで、ちょっと時間が掛るかもしれませんが」と参事の一人が言う。

「何しろ戦時ですからな」

「鐘は逃げはしないよ。鐘楼にあっても差し押さえたということにしておけばいい。古い文書を当たれば青銅としての重量の概算は出て来る」

レオはヤンの後ろを威嚇的に徘徊し始める。それから唐突に、ベギンだ、と言う。

「ベギンが来ていないぞ。何故だ」

私どもは帰ってよろしいですか、と神父たちは言う。レオは面倒臭そうに手を振って追い払う。

「すぐ参りますと言っていたので、じきに着くでしょう」と、この午後、既に市内を二巡させられた書記が言う。「女の足ですから」

暫くするとトゥッサンが扉を開けて、ベギン会の院長代理です、と告げる。アンナ・ブラルが現れる。黒衣に、今日は白いヴェールの上から黒い布を掛けている。背丈が大きいだけではない。威風堂々、どこの大修道院長だというくらい偉そうだ。一同は一瞬怯む。レオが一番怯んでいる。子供の頃ベギンに感じた恐怖を思い出したのだろう。

遅い、とレオが、怯えた犬が吠えるように叱り付ける。

「それは失礼しました。大工仕事をしていたところで、フランス共和国人民の代理の方にお目に掛るには、服装を整えないといけないと思いまして」とアンナは流暢なフランス語で言う。後ろに分厚い書類挟みを抱えて立っているヤネケが自慢顔をする。

「それに何故一人で来ない」

「ベギンは一人では外出致しません。ヨーゼフ二世の勅令以後一人での外出も可能にはなりましたが、当会では必ず二人以上で外出の規則を守っております」

ヤネケが参事たちの後ろを回って、書類挟みをヤンに渡す。

「当会の資産状況を一覧にさせていただきました」とアンナは言う。「以下、副院長のファン・デールから説明をさせていただきます」

お掛けにならないのですか、とニコラウスが言うと、女の身で参事の皆さんとフランス共和国代表の方の話し合いに加わりに来たのではありませんから、とアンナは断る。御紹介いただいたファン・デールです、と言ってヤネケは始める。

「説明の前に当会の沿革について手短にお話しさせていただきます。会は一二六五年、ブリュッヘ、ヘントに倣って現在の敷地を市から借り受け、寡婦や身寄りのない女たちが手仕事で自活しながら祈りと奉仕の生活を送る為の集まりとして発足しました。現在も会員二百八十六名が、敷地内教会の教区司祭による霊的な指導の下、市の多大な援助もいただきまして、祈り働く福音的生活の傍ら、女児に読み書きを教える学校と施療院救貧院を運営し、一七七八年には更に隣接する地所を市から借り受け、紡績場を始めさせていただいております。紡績場は現在、一棟を増築した上、市内の寡婦や孤児を中心とした貧しい女たち百八十人の自活の為に提供され、収益は施療院救貧院の運用に回されております。市長にお渡しした書類を後で参事の皆様及び」レオに向かってお辞儀をする。「フランス共和国の方とお見受けします、お名前はまだ伺っておりませんが、市民（シトワイヤン）レオン・ド・ブルック、と呼ばせていただきます――に御確認いただきたいのですが、会の資産及び会計の報告となります。会の敷地及び家屋は会が借り受け、管理を任され一代限りの居住権を売る形で収益を維持費に回させていただいている為、計上しておりませんが、別表として表3に掲載させていただきました。共同住宅である修道院も同様で、こちらも表3でご覧いただけますが、管理維持を賃貸料で賄っているだけですので、当会の資産のうちには含まれません。動産につきましては――」

ああ、ああ、お前の頭にはこの分厚い書類の数字が全部収まってるんだろうよ、とヤンは思う。書付けさえ見ずに並べ立てやがる。いい加減にしてやれよ。三年越し以上の赤字も黒字もない模範的な財政状態ってことは、俺はよく知ってるが、レオの顔を見てやれ、あいつは数字に弱いんだよ。頭はぐらぐら、顔は真っ赤だ。鱏(えい)の吊るし切りみたいな真似だ。自分の子をそんな風に辱めるか、普通？

ヤネケはヤンに目を走らせる。その目が一瞬笑う。口は休むことがない。

「もういい」とレオが叫ぶ。

ヤネケはさもびっくりしたような顔をして、参事たちを見回す。共犯の空気が漂う。やりやがったな、とヤンは思う。こいつらは全員商人だ。帳簿がわからない奴が怒鳴り散らす時、わかる奴は仲間だ。アンナはただ威厳たっぷりにそこに立っている。レオは道化だ。

「お前たちは解散だ。会の全資産を引き渡して全員家に帰れ」

「私たちは自分の家におりますが」

「女の家は父か夫か息子のところだ」

「会には六十歳以上の者が五十八人おります。父親も家族も疾(と)うに亡く、夫も息子もおりません」

「自然に反したことをするからだ。大人しく嫁に行って子供を産んで孫の面倒でも見ていればこんなことにはなっていない。それが女の美徳だろう、国家の為に兵士を産むことが」レオは声を落とす。「俺はお前たちを矯正して、男を産み男を産む女を産み、産めなくなったらその世話をして暮らすという女らしい美徳を発揮させてやろうと言うんだ、感謝するのが当たり前だろう。何を生意気に——」

「美徳？」とヤネケは聞き返し、それから、ああ、と頷く。「あれだ、恐怖なしでは美徳は無力、だっけ？」

美徳なしでは恐怖は不吉だが、恐怖なしでは美徳は無力、とアンナが呟く。一同は見たこともないギロチンの音を聞いたように凍り付く。パリで起っていることは、今ではもう、文字を読めない者さえ知っている。

「ところで、つかぬことを伺いますが、パリの国民公会はベルギーを占領地として扱い、教会財産だけではなく何もかもを剥ぎ取ってフランスの役に立てる方針だというのは本当ですか」

参事会はがやがやと囁き合い始める。

「本当だとすれば、スペイン人もオランダ人もやらなかったような前代未聞の収奪を行うことがこの戦争の目的だということになりますが、それは本当ですか」

「——俺は知らん」とレオは言う。目が泳いでいる。

ヤネケは、今度はポケットを手探りして畳んだ紙片を取り出す。「これはパリの知人が教えてくれたことです」読み上げる。「七月十一日、公安委員の市民カルノーが戦争の方針として、オーストリア領ネーデルラントはもはや兄弟愛を以て扱うべきではなく、占領地として、軍事物資のみならず貴金属、宝飾品、美術品、流通する商品も全てフランスのものとして奪うべきだ、と提案した、と。これでは共和国を名乗る押し入り強盗と変りがない。どこに美徳があるんでしょうね」

参事会は騒然とする。黙れ、とレオが叫ぶ。「お前たちは解散だ。帰って申し渡すことが出来ないなら、これから俺が行ってそう言ってやる」

あったまわりい、とヤネケがフラマン語で言う――親の顔が見たいわ。

参事たちの一部は笑う。レオの顔は真っ赤を通り越して紫色になる。そのまま無言で部屋から出て行く。ヤンは非難を込めてヤネケを見るが、ヤネケはにこっと笑って見せると、失礼します、と言ってアンナと一緒に後を追う。

「兎も角これで一週間は稼げたな」とニコラウスは言う。「幾ら何でもあそこまでいかれているとは思わなかったよ。完全に行っちまってるな。どうするんだ」

「無傷で抜け出せる期待は出来ない」とヤンは宣言する。「だが懐柔するしかない」

参事たちは頷く。それから、具体策の検討に入る。教会には幾らか犠牲を払って貰うしかないだろう、ということで意見は一致する。この状況では大司教にもローマにも泣き付けない。教会が目の敵なら、教会叩きに専念して貰えばいい。ただ、被害を最小限に留める努力はしてやろうじゃないか――例えば鐘だが。

「ああは言ったが、あんなもん下ろせんよ」と一人が言う。「滑車で吊り下ろしたって近隣の家に被害が出る。見積りは無限に掛るだろうな」

　参事たちは笑う。


　レオは憤然と広場を歩いて行く。羽根飾りが前に傾いでいる。俯いて、早足に、海が割れるように道を譲る人々にも目もくれずに歩いて行く。何やら憂鬱な物思いに耽りながら当て所なく嵐の荒野を横切るようだ。教会の鐘ががんがん鳴る。三つの教会で鐘が鳴っている。レオは足を止め、鐘楼を見上げて拳を握りしめる。

　ヤネケも足を止める。レオを遠目で観察する為だ。教会の聖務停止の噂は既に伝わっていて、アンナは通行人と話し込む。院長様、罰当たりなフランス人が教会を閉じてしまいます、と老婆が言う——告解を済ませないと、それから聖体拝領も。占領中に死んでしまったらどうしましょう。

「イエス様はわかってくれるよ。聖ペテロも煩いことは言わない。みんなが悪いんじゃないことはご存じだ」

　教会の前には人が溢れている。中で祈って待つ者もいる。三人、五人と集まって話し込んでいる。レオに気が付いて目を逸らす。何か言っている。羽根飾りがまた揺れ動き、レオは、今度は軽蔑に満ちて歩き出す。二人は後を追う。

　あいつがお腹にいた時ね、とヤネケはまた歩き始めながら言う。

「こういう時そういう話、する？」

「うん。石板にがしがし計算してると、中で動くんだよ。蹴る、ってよく言うけど、蹴るというよりぐりぐり動いてた。そっか、お前こういうの好きなんだ、って撫でてやったけど、あれ違ったね。嫌だったんだ。そういうこともっと早くわかってればな」

気色悪い、という顔をアンナはしている。「相変らず何の反省もないね」

「反省なんかしたってしょうがない。ちょっとは可哀想に思うけど、あいつももう四十だからね、半分以上は自分で自分を拵えたようなもんだ。もう意味がない」

羽根飾りはベギン会の門を入って行く。まだ閉門前だ。おや、レオ、と門番に言われるのが聞える。

「パリにいたって？　怖いことになってるらしいねえ」

レオは暫く黙っているが、結局フラマン語で、俺今フランス人だから、と言う。門番は暫く答えない。

「じゃああの罰当たりなフランス人って、あんたなの？」

それはアンナの耳にもはっきりと聞える。ヤネケは笑う——噂の足は速いねえ。アンナが溜息を吐く。

「あんたは黙ってなさいよ。揉めるから」

「黙ってるよ。何か言っても無駄だもの」

アンナは近付いて行って、みんなもう教会に集まってますから、そちらにどうぞ、と言う。

「何故集まっている」

「呼び出されるってことは、何かしらの御沙汰があるってことでしょ」

ヤネケは二人の後ろから付いて行くだけだ。ブリュッへが陥ちた時に、万が一のこともあるので一時的に退去できるよう持ち物を纏め、家族を頼れる者は帰るかもしれないと伝え、頼れない者は申し出るようにと指示した。見習いは全員実家に帰した。告解と聖体拝領は前の週に済ませた。フランス人の女子修道院叩きは有名な話だ。ベギンは修道女ではないが――似たようなものだろう。

そこまでやる？　とアンナは訊いた。

あいつら頭がおかしいから。

レオは十字も切らずに教会に入る。ベギンたちは修練長の先唱でロザリオの祈りを上げている最中だ。老いて、着衣の上からでも肩の骨が窺えるくらい痩せているが、その細い肩は相変らず女らしい。白い修道衣を着て坐っている五人はシトー会の修道女たちだ――修道院が解散させられた時にやって来て空いた家を借り、紡績場で糸を紡ぎながら自分たちだけで修道生活を送っている。レオが靴音を響かせて通路を祭壇に向かっても祈りは止まない。何人かは眉を顰めるが、ロザリオを手繰る手も口も動き続ける。アンナが修練長に目顔で合図をすると、彼女は主の祈りを始める。そこで止めるつもりだ。

レオはまるで司祭でもあるかのように祭壇の前に立つ。我らを悪より救い給え、と修練長は言い、女たちはアーメン、と唱和する。揃って三位一体の名によって十字を切る。レオが口を開く。

「俺はお前たちをそういう愚かしい迷信から救い出しに来たのだ。まずその珍妙な被り物を脱げ」

　女たちは動かない。修道女たちが幾らか動揺したくらいだ。教会の中なんだし被ったままにさせておいてくれないかしら、とお年寄りの一人が言う。女たちはくすくす笑う。

「脱いでもいいと言ってるんだ、婆さん。あんただってそんなものを被って何十年も暮らしたくはなかっただろう？　どんなに美人でも男が寄り付かない」

　あら、私は寡婦だし、と彼女は言う——もてたのは本当だけど。お年寄りたちは控えめに笑う。言ウベキコトハ言ウベキ時ニ聖霊ガ教エテ下サル（スピリトゥス エニム サンクトゥス ドチェヴィット ヴォス イン イプサ ホラ キド オポルテト ヴォス ディチェレ）とヤネケは呟く。アンナは嫌な顔をする。

「お前たちはもう自由だ。ここを出る時が来た。フランス共和国がお前たちを解放し——」

　ほんとに？　と別なベギンが言う——だったら残る、家買ったばっかりだし。同意の声が上がる。

「これは家ではない」

　四十年も住んでるのに。

「お前たちの家は、父の家、夫の家、兄弟の家、息子の家だ。男の家だ」

　若いベギンも老いたベギンもどっと笑い、口々に言い始める——もう死んだし。親の家なんか売っちゃった。親父の後妻が仕切ってるところに帰るの？　兄のところは了沢山で。孫ならいるけど押し掛けるとかないわぁ、と言うのはさっきの寡婦だ。

「男の家で家族の世話をするのが女の義務だ。義務を果たすことが美徳だ。美徳を具えることが自由だ」

ああイエス様、あなたがおられるところが私の家です、そこで死ぬまで義務を果たさせて下さい、とシトー会の一人が叫ぶ。調子に乗り過ぎだったらしく他の修道女に咎められて口を噤み、両手を前垂れ(スカプラリオ)の中に仕舞うが、口許はまだ笑っている。

「迷信に毒された馬鹿者どもめ」とレオは陰気な声で言う。「理解できないなら無理にでも理解させてやる」

いきなり、一人のベギンが立ち上がる。テレーズだ。「どう無理に理解させようって言うの、兄さん」それからヴェールをかなぐり捨て、ピンを外して額の髪押さえを外し、顎まで覆っていた頭巾を引き下げる。濃い蜂蜜(はちみつ)色の短く刈り上げられた髪が頭蓋(とうがい)を覆っている。「一人ずつ髪を摑んで引き摺り出す？」側頭部の微かに地肌の見えるところを示す。「兄さんに引き抜かれたここ、もう髪が生えない。でも私がベギンになることは止められなかった。だって私は自由だから。兄さんがどんなに不機嫌で脅そうと、暴力で脅そうと、髪を摑んで鏡の前まで引き摺っていって、乳と腹しかない生きものと呼んで、大人しく男に子供を産ませて貰えと言おうと、私は聞かなかったし、これからも聞かない。ここにいる人たちもそう。ヴェールを剝ぎ取って追い出すことは出来てもベギンでなくすることは出来ない」

刈り上げてたのは知らなかった、とヤネケがアンナに囁く。「過激な奴だとは思ってたけど、かなり過激だね」

「あんたマティリス博士出てるよ」

テレーズは頽れるように腰を下ろす。大泣きしている。隣のベギンの肩に顔を埋めて泣いている頭を、他のベギンがヴェールで覆おうとすると頭を振って嫌がる。

「ヴェールなんか問題じゃない」と言う。「魂の問題でしょ、これは」

「女に魂なんかあるもんか」とレオは喚く。「無理矢理にでも結婚させてやるからな。お前らもだ。一年で子供を産め。その後も産み続けろ。産めない女は産婆でも女中でもやれ。奉仕しろ。共和国の為だ。子供を産め。子供を育てろ。それが女の義務だ、女の美徳だ、このおまんこどもが」

「レオ・デ・ブルーク」とヤネケが声を張り上げる。「いい加減にしなさい」

レオは、あああああっ、というような奇妙な叫びを上げ、爆発寸前であるかのように何度も両腕を振り、それから背後の祭壇に掛けてあった掛け布を摑んで引き剝がす。上に載っていた燭台と十字架が落ちて音を立てる。女たちは悲鳴を上げる。レオは掛け布を投げ捨て、落ちて横木の曲がった十字架を摑み上げる。銀の大ぶりな十字架は結構重い。それを震える片手で掲げて、おい、院長、と言う。

「明日の昼にこれを持って市庁舎の前まで来い。その忌々しいヴェールを脱いで、無益な迷信の道具を全部持ち、全員でこの自然に反する悪徳の家を引き払って来い。そこで私たちが悪うございましたと全市民に向かって謝れ。それで会は解散だ。二度と戻ることは許さん」

「戻ったらどうするって言うの」とヤネケが聞き返す。

「殺す。一人残らずぶっ殺してやる」

それから、十字架を取り落とし、ふらふらする足取りで通路を戸口へと向う。ヤネケは呆れた顔で道を空けてやる。アンナは、大丈夫、と言ってレオの肩に手を掛けるが払い除けられる。レオはそのまま出て行く。

こりゃあれの再演だな、とヤネケは言う。「子供がどうやって出来てどこから出て来るか教えてやったら、違うもん、違うもん、って泣くから、違わないよ、って言ったら、いきなり床に倒れて叫びながら転げ回った。何にも変ってない」

「あんたも非道いけどさ」とアンナが言う。「男ってあんなもん？」

「まあ、あたしが知る限りじゃね」

「理性皆無」

「いや結局、理性が生み出したのはこんな鬼子だったたって落ちだよ」

ヤンが夕方、小さいテオと台所で夜食を食べていると、戸締りをして回っていた女中が来て、レオ様がおいでです、と告げる。他人行儀だな、入ってくればいいだろうに、と言うと、テオが、誰？　と訊く。

「お前の一番上の兄さんだ」

レオが入って来る。羽根飾りの付いた帽子と前を切り落とした上着を、テオは憧れの目で見る。テオだ、弟だ、と言って、ヤンはスープに浸けたパンを口に運ぶ。

「ピエトロネラはコルネリアのところに行ってる。コルネリアは結婚してアントウェルペンの側にいる。ルイは嫁と孫と一緒にニコラウスの家だ――どうした、坐らないのか」

レオはテオと並んで腰を下ろす。帽子、見ていい？　とテオが訊く。羽根飾りが気に入ったらしい。渡すと、羽根飾りを片手で撫でながら、恰好いいね、と言う。

「食うか」とヤンは訊く。

レオは頷く。女中がスープの皿と匙を持って来る。パンを取って千切り、身を寄せて匙に載せて食べる。女中はビールも出す。ぼくも、とテオが言う。

「お前はまだ駄目だ。食べたら上に行きなさい。父さんは兄さんと話がある」

レオは頷いて見せる。テオは帽子を返すと、お休みなさい、と言って出て行く。女中にも下がるように言う。二人は暫く無言で食べる。相変らず質素だな、とレオは言う。

「アマリアがいた頃には贅沢もしてみたが、これが一番いい。シトー会はどうだ」

「快適だよ。少なくとも屋根はある」

「ここに泊まってもいいんだぞ」

「転んだと思われるのはやばい」

ヤンはビールを飲む。「民主派（ヴォンキスト）と一緒だと思っていたがな」

「何で知ってるの」

「ルイの仲間だ」

「彼らも来てる。でも俺はもう兵隊になる歳じゃない。だからラコンブ＝サン・ミシェルのところに潜り込んだ」

「派遣議員か」

「うん」

「ヤネケが言ったのは本当か」

「半分くらいは法螺（ほら）だ。パリではちょっとでも腰が引けてると見られると首を失くす。でも戦費がないから占領地から集めるしかないのは本当だ」

やれやれ、とヤンは呟く。ヤネケなら、金が足りなきゃ盗まずに刷れ、紙幣はその為にある、と言うだろう。

「金がないなら刷れ、って言うんだろ」とレオが訊く。

「読んだのか」

「読んだ。派遣議員のところにも持って行った。一席打（ぶ）ったら、お前は経済に強いなと言われた。俺よりもっとわからなかったみたいだけど」溜息を吐く。「母さんが書いたんだろ？　何もかも機械仕掛けで、人間がその歯車に詰まった砂粒みたいだ。マティリスの大伯父貴よりもっと非道い。でもそれを並べ立てると、みんな感心はしてくれる。

人間がいなければいないほどそれらしいみたいだ。非道い奴だと言って褒めてくれる。変だよな」暫く口を噤む。「あの獣穴から追い出してやるから、とっ捕まえて二度とあんなもん書かせるな。男だろ、あんた」

小さな痛みを、心に感じる。参事会で聞いた時にも感じた。ヤネケが帰って来るのは嬉しい。ただ妙な気怠さもある。四十年だ——あれから四十年経って、週に一度か二度顔を見て時々は話し込むだけに慣れて、すっかり老いて、ただ、ヤネケは少しも変らないように見える。変らないと思いたいが、今更どうするんだとも考える。四十年放ったらかしにした癖に、とぐずる子供がどこかにいるが、彼女が望んで出て、自分のところに来てくれるならどんなに幸せだろうとも思う。それが全部団子になって、心が痛む。少しだけ。それもすぐに消える。余りにも長いこと続いたので、もう慣れてしまった。

「騒動があったらしいじゃないか」

レオは叱られた子供のような顔をする。「腹立って」

「腹を立てたふりは時々なら役に立つが、腹を立てるのはあんまり役には立たんな。俺はどっちもしない」

「女どもが逆らうから。俺が言ってるのに。どれだけ偉くなったら言うこと聞くんだよ」

「そりゃ逆らうさ。あの女どもは二十年も手仕事をして、それでやっとあのちっぽけな家を買う。どんなに偉い奴が言っても、出て行け、には当然逆らう」

「それ変だよ。男の家に住むのがそんなに嫌なのか。養って貰って子供を産んで男の世話をするのが。不自然だよ」

「テレーズは俺に言ったよ——自分で手仕事をして稼いで生きていると、本当に神様に生かされているという感じがするんだそうだ」

「訳わかんないな」

「アマリアが死んでもう七年だが、俺は今更女に子供を産ませたり世話を焼いて貰いたいとは思わない。それをやらせると早死にする」ヤネケがあの小さな家の門のところで、最近は眼鏡を掛けて、素早く帳簿を見る姿を思い浮かべる。その時の表情が、どれくらい自分を奮い立たせたか考える。あれがなかったら、俺はこんな風にはなれなかった。俺と彼女の間にあの小さな木戸がある限り、それは続く。ヤネケがカタリーナのように、アマリアのように死んでしまうことはない。俺は結局あの二人を使い潰してしまった。そう、それも痛みのうちだ。

「男は兵士として国家の為に戦って死ぬのが美徳、女は子供を産み育てて死ぬのが美徳だろ」

「俺は兵士じゃないし、ローマ人でもない。ましてスパルタ人でもない。フランドルの商人だ。なるほどあいつらは立派な奴らだったんだろうが、俺が生きている世間の人間とは随分違う。美徳もまたたな」

レオは暫く黙り込む。それから、いいよ、そういうことにしとくよ、と言う。「明日の正午、あの女どもは会のがらくたを広場に持って来る。ミサに使う杯(カリス)とか振り香炉とか燭台とかを戦費の足しに出させるんだ。あんたは市長としてそれを受け取って、会の解散と帰宅を命じる。堂々とやれよ」

「従うとは思わんが」

「兵隊に追い出させる」

「どうも気が進まんね」

「命令だよ、拒否は出来ない」レオは帽子を取って被り、立ち上がる。「それを言いに来ただけだ。爺さんの顔見て帰る」

「寝たきりだぞ」

「それでもいい。親父の息子として、爺さんに挨拶して帰るよ」


その日、教会の鐘は朝から沈黙している。レオの連れて来た兵士たちは夜のうちに教会の扉を打ち付け、告解に集まった人々を追い散らした。尤も聖具室の脇の扉は開いたままで、市民はそこから入って告解を済ませ、ミサにも与った。書記の言うところではみんな啜り泣いていたらしい。

「どう考えても失策だな」とヤンは言う。

レオは何も言わない。ヤンは時計を取り出して見る。鐘が鳴ることを期待できない以上、そうしないとあとどのくらいかわからない。目が眩(くら)むほど明るい外に出る。広場には市民が集まっている。明らかに好意的ではない声に迎えられてレオは顔を顰める。だが、解散させるには人数が足りない。護衛に残した五人を除いて全員をベギン会に送った後だ。

　ヤンはそのまま、階段を下りる。

「上から演説を打つんじゃないのか」とレオが訊く。

「俺はそんなことしたことはないね。何様のつもりだと言われるのが落ちだ」

　市参事会員のうち何人かも、下で待っている。残りは風向きを読んで欠席した。ニコラウスは蒐集品の隠匿に掛り切りだ。出なくてもいいよな？　と言われて、構わないと答えた。こんなみっともない仕事は俺だけで充分だ。都合が悪いとか、積極的に出たくないとか言った連中には全員、同じように答えた。

「解散させようとしたんですが」と警邏隊の一人が言う。

「ああ、別にいいよ――この人数じゃ無理だ」

　滅茶苦茶だろこれ、と市民が詰め寄って来る。目顔で上を示す。羽根飾り帽のレオが手摺から身を乗り出しているのが見える。その後ろには兵士たちが見える筈だ。それで引き下がる。他の者と話している。同情されているのは腹立たしいが、殴り掛られるよりはましだ。一隅でベネディクト会士が何やら説教をしているのが見える。俄かに発生した会衆が跪いて祈り出す。堪忍してくれよと思う――お前らには分別ってもんがないのか。グーテルスの顔が見えたので呼び寄せて、あれをやめさせてくれないかと頼んでも、もう無駄だよと教えられるだけだ。

「向こうはもっと大変なことになってるからな」

「何が大変なんだ」

遠くから声がする。何なのかはわからないが、グーテルスは、あれだよと言わんばかりに頷いて人混みの中に消える。次第に声は近付いて来る。はっきり聞き取れる。祝されよ(サルヴェ・)元后(レジーナ)、哀れみの母よ(マーテル・ミゼリコルディエ)。ベネディクト会士が異様な高音で、命(ヴィタ)、喜び(ドゥルチェド)、我らの希望(エ・スペス・ノストラ)、祝されよ(サルヴェ)と続ける。膝を突いていた連中が加わる。歌は広場全体に広がる。何人かは膝を突く。参事会員たちも小声で歌っている。我らは叫ぶ(アド・テ・クラマムス)、追放された(エクセレス・)イヴの子らは(フィリィ・ヘヴェ)。人混みが蠢く(うごめく)。やがて道が開いて、ベギンたちが現れる。揃って歌っている。両脇をフランス兵たちに固められているが、夥しい人数が付いて歩いている。馬が引かれている。荷車に付けていた馬で、男たちが代りに荷車を引いている。先頭にいるのは腹の辺りに横木のひん曲がった十字架を抱えたアンナと手ぶらのヤネケで、どちらも縁のない白い布帽子で頭部を覆っている。

「やっと着いた」とアンナは言う。「それにしてもあいつ、これをどうやって片手で上げたんだ？」

「逆上してたからね。後で腰が抜けたと思うよ」と言ってから、ヤネケはえーやーえるごーあぼかーたのすとらー、と続ける。

市庁舎の階段をフランス兵が一人駆け下りて人垣の中に消える。だが、ヤンに見えるのは、明朗に、むしろ呑気に開いているヤネケの口だ。笑っているような口。円い布の縁を縫い縮めて作った白い帽子から小さな耳が覗いている。それに顎も。小さな、僅かに赤みを帯びた顎。そこにいきなりフランス軍の制服を着た腕が伸びて、帽子を引ったくる。髪が溢れる。殆ど白くなった、僅かに癖のある切り揃えた髪が、驚いて首を竦めたヤネケの顔の周りで、純白の亜麻糸の束のように揺れる。

　何が起ったのか、ヤンにはわからない。視界がいきなりぐらりと空だけになる。真夏の真っ青な空だ。誰かに抱き止められる。多分参事会の誰かだが、何とはなしにテオのような気がする。愉快そうに笑うテオ。ヤネケが驚いた顔でこっちを見ている。駆け出す。飛び付いて来る。

　うん、そうなんだ、ヤネケ。俺はずっとそうして欲しかったんだ。


　頭に何かが触っている。最初は用心深く、そっと。それから試すように。つつく。撫でる。指が止まる。思い付いたように指先で叩かれる。

　おい、とヤンは言う。「やめろよ」

　ヤネケはびっくりしたような顔をして、何で、と訊く。

「気にしてるんだ」

「別に気にしなくていいよ、知ってたもの」

「みっともないだろ」

「どうだろ」と言ってまた触る。「こんな機会ないし」

「いいからやめろ」

それですっかり目が覚める。ヤンは自分の部屋の自分の寝台にいる。運び込まれたらしい。ヤネケは寝台に腰を下ろしている。怒らないの、と言う。「ずっと触ってみたかった。いっつも何か被ってんだもの」

じゃあお前もそれ脱げよ、とヤンは要求する。「不公平だろ」

いいよ、と言って、ヤネケは頭を覆っていた布帽子を取る。白くなった髪がこぼれ落ちる。手を伸ばすと頭を差し出す。髪に触らせてくれる。軽く握ってみる。柔らかくて温かい。それから二人でくすくす笑う。爺さん婆さんだね、とヤネケは言う。それからまた被る。被るの、と訊くと、毛先が刺さって顔が痒いんだよ、と言う。

「被らないでくれる?」

しょうがないねえ、と言って脱ぐ。顎の辺りで切り揃えた白髪が顔を縁取る。ヤネケは確かに年相応に老けていて、ただそれがとても愛しい。一緒に歳を取ったんだ、と思う。

「まだこの部屋で寝てたんだね」

「あっちで寝こっちで寝して、結局ここだ。落ち着くから。俺、どのくらい寝てた」

「四時間くらいかね」

「ずっといてくれたのか」

「まさか。出たり入ったりだよ。大騒ぎだからさ。さっき戻って来たんだけど、頭見てたら我慢できなくなって」

「今どうなってる」

「膠着状態。ベギンは会に連れ戻られて、町の連中が守りを固めてる。って言うか、中庭で盛り上がってる。居酒屋からビール取り寄せて飲んでるけど、アンナは放っておくことにしたみたい。警邏隊も何人かいるから大丈夫。レオは兵隊共々市庁舎に閉じ籠ってる。囲まれてるから誰も出られない。ルイが行って落ち着かせてる——援軍を呼ぶような真似はするな、って。何故か少尉も一緒になって止めてる。ニコラウスもいる」

ああ、まあ、それなら暫くは大丈夫だろう。

「どうすんの」

「どっちも宥める。市民は家に帰らせる。レオに援軍は呼ばせない」

ヤネケは溜息を吐く。「大変そう」

「やらなきゃ」

「だね」

「何でお前ここにいるんだ」

「倒れたの見えたから、心配で。駆け寄ろうとしたんだけど揉みくちゃにされて、助け出されて、一度戻ってからアンナに後を頼んで飛んで来た。一瞬荒れたけど、大丈夫、怪我人は出てない。フランス人たちもすぐ逃げ込んだし」

「そうじゃなくて——一人で俺と一緒にいていいのか」

　ヤネケは唸る。「今現在ベギンなのかどうか、ってちょっと怪しい。この先はもっと怪しい。フランスは容赦ないからねえ。修道女とかがんがん捕まってる。下手すると首を失くす。ただ、みんな住処を失う訳にはいかないから何とかしてくれないかな。敷地と建物は市のものだから、家のない寡婦や孤児や高齢者と、慈善事業の従事者の宿舎ってことで居坐らせてくれると助かる。学校はちょっと怪しいけど、施療院と救貧院は閉めないでしょ。作業場も」少し考える。「会の名前だけだよ、失くすのは。レオに手土産に持たせてやればいい。アンナにはもう話はした。お年寄りを説得しなきゃだけど、どうしようもないと言えば納得すると思う」

「レオが言うこと聞くと思うか」

　ヤネケはけらけらと笑う。「今日のこれ、上にばらされたくないだろうし、上もパリに知られたくないと思うよ。いいタイミングで倒れたね。適切な騒ぎってやつだ。怪我もない。マティリス博士は、女みたいな失神、って言ってた。気が昂（たかぶ）っただけだろうって」

　ヤンはむっとする。「騒ぎなんか起こす気はなかった。何であんなことになったんだ」

「兵隊に言ってレオがこれひったくらせた」ヤネケは帽子を指の先に掛けて回す。「取り返したけどね」

　ヤンは溜息を吐く。馬鹿が、と言う。

「ただまあ、あいつは重宝だ」

「親がそれ言う？」

「まあね。でも重宝は事実。わざわざ飛び込んで来てくれた。一応だけど、パリに繋がってる。これ重要。だから抱き込もう」

「出来るかな」

「父さんっ、てフラマン語で叫びながら中に引き摺り込まれてたよ。お父さんっ子だな。救ってやる、と考えよう——でないとあいつ、いずれこうだから」ヤネケは俯いて首の後ろを手の脇で叩いて目を剝き、舌を出して死んだふりをする。

「非道いな」

「むかつくからねえ」と言ってヤネケはまた笑う。ヤンがじっと見詰めていることに気が付くと、笑いは微笑に変る。優しい笑みだ。

「帰って来る？」とヤンは訊く。

「どうだろ。お互い、やることがある。当分忙しいよ」

「ずっと待ってたし、これからも待ってる」

ヤネケは身を屈めて、ヤンの頰に頰を寄せる。ヤンはヤネケの背中に手を回し、ヤネケは肩を抱かれてヤンの横に仰向けになる。二人で天井を見る。運河の水紋が映っている。ヤネケは喉を小さく鳴らす。気持ちがいい時の昔からの癖だ。暫くお互いの呼吸を聞いている。無限に思えるくらいの間、お互いの息だけを聞いて横たわっている。水紋の影が震えながらゆっくりと天井を動いて行く。それでも消えない。まだ夏だ。日は長い。

　不意に、ヤンは呻く。

「どうしたの」

「腹減った」

「何か食べよう」と言ってヤネケは身を起こす。

　ヤンも起きて身形を一応整える。ヤネケは帽子に髪を押し込みながら面白そうにそれを見ている。二人で台所に下りて行く。あら、お嬢様、と年老いた女中が言う。

「ヤンがお腹減ったって。あたしも」

　女中は昼に作った鳥のシチューを温めて出してくれる。ビールも出す。彼女が夜食の支度をする脇で、二人で差し向かいで、ものも言わずに食べる。この先が長丁場だからな、と言うと、ヤネケは真面目な顔で頷く。それからまた食べる。

「交渉嫌いなんだよ、腹減るから」とヤンは言う。

　ヤネケはくすっと笑う。それだけでもう充分だ、とヤンは思う。

覚　書

フランドルという地域

ヨーロッパ史に馴染(なじ)みのない読者の為に、本書の舞台となるフランドルという地域について若干の説明を試みたい。

　フランドルというのはベルギーの海に面した北側の地域を指す。現在のベルギーはフランス語とフラマン語を主な公用語とする連邦国家だが、そのうち、ほぼオランダ語に近いフラマン語が話される一帯である。フランドルはフランドル伯爵領から来る名称で、ヨーロッパの歴史にはよくあるように男系断絶・女系継承・婚姻によってその領有権はその後ブルゴーニュ公国からハプスブルク家へ、ハプスブルク家の分立に伴いスペイン・ハプスブルク家へ、一七一三年にはスペイン継承戦争の結果、ウィーンのハプスブルク家へと移っている。宗教改革以降カルヴァン派が多数を占めるに至ったオランダとは異なり、カトリックに留まった地域で、十九世紀に至るまで、オランダはこの地域に対して領土欲と、こう言って良ければ改宗欲を示し続けた――宗教迫害というのはカトリックだけがやるものではない。

古来からヨーロッパを南から北へと抜けるのに用いられたルートの一つが通過しており、ローマ時代にはガリア・ベルギカとして属州とされた。早くから集住が始まり、十世紀にはすでに自治特権を備えた都市の原型が見られる。これらの都市は交易と、後背地で産出される亜麻と海峡を挟んだイギリスから輸入される羊毛を製品化し売買する繊維産業で栄え、所謂中世には途方もない富を積み上げた先進地域となった。一三〇二年にはヘントやブリュッヘなどの都市の市民兵がフランス王国の騎士を退けている。これが金の拍車の戦いと呼ばれるのは、市民兵には捕虜を取る習慣がなく、馬から引き摺り下ろしては容赦なく殺した死体が戦場に転がった為である。

そしてその様態は、緩やかに衰退し相対優位を失いながらもフランス革命までほぼ変ることがない。フランドルを支配したどの権力も、彼らの政治形態の根本に手を付けることはなかった。この小説の舞台はマリア・テレジアと後継のヨーゼフ二世の時代——一七四八年のオーストリア継承戦争の終結とフランス軍の撤退から一七九四年のフランス共和国軍による占領までだが、ブリュッセルに置いた総督府による間接的な統治の実態は、当時の旅行者を驚かせた幹線道路の整備状態の良さを除けば、ほぼ放置で、それで何か大きな支障があった様子はない。少なくとも経済的には亜麻産業が隆盛を誇って絶好調であり(農民の身形の良さに、前述の旅行者は驚いている——亜麻の栽培や糸紡ぎの内職で現金収入も潤沢であったらしい)、研究者によっては、イギリスと並んで資本が蓄積され産業革命が起こるだけの条件を備えていた地域だと結論している。中央からの強力な統治を望む声もなく、上から試みても強い反発に遭って引き下がらずを得ず（ヨーゼフ二世のフランドル統治の失敗はこれである）、結局、この地に近代的中央集権を齎（もたら）したのは革命フランス軍の進駐と併合、それに伴う言語と独自の教育の剝奪（はくだつ）（公用語も教育もフランス語化され、ルーヴェン大学は一時閉鎖された）、財と、取り分け人材の兵員としての大収奪を経てであった。ある意味フランドルは近代化を植民地化として経験したのだとも言える。

ベギン会

十二世紀から十三世紀に掛けて、経済的に一定以上の水準に到達したヨーロッパを席巻したのは宗教熱であった。

これはある意味無理からぬことであろう。どうにか食えるようになった人々の関心はそれ以外のことに向かう。精神や内面に向かうこともある。その時、宗教くらいしか向かう先がなければ、ある種の宗教ブームが到来する。南ヨーロッパ地域におけるキリスト教刷新への熱意やカタリ派等異端とされた宗派の勃興と同じ背景が、最終的にはフランドル地域に根付いたベギン会を生み出す。

初期は、信仰熱心な単身女性たちが同じ家屋や界隈に集まって自活しながら貧者や病者を助ける緩い共同生活程度のものであったらしい。現在世界遺産に指定されているような敷地を塀で囲み中に小さな家屋が立ち並び、敷地中央に教会が建つ形になるのは暫くしてからである。ベギン会は結構な速さであちこちに伝播(でんぱ)し、主にライン川下流域——一時期は欧州全域に広まったと言われる。

以下の点を特徴として挙げることができる。

・特定の修道会には属さない。幾つかの修道会は第三会と呼ばれる一般社会で暮らす修道者の組織を持つが、ベギンはそのいずれにも所属しない（オプション的に第三会会員であることはままあるが、その場合、一般社会における住居がベギン会だ、と言おうか）。身分としては修道女ではなく一般信徒である。

・中央で統括する組織を持たない。フランドル各地に残る会則は概ね共通だが、これは相互に参照している為で、ヘントの大ベギン会のような九百人近くを擁する大組織もコルトレークのような定員百名の小さな会も、それぞれに独立している。

・修道請願は立てておらず、従って財産権の放棄もしていない。会員はそれぞれに資産を持ち、自分の生計を立て、貯え、遺贈する。

・信仰生活も一般信徒として行う。多くの会は敷地内に礼拝堂ないし教会を持ち、近隣の修道院から司祭を派遣して貰っている。教区教会として認定され常任の司祭のいるところもある。日課も、朝のミサと夕の晩禱が義務付けられている程度で、その他は勝手に一人で、或いは数人で集まって祈る。ヘントのように一日五回のお勤めを義務付けるところは稀だが、ここの会則で残っているのは十九世紀のもので、フランス統治時代の圧迫を経て厳格化したものと推定することもできる。

・修道女とは異なり「キリストの花嫁」ではない。会に所属する限りは純潔を守らなければならないが、離れれば結婚は可能である。ただしそういう例は多くはない。

・会の敷地内に住居を確保し居住する。敷地内に立ち並ぶテラスハウス的な住居はベギン会の特徴だが、これらの住居は居住権を購入して住まう。価格は市内の住宅に比べ格安で、購入は平均して入会二十年後であった。他に「修道院」と呼ばれる集合住宅があり、それまではそちらに住んで購入資金を蓄えるのが標準である。

・外出も可能である。多くの会では二人以上を条件とした。外での会食は禁止、飲食店への出入りも禁止だが、夜の閉門後どうやってか夜毎に飲みに出ているベギンもいなかった訳ではなく、しばしば問題になっている。また敷地内も、朝、門が開いてから夕に閉じるまでは、居住区画以外は男性も出入りできた。中庭を散歩する程度なら。

・会は会員の合議制で運営される。運営上必要な役職（修道院・施療院・救貧院・教会の管理責任者や助手及び門番や附属学校での指導等）、特にトップである院長は選挙で選ばれ手当を支給された。各役職は終身のことも二年で交代等と定められていることもある。

・対抗宗教改革以降は教会組織への組み込みが図られて大司教の指導を受けることになり、司祭も教会側の意向で派遣され、運営にも加わることとなったが、それまでは自分達で勝手に選んで頼んでいた。それ以後も、教会から派遣される聖職者の関与の度合いは様々であり、また大司教の指導が拒否される状況もままあった。地元の自治体が干渉するからである。会計の監査は自治体が行っていた。

・ベギンの社会的な出自はまちまちで、乾燥した亜麻を梳く重労働に毎日出勤していたベギンもいるし（コルトレークの模範的ベギンはそれで生計を立てていた）、市長の娘というような境遇もあった。ベギンの遺産はしばしば甥姪に遺贈された。つまり、一般社会とは必ずしも切断されてはいなかった。福祉業務を担い教会行事を支え葬儀その他の手伝いもするベギンは日常に浸透した都市機能の重要な一部でもあり、「我が町のベギン会」意識は強かったと言える。

・ベギン会の経済活動の規模もまた必ずしも小さなものではなかった。十七世紀のルーヴェンのベギン会が辣腕院長の指揮下で羊毛産業に乗り出し、市内の同業者を圧迫するところまで成長させたことがある。

ベギン会の最盛期は十七世紀であり、コルトレークのベギン会の記録によれば、定員百人のところに二百人を超える待機者がいた時期もあった。十八世紀に入るとどこも人数を減らすが、これは社会構造の変化に伴い住み込みの女中奉公や女子店員といった職が増えた為だと考えられている。

更にベギン会の特徴として、共同生活をしながらもプライバシーが保たれていた点が挙げられる。ベギンホフ内の家は、中庭側だけではなく各戸の間にも塀があり、共同住宅である修道院も個室で、食事をする時にさえそれぞれの食器棚に向かって組み込まれた卓を引き出して食べた。トンゲレンのベギンホフ博物館には、大食堂の壁にベギンの食器棚が並び、それぞれの食器棚に向かったベギンたちが、謂わば面壁して食事をする写真が飾られている。ベギン相互の距離は「お隣さん」程度に保たれていた。第二次世界大戦後にベギン会に入り、最後のベギンと呼ばれた人の証言では、成員の高齢化が進んでいたこともあって朝夕の祈り以外は殆ど顔を合わせることもなかったそうだ。これも女子修道院とは大きな違いであろう。

参考にした文献の一部を挙げておく。

上條敏子『ベギン運動の展開とベギンホフの形成——単身女性の西欧中世』刀水書房　2001

Simons, Walter. Cities of Ladies:Beguine Communities in the Medieval Low Countries（1200-1565）. 2003.

＊現在における標準的な概説書であろう。

Philippen, L.J.M. De begijnhoven: oorsprong, geschiedenis, inrichting. 1918.

＊出版年は古いが、下記二冊でも頻繁に参照されている。

Vandenberghe, Miliam. Leven in het Kortrijkse begijnhof. 1999.

＊コルトレークの観光案内所で最後の一冊を入手した、と自慢しておく。ブリュッヘ、トンゲレンにも地元ベギンホフの歴史を概説した本がある。

Mestdach, Klaartje. Het Gentse Sint-Elisabethbegijnhof op het elan van de Contrareformatie（1598-1795）. 2000.

＊ヘントの大ベギンホフについて。上記 Vandenberghe でも頻繁に参照されている。

論文は数多いが、以下を挙げておく。

Deane, Jennifer Kolpacoff.《"Beguines" Reconsidered: Historiographical Problems and New Directions》2008.

＊ベギン研究の流れを概説。現在における復興ベギン会運動についても触れている。

Frigo, Annalisa. Fernández, Éric Roca.《Roots of Gender Equality: the Persistent Effect of Beguinages on Attitudes Toward Women》2019.

＊ベギンホフのあった地域の女子識字率は、十九世紀後半の調査でも他地域と比較して高いことを統計を使って論じている。Simonsも、中世におけるフランドルの教育水準の高さについて論じ、ロンバルディアからの訪問者の、女性でさえ高等教育を受けているかのような話しぶりであったという証言を引用している。女性が教育を受けるからベギンホフがあるのかその逆かまでは不明だが、関係があることは

確かなようである。

Overlaet, Kim.《To Be or Not to Be a Beguine in an Early Modern Town: Piety or Pragmatism? The Great Beguinage of St Catherine in Sixteenth-Century Mechelen》2015.

＊十六世紀メーヘレンのベギンたちが残した遺言書約四十通から、実家との関係は切れることがなかったことを論じている。

経済については

C. Vandenbroeke.《The Regional Economy of Flanders and Industrial Modernization in the Eighteenth Century》1987.

＊中央集権化の遅れから後進地域と見做されがちだった十八世紀フランドルの亜麻産業の実態について再検討。

フランドルは長期間にわたり公文書等がよく保管されており、ベギンに限らず、女性史についても興味深い研究が数多く行われている。ベギンホフについてもまだ整理の付いていない文書が所蔵されているらしく、今後明らかになることもおそらく多かろうと思われる。

なお、天文学者ニコル＝レーヌ・ルポートと派遣議員ラコンブ＝サン・ミシェルは実在の人物である。後者はテルミドールの反動の報を知るとすかさず国民公会に宛ててロベスピエール非難の書簡を書き送って生き延びたことで知られる。

解説

深緑野分（作家）

歓喜の歌声が聞こえる。高らかに朗らかに、幸いなる魂と主を讃える歌が天地に響き渡る。いったい何が魂なのか、神の真意も、どうすれば神の恩寵を受けられ天国の門を開かれるのかもわからないが、この本を閉じて心に流れるのは、祝福に満ちた賛美の歌だ。

とはいえ、本書の主人公のひとりは「人でなし」と罵られる人物である。

ヤネケ・ファン・デールは、十八世紀中頃のフランドル地方の商家に生まれた。幼い頃から凄まじく頭が良く、成長すれば父の商売である亜麻の卸業も簡単にさばけただろうし、地元の小都市シント・ヨリスを出て大都市ルーヴェンの大学に行けば、天才として迎えられ、あらゆる新しい実験と検証を試みて論文を書き、頭の固い学者たちに一泡吹かせて学会に認められる存在になっただろう。だがヤネケは女だったし、頭の良い女がどんな扱いを受けるか知っていたし、時間を浪費したくもなかった。

ヤネケの兄弟には双子の弟テオ、そして養子として迎え入れられた一つ年上のヤンがいる。三人の仲は良かった。聡いテオはヤネケに一目置いて尊重し、血の繋がらないヤンは、ヤネケを愛した。ヤネケもふたりを愛した。両親のことも愛した。ただ彼らの愛し方とは違って見えるだけで。

　本書は骨が太く、美しく多層的で奥が深い傑作である。傑作たらしめている理由のひとつとして、複数の視点と価値観の内包が挙げられる。多くの読者が共感する視点人物はヤンだ。父を亡くし母が再婚したことで里子に出され、父の友人ファン・デール氏に引き取られた少年は、性格が良く実直な働き者で、一代記としての大きな物語の主人公に相応しい。彼の視点から見る、十八世紀フランドル地方の町の生活や、素朴な人々の息づかいは豊かで、物語を読む醍醐味が味わえる。ヤンは本当に遂げたいこと、ヤネケと共に暮らしたいという願いを隠し、思い通りにならない激しい荒波の中をどうにか操舵して、ファン・デール一家の危機を何度も乗り越えていく。大切な人の死や出会い、新たな生命の誕生を経て、ヤンの人生は力強くも繊細なタペストリーとなり、本書そのものの豊穣さ、面白さを確固たるものにする。

　しかしヤンの視点だけで読むのは少しもったいない。やはりヤネケだ。常人には手が届かない彼女の視点や思考を辿って読んでいくことで、更なる面白さを発見できる。

　冒頭、まだ若いヤネケはヤンを誘って繰り返し性交し、妊娠、出産する。ヤンの方は身も心もヤネケに惹かれるが、彼女は応えない。親の指示に従って旅立ち、子を産むと、里子に出して、シント・ヨリスに戻るなり地元のベギン会に入ってしまう。それでヤネケは「人でなし」になったが、もちろん彼女は間違いなく「人」である。

十代の好奇心むき出しのヤネケが没頭したのは、生命繁殖の謎と失楽園の検証だ。フランスの博物学者ビュフォンが執筆した『一般的及び個別の自然誌』を読み、有機的粒子の仮説を知ると、今度は兎の交尾を観察し、なぜアダムとイヴはエデンの園を追われるまで交尾しなかったのかと問う。そして当たり前の思考の帰結として、人体実験を試みる。ちょうどいい相手がそばにいた。ヤンだ。そして行為を繰り返し、様々な体位まで試して、性交とは何かを検証する。ヤネケは交尾中の兎たちの気持ちを理解し、神が創世記で奨励した「生めよ、ふやせよ、地に満ちよ」を可能にしたものを知った。

「兎は目を細めて答えた――幸せですよ、だってとても気持ちがいいし、その後はお互いのことがもっと好きになるし、可愛い子供たちまで生まれるんですから」

　これはヤンを観察して出てきた答えなのか、ヤネケ自身がヤンとの交流の間に感じたものなのか。振り回されるヤンやまわりの人間にとってはとんでもないだろうが、ヤネケはおそらく、先に合理性や論理的思考があって、後から感情がほんのりとやってくるタイプなのだろう。そして遅れてきた自分の感情の形を探り、他人事のように研究し、面白がる。やれやれと呆れながらも優しく目を細め、密かに大切にするのだ。

　ともあれヤネケは生き物が繁殖したくなるための作用を知ると、次の課題、次の未知や謎に没頭していく。林檎の木を育て、執筆した確率論の論文をテオやヤンの名前で出版しつつ、実家の帳簿を見、新しい望遠鏡を使って皆既日蝕の投影を試みる。ヤネケの視点から辿る物語は、科学と数学的理論、生物学と神、魂との問答と探究を読む面白さがある。彼女が人々、主にヤンとレオに向ける見えにくい愛の形を知ることも。

　また、本書を更に奥深くしているものとして、ベギン会の存在も欠かせない。今で言う女性用シェルター的な場所が中世から近代に至るまで存在していたことの指摘は、歴史学としても現代への指針としても役に立つ。考えたいことを考え、働き、自分の力でこつこつと金を稼ぐ女の「うん、みんな長生きだもの。男がいないって体にいいんだよ」というセリフは、軽々と堂々と歩くベギンの痛快さを表す名言だ。

　そして何より、教会に属しつつも縛られるほどではないベギンという立場を描くことで、より柔軟でありながら知的な、神と魂の追求が小説と融合したように思う。十八世紀の、宗教改革の波が去った後にやってきた合理主義、啓蒙主義の台頭を目の前にする宗教と社会。シント・ヨリスの院長が亡くなり、遺品としてヤネケに託された『素朴な魂の鏡』の写しが示す意味。院長から写しを依頼されたヤネケが見抜いたとおり、『素朴な魂の鏡』を書いたのはマルグリット・ポレート、ベギンであったと言われている。彼女は異端的教説を広めた嫌疑で異端審問にかけられ、一三一〇年に火あぶりの刑に処された。そのため禁書となったが、密かに修道院で読み継がれたのは史実であり、本書でも院長の手からヤネケの手に渡る。ポレートは魂と自由意志について論じていたと言われており、ヤネケ、あるいは院長が何を考えていたのか思考することは、読書に一層の深みを与えてくれるだろう。

　それにしても本書のベギン会といい、『スウィングしなけりゃ意味がない』のスウィング・ボーイズといい、『黄金列車』の黄金列車といい、佐藤亜紀の著作ではじめて知ることができた史実や組織は数多い。小説内に溶け込むさらりと書かれた単語や情報の中に、膨大な知識量と並外れた取材力が詰まっている。毎回脱帽するが、こうして知らないことを教えてもらえるのは、読者としても小説家としてもありがたい。

ヤンとヤネケの他にも、弟のテオ、ふたりの息子レオ、ベギン会のアンナ・ブラルや、ヤンの妻となった女たち、子どもたちにも焦点が当たり、様々な価値観や憎しみ、愛が折り重なって旋律を奏でる。やがて技術革新が起き、未来が希望と横暴を両手にやって来て、物語は転調する。教会は蹂躙(じゅうりん)され、これまでの価値観が強制的に変えられていく。

キリスト教の教えでは、「幸いなる魂」が頻繁に登場する。受胎告知を受けた後のマリアは幸いな女となり、イエスはどのような人が幸いな人なのかを説き、幸いなる魂は天国の門をくぐる。十八世紀に作曲されたバッハの「マニフィカト」やモーツァルトの「エクスルターテ・ユビラーテ」でも、幸いなる魂を讃えている。肉欲が動機ではない性交で子を成したヤネケを「幸いな女」聖母マリアになぞらえるのも解釈のひとつだが、理性が生み出したレオは女性蔑視(べっし)と憎悪むき出しの「鬼子」になってしまったし、教会を排斥して近代国家を形成する者として再来する。幸いなる魂とは何だろうか、誰がそんなものを持っているのだろうか。

しかし神の恩寵は等しくすべてに注がれているのではないかと、本書を読むと思う。生めよ、ふやせよ、地に満ちよ。満ちた我々がどう生き、どう殺し合い、どれほど残酷な未来を連れて来ようと、満足して死ぬ瞬間に高らかに鳴り響くのは、馬鹿みたいに明るく朗らかな賛歌かもしれない。

〝歌え、喜べ、幸いなる魂よ。甘やかな歌を歌え。そなたの歌声にこたえて、天も我と共に歌いたもう。〟（Exsultate, Jubilate KV165（158a）I. Allegro）

本書は、二〇二二年三月に小社より刊行された
単行本を加筆修正のうえ、文庫化したものです。

図版　道倉健二郎（Office STRADA）

喜べ、幸いなる魂よ

佐藤亜紀

令和6年 1月25日　初版発行

発行者●山下直久

発行●株式会社KADOKAWA
〒102-8177　東京都千代田区富士見2-13-3
電話　0570-002-301(ナビダイヤル)

角川文庫 23983

印刷所●株式会社暁印刷
製本所●本間製本株式会社

表紙画●和田三造

ISBN 978-4-04-113760-4　C0193

◇◇◇

角川文庫発刊に際して

角川源義

第二次世界大戦の敗北は、軍事力の敗北であった以上に、私たちの若い文化力の敗退であった。私たちの文化が戦争に対して如何に無力であり、単なるあだ花に過ぎなかったかを、私たちは身を以て体験し痛感した。西洋近代文化の摂取にとって、明治以後八十年の歳月は決して短かすぎたとは言えない。にもかかわらず、近代文化の伝統を確立し、自由な批判と柔軟な良識に富む文化層として自らを形成することに私たちは失敗して来た。そしてこれは、各層への文化の普及滲透を任務とする出版人の責任でもあった。

一九四五年以来、私たちは再び振出しに戻り、第一歩から踏み出すことを余儀なくされた。これは大きな不幸ではあるが、反面、これまでの混沌・未熟・歪曲の中にあった我が国の文化に秩序と確たる基礎を齎らすためには絶好の機会でもある。角川書店は、このような祖国の文化的危機にあたり、微力をも顧みず再建の礎石たるべき抱負と決意とをもって出発したが、ここに創立以来の念願を果すべく角川文庫を発刊する。これまで刊行されたあらゆる全集叢書文庫類の長所と短所とを検討し、古今東西の不朽の典籍を、良心的編集のもとに、廉価に、そして書架にふさわしい美本として、多くのひとびとに提供しようとする。しかし私たちは徒らに百科全書的な知識のジレッタントを作ることを目的とせず、あくまで祖国の文化に秩序と再建への道を示し、この文庫を角川書店の栄ある事業として、今後永久に継続発展せしめ、学芸と教養との殿堂として大成せんことを期したい。多くの読書子の愛情ある忠言と支持とによって、この希望と抱負とを完遂せしめられんことを願う。

一九四九年五月三日

角川文庫ベストセラー

スウィングしなけりゃ意味がない　佐藤亜紀

バルタザールの遍歴　佐藤亜紀

天使・雲雀(ひばり)　佐藤亜紀

ミノタウロス　佐藤亜紀

黄金列車　佐藤亜紀

1939年ナチス政権下のドイツ、ハンブルク。15歳のエディが熱狂しているのは頽廃音楽と呼ばれる〝スウィング〟だ。だが音楽と恋に彩られた彼らの青春にも、徐々に戦争が色濃く影を落としはじめる――。

ウィーンの公爵家に生まれたメルヒオールとバルタザール。しかし2つの心に用意された体は1つだけだった。やがて放蕩と転落の果てに、ナチスに目を付けられた2人は――。世界レベルのデビュー作！

第一次世界大戦前夜。生まれながらに特殊な力を持つジェルジュは、オーストリアの諜報活動を指揮する権力者の配下となる。彼を待ち受ける壮絶な闘いが圧巻の『天使』とその後を描く『雲雀』を合本した完全版。

ロシア革命直後のウクライナ地方。成り上がり地主の次男坊ヴァシリの、書物に耽溺した生活は、父の死後一変した。生き残るために、流れ者のドイツ兵らとともに略奪と殺戮を繰り返し、激動の時代を疾走する。

ハンガリー王国大蔵省の職員・バログは、現場担当としてユダヤ人の資産を保護・退避させるべく「黄金列車」に乗り込む。財宝を狙い近づいてくる悪党たちを相手に、文官の論理と交渉術で渡り合っていくが――。

角川文庫ベストセラー

吸血鬼　佐藤亜紀

独立蜂起の火種が燻る、19世紀ポーランド。役人のヘルマン・ゲスラーと若き妻は、貧しい田舎の村に赴任することになった。その矢先、村で次々に不審な死が発生し、村人たちは土俗的な迷信に怯えはじめる。

妖精が舞い下りる夜　小川洋子

人が生まれながらに持つ純粋な哀しみ、生きることそのものの哀しみを心の奥から引き出すことが小説の役割ではないだろうか。書きたいと強く願った少女は成長し作家となって、自らの原点を明らかにしていく。

アンネ・フランクの記憶　小川洋子

十代のはじめ『アンネの日記』に心ゆさぶられ、作家への道を志した小川洋子が、アンネの心の内側にふれ、極限におかれた人間の葛藤、尊厳、信頼、愛の形を浮き彫りにした感動のノンフィクション。

刺繍する少女　小川洋子

寄生虫図鑑を前に、捨てたドレスの中に、ホスピスの一室に、もう一人の私が立っている――。記憶の奥深くにささった小さな棘から始まる、震えるほどに美しい愛の物語。

偶然の祝福　小川洋子

見覚えのない弟にとりつかれてしまう女性作家、夫への不信がぬぐえない妻と幼子、失踪者についつい引き込まれていく私……心に小さな空洞を抱える私たちの、愛と再生の物語。

角川文庫ベストセラー

夜明けの縁をさ迷う人々　小川洋子

静かで硬質な筆致のなかに、冴え冴えとした官能性やフェティシズム、そして深い喪失感がただよう――。小川洋子の粋がつまった粒ぞろいの佳品を収録する極上のナイン・ストーリーズ！

不時着する流星たち　小川洋子

世界のはしっこでそっと異彩を放つ人々をモチーフに、現実と虚構のあわいを、ほんのり哀しく、滑稽で愛おしい共感の目でとらえた豊穣な物語世界。バラエティ豊かな記憶、手触り、痕跡を結晶化した全10篇。

帝国の娘（上）（下）　須賀しのぶ

猟師の娘カリエは、突然、見知らぬ男にさらわれ、幽閉された。なんと、彼女を病弱な皇子の影武者に仕立て上げるのだと言う。王位継承をめぐる陰謀の渦中でカリエは……!?　伝説の大河ロマン、待望の復刊！

芙蓉千里　須賀しのぶ

明治40年、売れっ子女郎めざして自ら「買われ」、海を越えてハルビンにやってきた少女フミ。身の軽さと機転を買われ、女郎ならぬ芸妓として育てられたフミは、あっという間に満州の名物女に――!!

北の舞姫　芙蓉千里Ⅱ　須賀しのぶ

売れっ子女郎目指し自ら人買いに「買われた」あげく芸妓となったフミ。初恋のひと山村と別れ、パトロンの黒谷と穏やかな愛を育んでいたフミだったが、舞うことへの迷いが、彼女を地獄に突き落とす――！

角川文庫ベストセラー

暁の兄弟　芙蓉千里Ⅲ　須賀しのぶ

舞姫としての名声を捨てたフミは、初恋の人・建明を追いかけて満州の荒野にたどりつく。馬賊の頭領である建明や、彼の弟分・炎林との微妙な関係に揺れながらも、新しい人生を歩みはじめるフミだったが……。

ゆめこ縮緬　皆川博子

愛する男を慕って、女の黒髪が蠢きだす「文月の使者」、挿絵画家と若い人妻の戯れを濃密に映し出す「青火童女」、蛇屋に里子に出された少女の記憶を描く表題作等、密やかに紡がれる8編。幻の名作、決定版。

愛と髑髏（どくろ）と　皆川博子

檻の中に監禁された美青年と犬の関係を鮮烈に描く「悦楽園」、無垢な少女の残酷さを抉り出す「人それぞれに噴火獣」、不可解な殺人に手を染めた女の姿が哀切な「舟唄」ほか、妖しく美しい輝きを秘めた短篇集。

写楽　皆川博子

江戸の町に忽然と現れた謎の浮世絵師・写楽。天才絵師・歌磨の最大のライバルと言われ、名作を次々世に送り出し、忽然と姿を消した〝写楽〟。その魂を削る凄まじい生きざまと業を描きあげた、心震える物語。

夜のリフレーン　皆川博子　編／日下三蔵

秘めた熱情、封印された記憶、日常に忍び寄る虚無感——。福田隆義氏のイラスト、中川多理氏の人形と小説とのコラボレーションも収録。著者の物語世界の凄みと奥深さを堪能できる選り抜きの24篇を収録。